Kontaktadresse nach EU-Produktsicherheitsverordnung:
produktsicherheit@fischerverlage.de

In verblüffenden Beobachtungen arbeitet der Schriftsteller und Übersetzer Georges-Arthur Goldschmidt – der gebildetste und feurigste Vermittler zwischen Frankreich und Deutschland – die Verschiedenheiten der Sprachen seines Lebens heraus. Das deutsche Wort schafft einen Sinn, dem im Französischen kein Ausdruck entspricht und umgekehrt. So entsteht beim Übersetzen immer ein Zwischenraum des Unsagbaren. Wie kommt es aber, dass der nicht in Worte zu fassende Sinn dennoch an die Oberfläche tritt? Goldschmidt hat nicht umsonst Freud zum Paten seiner Überlegungen gewählt. Wenn der Begründer der Psychoanalyse das Unbewusste ins Bewusste übersetzt, bewegt er sich wie Goldschmidt zwischen zwei Sprachen, in dem Wissen, dass sich hinter dem Gesagten ungeahnte Kostbarkeiten verbergen. Das Bild vom Meer macht dieses Verhältnis auf wunderbare Weise deutlich. Unter der sichtbaren Wasseroberfläche verbirgt sich in der Tiefe Geahntes und Ungeahntes, das die Strömung manchmal nach oben spült.

»Ein verblüffendes Buch über die Sprache« Peter von Matt

Georges-Arthur Goldschmidt, 1928 in Hamburg geboren, flieht als Zehnjähriger vor den Nationalsozialisten nach Frankreich. Er überlebt in einem Internat in den savoyischen Alpen. Nach dem Krieg macht er sich zunächst als Übersetzer der wichtigsten deutschsprachigen Autoren ins Französische einen Namen: Handke, Goethe, Kafka, Nietzsche. Goldschmidt, der in Paris lebt, ist Verfasser zahlreicher Essays, Erzählungen und Romane. Neben vielen anderen Preisen erhielt er 1999 den Ludwig-Börne-Preis. Im Fischer Taschenbuch sind erschienen: ›Die Aussetzung‹ (Bd. 13875), ›Die Absonderung‹ (Bd. 11867), ›Über die Flüsse‹ (Bd. 15699), ›Freud wartet auf das Meer‹ (17825).

Unsere Adresse im Internet: www.fischerverlage.de

Georges-Arthur Goldschmidt

Als Freud das Meer sah

Freud und die deutsche Sprache

Aus dem Französischen von
Brigitte Große

Fischer Taschenbuch Verlag

3. Auflage

Hedderichstr. 114, 60596 Frankfurt am Main

Lizenzausgabe mit freundlicher Genehmigung
des Ammann Verlages, Zürich
Die Originalausgabe erschien 1988 unter dem Titel
›Quand Freud voit la mer – Freud et la langue allemande‹
bei Editions Buchet/Chastel, Paris

Printed in Germany
ISBN 978-3-596-14995-7

Für Judith Dupont
in Freundschaft

»Herbert brauchte keinen, der ihm beibrachte, das tobende Meer zu lieben; er keuchte und schrie vor Lust zwischen den riesigen Wogen, denen er keine zwei Minuten standhalten konnte, bis sie ihn, der vor Begeisterung lachte, zu Boden warfen. Er aalte sich in den tobenden Fluten wie ein junges Seetier, er stürzte sich den Wasserschlünden entgegen, die ihn mit einem einzigen Wellenschlag bäuchlings hinstreckten, er schmiegte sich an ihren weichen, unerbittlichen Busen, er rang mit der See wie ein Liebender mit seiner Geliebten, er warf sich mit aller Kraft auf sie und ergab sich ihr, wenn sein von der Gischt gepeitschter Körper sich von den Schultern bis zu den Knien rötete, entzückt von ihrer Macht. Dann kam er zum Strand zurück, glühend, atemlos, aber unbezähmt.« A. C. Swinburne, *Lesbia Brandon*

»Aus meiner Darstellung erhellt, daß wir von äußeren Ursachen auf viele Weisen bewegt werden und hierhin und dorthin schwanken wie die von entgegengesetzten Winden bewegten Wellen des Meeres, unkundig unseres Ausgangs und Schicksals.« Spinoza, *Ethik*

»In der Wasserwelt des Inneren wird jede Geste begleitet von einer Berührung, getragen, geführt, erfüllt von einer Zärtlichkeit, die weniger neutral ist als die der Luft: einer Zärtlichkeit halluzinierten Wassers, das erstarrt, Materie geworden ist, ohne den Zauber des Flüssigen zu verlieren. Darin badet der Körper mit fast all seinen Sinnen.«

Christian Pierrejouan, *L'envers*

Vorwort zur deutschen Ausgabe

Wie kaum ein anderer vor ihm hat Freud die »Sprachlichkeit«, wie man so sagt, »an den Mann gebracht«, die Blickrichtung, die sonst immer nur die Sprache als solche anvisiert, umgedreht und sie zu deren eigentlichem Ausgangspol, dem jeweils Sprechenden, zurückgeführt, so daß sich jeder die Frage stellen kann: Wie fühlt sich die Sprache an, wenn ich mit ihr umgehe, oder besser noch: Was passiert mit mir, wenn ich rede? Denn die Psychoanalyse ist doch nichts anderes als eine Frage nach der Sprache, eine Aufdeckung dessen, was sie (sich) selber verschweigt oder im Gegenteil hervorhebt, im Gegensatz zu einer anderen Sprache. Von einer Sprache zur anderen verlagern sich die Wahrnehmungen und die Begriffe sowie auch der Ausdruck der Gefühle, denen keine Übersetzung wirklich entspricht (im Deutschen z. B. *»das Unheimliche«* oder im Französischen *»jouir«*).

Einleuchtend wird es gerade da, wo sich eine Sprache dem Zugriff der anderen verweigert, wo also die Übersetzung nicht mitkommt, wo der Zwischenraum bestehen bleibt und mehr vielleicht noch als der übertragbare Wortlaut den »Sinn« enthält, aber nicht vermittelt. Je weniger sich ein Wort oder ein ganzer Satz übersetzen lassen, desto mehr drängen sie zum Übersetztwerden, so, als ob gerade die Sprache am deutlichsten zu hören wäre, wo sie eben schweigen muß. Warum schweigt die eine Sprache, wo die andere spricht und umgekehrt? Aber die andere Sprache hat wiederum nicht, was der ersten fehlt, und jener fehlt, was die andere hat. Jede öffnet andere Wege, die sich nur stellenweise kreuzen, alle aber führen durch denselben Wald der menschlichen Sprachlichkeit.

Man kann eine Sprache, das Deutsche insbesondere, viel

eher beschreiben, als daß man sie übersetzen könnte. Es bleibt aber immer sowohl in der Übersetzung wie in der Beschreibung ein »Rest«, der nicht durchkommt und hängenbleibt. Jener Rest ist aber nie in der Sprache selber, die es ohne die Sprechenden doch gar nicht geben könnte, sondern gerade bei ihnen, in ihrem Verstehen, und auf das »Wie« jenes Verstehens kommt es an.

Das Deutsche kommt dem unmittelbaren Verstehen anscheinend viel mehr entgegen als das Französische, welches viel verschleierter und mittelbarer, auf ganz anderen Wegen die Sachen zum Ausdruck bringt. So setzt Freud da mit der Sprache an, wo das Französische nicht mitmacht, wo es sich sozusagen der Untersuchung verschließt, als gäbe es so etwas wie eine metaphysische Scham. Die beiden Sprachen liegen anders vor der Realität, das Deutsche angeblich ursprünglicher, mit einem vermeintlich »offenen« Zugang zur seelischen Wirklichkeit, das Französische verhaltener, mit vielleicht mehr historischer Geschliffenheit, so daß sich derselbe Text von einer Sprache zur anderen verschiebt und auf eine andere Sprachebene verlagert. Die übersetzten Texte kommen anderswo anders an, bleiben jedoch in ihrem Sinn unverändert, denn es gibt im menschlichen Denken keine Unzugänglichkeit, und die Rolle Freuds bestand darin, eben jene »durchsprachliche« Zugänglichkeit aufzudecken.

Die Idee zum vorliegenden Buch hat sich in einer Wohnung mit Blick auf die Seine auf der einen Seite und die Place Dauphine auf der anderen ergeben, während einiger gemeinsamer Nachmittage mit französischen Analytikern, die zusammen die *»Die Verneinung«* von Freud neu übersetzen wollten. Es erwies sich dabei, daß Kollektive von Übersetzern nicht richtig arbeiten können und daß die Sprache der Psychoanalyse öfters Wesentliches beiseite läßt oder einfach überspringt. Es stellte sich die Frage, ob diese Auslassungen von Bedeutung waren, ob die rein »psychoanalytische« Übersetzung, bei welcher das Technische den Vorrang hat, überhaupt noch dem Wortlaut gerecht war und ob umgekehrt eine exzessive Treue dem Verständnis nicht schaden könnte. Wie war der Text rein sprachlich anzusehen und wiederzugeben? Das kleine Vergleichsspiel der beiden Sprachen miteinander schlug sich dann in diesem kleinen Buch nieder.

Es ging also darum, die deutsche Sprache, wie sich Freud ihrer bedient hat und wie sie ihm zu denken gab, dem französischen Publikum in ihrem Funktionieren darzulegen zu versuchen, um so mehr, als die Psychoanalyse im französischen Sprachbereich eine große Bedeutung erreicht und die Entwicklung des Französischen beeinflußt hat, so z. B. ist aus der Notwendigkeit des Übertragens 1906 das Wort *pulsion* entstanden, als Übersetzung des Wortes *Trieb*. Es ist die Frage zu stellen, ob nicht gerade die Übersetzungsprobleme, die immer das Zeichen einer in der Schwebe gebliebenen »Sinnmasse« sind, der Psychoanalyse ihren Reichtum verliehen haben.

Die beiden Sprachen gehen völlig andere Wege mit demselben psychoanalytischen Objekt. Schon der grammatikalische Aufbau, so wie er sich bei Freud immer wieder manifestiert, ist im Französischen völlig unbekannt, der Nebensatz gestaltet sich völlig anders: Im Deutschen versteht man ihn nicht, solange das Zeitwort nicht gefallen ist, im Französischen wird das Wesentliche sofort ausgedrückt. Im Französischen gibt es kein Neutrum, und so wird das Unbewußte maskulin *(l'inconscient)* und aktiv, wie es auch kein Weib gibt, sondern nur eine Frau *(la femme)*.

Die meisten Wörter des Französischen kommen aus dem Lateinischen oder dem Griechischen und zeigen sehr oft recht wenig von ihrer Bestimmung, wo sie im Deutschen meistens direkt aus der Sprache heraus lesbar und von selber zugänglich sind. Die beiden Sprachen haben eine ganz andere Geschichte, eine gewisse Form der Soziabilität und eine Art *Understatement* dominieren im Gebrauch des Französischen, eine gewisse Naivität, wenn nicht Gravität herrscht im Deutschen vor, wie auch eine besondere Fähigkeit, die konkrete Räumlichkeit zu beschreiben, das hatte seinerzeit schon Leibniz gemerkt.

Gerade aber jene mögliche Feierlichkeit führte in jüngster Zeit zu besonders krassen Mißverständnissen wie der besonders dummen Behauptung eines Hotzenwälder Denkers[1], daß sich das Französische für das philosophische Denken nicht eigne, eine haarsträubende, von selten prätentiöser Ungebildetheit zeugende Beurteilung. Es wurde genauso behauptet, das Französische sei eher »leichtfüßig« und neige mehr zum Politischen.

Es geht nun eben darum zu zeigen, daß keine Sprache irgendeiner anderen überlegen ist, daß keine geeigneter zum Denken oder zum Poetisieren (um das Wort »Dichten« zu vermeiden) sei als eine andere. Jede aber drückt ihren Bezug zur Wirklichkeit oder zur Realität verschieden aus. Dasselbe sieht anders aus in der anderen Sprache, und da liegt auch das Entscheidende an der Entdeckung Freuds. Die Psychoanalyse bleibt sich gleich – trotz der »Verschiedenheiten des menschlichen Sprachbaues«. Es gibt keine sogenannten »Volksseelen«, keine unübertragbaren Eigentümlichkeiten, es gibt von der Geschichte gestaltete Sprachgebräuche, die sich die Vertreter der »geistigen« Obrigkeiten mehr oder weniger angeeignet haben, die sich auch durch die Zeiten wiederholt, vervollständigt und entwickelt haben. Sprachgeschichte ist oft auch zu einem gewissen Grad eine Geschichte der Unterwerfungsschemen der Völker und der Einzelnen unter die Gebote des Über-Ich, die sich immer anders, von einer Kultur zur anderen ausdrücken.

Freuds Werk entsteht aber auch parallel zum Entgleiten Europas in den kollektiven Wahn, der in Deutschland seine kriminellsten Formen angenommen hat, als ob die psychoanalytischen Schriften Freuds eine Art unbewußte Voranalyse des Nazismus gewesen wären, daher kommt auch seinem Wortschatz eine überindividuelle, sozialhistorische Bedeu-

1 Siehe *Der Spiegel,* Nr. 23, 31. Mai 1976, S. 217.

tung zu, die die Wichtigkeit der Übersetzungsarbeit noch unterstreicht und eine Veranschaulichung des Sprachinhalts in der anderen Sprache um so mehr verlangt. Die Frage ist nämlich diese: Was kommt wirklich der Ausgangssprache zu, was ist ihr und der Zielsprache gemeinsam? Was bedeutet eigentlich »Unübersetzbarkeit«, ist sie zufällig, oder sind die Schwierigkeiten immer dieselben, gibt es eine durchgehende, immer ähnliche sprachliche Abgrenzung? Was hat eine solche Unübertragbarkeit zu bedeuten, ist sie auf ein sprachliches Unbewußtes zurückzuführen, welches sich in jeder Sprache jeweils auf eine andere Weise manifestieren würde?

Jedenfalls sind aber solche Sprachhindernisse nur holprige Pflastersteine, welche die Weiterfahrt auf der Straße nur ein wenig beeinträchtigen. Trotz oder gerade dank solcher Hindernisse kommt die jeweilige Sprache zu sich selber, ihr Inhalt verschärft, verdeutlicht sich angesichts desselben, nur anders ausgedrückten Inhalts in der anderen Sprache. Es ist wie im Wald, in der Mitte steht der schöne Biergarten, aber jeder Weg, der hinführt, zieht durch andere Waldpartien, durch andere Landschaften zum selben Wanderziel.

Die Sprachen sind wie das Meer, weit und grenzenlos, alle Küsten sind verschieden, überall ist das Wasser anders und bleibt sich dabei doch immer gleich, daher die Wichtigkeit des freudschen Sprachabenteuers, es deckt nämlich die grundlegende Einheitlichkeit der verschiedenen Verhaltensweisen auf, die sich jeweils auch durch die Sprachen hindurch ausdrücken und ineinanderfließen, so daß die Frage zu stellen ist, ob und wie eine Sprache zur Aufdeckung der unbewußt gebliebenen Formen des Über-Ichs verhelfen kann.

Dieses Buch wurde 1985 geschrieben, seitdem hat sich der Lauf der Geschichte, wie sie bereits in den vierziger Jahren unseres Jahrhunderts verlief, bestätigt, daß die »Shoah« sich immer weniger als ein nur deutsches Problem erweist und immer mehr als ein allgemein europäisches. Seitdem sind auch weitere Veröffentlichungen zu diesem Thema erschienen, die aber anscheinend doch noch nicht mit dem Tabu von der Trennung von Politik und Sexualität fertig geworden sind, mit der Ausnahme von Nicolaus Sombart, dessen 1991 erschienenes Buch *Die deutschen Männer und ihre Feinde* auf hoch aufschlußreicherweise diese Frage wieder aufnimmt, und doch kann man dieses eigenartige Buch nicht ohne ein gewisses Unbehagen lesen. Deutschland war vielleicht nur der jeweilige Ort, wo sich das allgemein ins kollektive Unterbewußte Verdrängte am deutlichsten unter der Bewußtseinsschwelle manifestierte. Die Geschichte hatte nichts verdekken können, es gab kein übermächtiges Über-Ich wie in so vielen anderen europäischen Kulturen, oder jedenfalls war ein solches Über-Ich leichter abzugrenzen, es hatte sich noch nicht derart ins Bewußtsein der Menschen eingeprägt, daß sie vielleicht oft kaum noch wissen konnten, was »ihnen« oder ihrem Über-Ich zuzuschreiben war. In satirisch, boshaft überspitzter Form könnte man in post-freudianischem Jargon behaupten, daß sie noch nicht ganz die Instrumente ihrer eigenen Unterdrückung waren, um es dann, begeistert, bis in die Katastrophe hinein, zu werden.

Vielleicht war der deutsche Sprachbereich nicht von ungefähr das Terrain für die Entstehung und Ausarbeitung der Psychoanalyse gerade zur Zeit des Sichausbreitens der absoluten Barbarei und der Hinrichtung der Völker. Der Gebrauch der deutschen Sprache hat, aus der Perspektive der historischen Entwicklung heraus, den Zugang zu den überdeckten Bereichen des Seelenlebens vielleicht erleichtert, wenn nicht gefördert.

Ich danke von Herzen meiner Übersetzerin für die schöne Arbeit, die sie geleistet hat.

Georges-Arthur Goldschmidt

Einleitung
Die Fluten der Sprache

»Es nehmet aber
und giebt Gedächtniß die See …«
Hölderlin, Andenken

Die Sprache des Menschen ist wie die See: Unzählbar sind ihre Gestade, ihre Inseln; über unbekannte, unsichtbare Tiefen nimmt man Kurs aufs Unendliche. Das Wasser ist stets dasselbe und ändert sich ständig, es fließt, weicht zurück, schmiegt sich an alles, was eintaucht, wechselt dauernd die Farbe, den Himmel über sich spiegelnd; in der Sonne schillert es blaßgrün bis tiefblau, je nach Breitengrad und Augenblick.

Die geringste Berührung prägt sich der See wie der Seele des Menschen ein; sie gibt allem nach, bei Windstille läßt der leiseste Hauch sie erschauern, und wenn eine Wolke die strahlende Sonne plötzlich verdunkelt, wird sie düster und drohend.

Gezeichnet vom Wechsel der Farben, vom Wandel der Stimmungen, die von Jahrhundert zu Jahrhundert, von Jahrtausend zu Jahrtausend unendlich variieren und sich doch immer wiederholen, bleibt sie sich gleich: Alles ist Meer, nirgends ein Bruch; vom höchsten Norden bis zum tiefsten Süden erlauben dieselben Fluten eine stetige Fahrt.

So ist es auch mit den Sprachen: Dasselbe Gewässer, von anderen Ufern gesehen, erlaubt die unendliche Reise rund um die Welt, ohne das Schiff zu verlassen, die Reise von Sprache zu Sprache. Abends auf See ein Wolkenband, weit entfernt, der Gipfel einer Insel, die sich eines Morgens aus den Fluten erhebt, und doch ist man immer auf See. Sprache ist, was zwischen den Sprachen auftaucht, und ist doch die See selbst, die uns trägt.

Reisende aller Zeiten und Länder haben sie vielfach beschrieben, indes sie kannten den Grund nicht tief unter ihnen, träumten wohl von geheimnisvoll schaurigen Tiefen und schöpften doch keinen Verdacht, bis das Meer sie verschlang.

Erst unlängst, Ende des letzten Jahrhunderts, begann man den Grund des Meeres zu erforschen, zur gleichen Zeit, als die Psychoanalyse sich aufmachte, die Seelengründe des Menschen zu entdecken. Man fand, daß das Sonnenlicht nur 250 bis 300 Meter unter die Oberfläche dringt, und Freud erkannte, daß nur die Oberfläche der Seele bewußt und das Bewußtsein weit davon entfernt ist, deren Gesamtheit zu durchdringen. Man hielt die Tiefen des Ozeans für unbewohnt und wußte noch nichts vom Leben des Unbewußten.

Die Stille des Meeres und das Schweigen der Seele sind heute gleichsam umzingelt vom Sprechen, doch dieses Sprechen enthält auch alle Tiefen des Schweigens. Denn die Stille *(le silence)* ist das Schweigen der Dinge, wo das Schweigen *(le silence)* die Stille hinter den Worten ist; schweigen *(se taire)* bedeutet: nichts sagen, aber das Deutsche besitzt hier ein Substantiv, wo das Französische keines hat.

Le silence de la mer – ist das *die Stille der See* oder *das Schweigen des Meeres*? Auch hier drückt das Deutsche sich anders aus. *Die See* bedeutet das offene Meer, das Meer als Element: *Wir fahren an die See – nous allons à la mer. Das Meer* ist entfernter, geographisch definiert, an einem bestimmten Ort gelegen und, streng betrachtet, nicht dieses fundamentale Element im individuellen Fühlen: *Das Meer* hat einen allgemeinen Charakter, den *die See* nicht hat.

»Es beginnet nemlich der Reichtum im Meere«, sagt Hölderlin in dem eingangs zitierten Gedicht[1], denn größer als jenes, umfängt die hoch aufpeitschende[2] See das Meer; und wenn

1 »Andenken«, in Friedrich Hölderlin, *Sämtliche Werke*, hg. von Friedrich Beissner, Stuttgart 1951, Große Stuttgarter Ausgabe, Bd. 2, S. 189.

2 *la mer qui bat* – wörtlich: das schlagende Meer; siehe dazu im folgenden das Wortspiel *mer/mère* (Meer/Mutter); A.d.Ü.

auch das Deutsche das Wortspiel *mer/mère* (Meer/Mutter) nicht kennt, gelangt es doch auf anderen Wegen, anderen Umwegen zu demselben Ergebnis.

Es ist, als berge die deutsche Sprache die ursprüngliche Brandung der See, bewahre ihr Wiegen, Ebbe und Flut. Wie der Spaziergänger am Strand mit dem Wellenschlag atmet (und das nicht weiß), ist das Deutsche durchdrungen von der Bewegung der Lunge.

Die ganze deutsche Sprache ist auf dem Wechsel von Hebung und Senkung des Brustkorbs aufgebaut, auf An- und Abstieg, Hin und Her im Raum: Das berühmte *Fort-Da* des kleinen Kindes in Freuds »Jenseits des Lustprinzips« verleiht dem Ausdruck. Im Deutschen geht alles vom Körper aus, kehrt zu ihm zurück, geht durch ihn hindurch: *Der Leib* (der das Leben selber ist) hat denselben Ursprung wie *das Leben (la vie, life)*. Der Leib ist das Lebendige selbst, das Leben, *wie es leibt und lebt*; der Leib *(le corps)* ist etwas ganz anderes als der *Körper (le corps)*, der dem lateinischen *corpus* entsprungen ist, der organische Körper und auch der Lehrkörper, *le corps de métier*, die Körperschaft. *Der Leib* dagegen ist der Körper, der ich bin, mein Leib und Leben.

Die Sprache ist ihm eingepflanzt, unaustilgbar. Es gibt wirklich keine größere Dummheit, als vom abstrakten Charakter des Deutschen zu reden: Keine andere Sprache ist so konkret, so räumlich; das Deutsche ist, genaugenommen, unfähig zu jeder Abstraktion. Seine abstrakten Begriffe bezieht es aus dem Französischen oder konstruiert es nach dem Französischen. So bei Hegel: *immanent, positiv, negativ, das Subjekt, die Reflexion, das Princip* usw. Bewahrt nicht das Deutsche in der physischen Präsenz des Körpers eine vage Erinnerung an die verlorene Einheit von *Leben (Leib)* und *Erkenntnis?* Und die Räumlichkeit trägt noch zum konkreten Charakter der Sprache bei: Freud mußte nur ihren Übergängen folgen, ihren Linien, ihrem Ansteigen und Abfallen.

Nichts einfacher, nichts unmittelbarer als das philosophische Vokabular. Das erste Kapitel von Hegels »Phänomenologie des Geistes«[1] besteht nur aus Wörtern, über die schon ein fünfjähriges Kind verfügt (mit Ausnahme vielleicht der Begriffe *Vermittlung* und *Unmittelbarkeit*). Je tiefer sich die deutsche »Philosophie« gibt, desto simpler und konkreter ihre Sprache, in jedem Fall aber sehr nahe dem *leiblichen Befinden*, dieser inneren und äußeren Befindlichkeit des Leibes.

Alles Denken nimmt seinen Ausgang notwendig von einem bestimmten Punkt des Raumes aus, an dem sich das Ich *(je)* befindet. Dieses *Ich* kann übrigens niemals *moi* sein, das in ihm ruht, ohne sich selbst meinen zu können, als ob es ein Ich *(moi)* gäbe, das in der Sprache eingemauert ist. Wilhelm von Humboldt (der etwas zu oft vergessen wird) stellte fest, daß die Sprache sich immer von diesem synästhetischen Punkt aus organisiert[2] – vielmehr: Sie nimmt dort Platz.

Die Gesamtheit der deutschen Sprache bildet sich von der Lage und der Bewegung im Raum aus. Das wird sehr hübsch veranschaulicht durch einen Würfel mit Figuren, der jungen Franzosen, wenn sie Deutsch lernen, die Präpositionen auf, über, neben usw. begreiflich machen soll, die entweder den Dativ oder den Akkusativ regieren, je nachdem, ob ein Ortswechsel stattfindet oder nicht.

Die Sprache ist um einige Grundwörter wie *stehen, liegen, sitzen* und die ihnen entsprechenden Faktitiva *stellen, legen, setzen* aufgebaut – das heißt um Verben, die eine Bewegung im Raum ausdrücken. Diese Grundwörter, zu denen noch viele andere kommen, haben im Französischen kein Äquivalent,

---

1 »Die sinnliche Gewißheit« (»*La certitude sensible*«); das Deutsche hat übrigens nur den einen Begriff »sinnlich«, der nicht unterscheidet zwischen den Bedeutungen: sinnlich wahrnehmbar, für Sinnesreize empfänglich; das Sensorium, die Sinnesorgane betreffend; und (als Gegensatz zu geistig, spirituell) auf den Körper, die Sinne bezogen; das Französische hat dafür drei Wörter: *sensible, sensoriel* und *sensuel.*

2 »Ueber die Verschiedenheiten des menschlichen Sprachbaues«, in Wilhelm von Humboldt, *Werke* in 5 Bänden, hg. von Andreas Flitner und Klaus Giel, Darmstadt 1963, Bd. 3, S. 144ff.

kommen aber praktisch in jedem dritten deutschen Satz vor und lassen sich unbegrenzt mit einer Vielzahl von Partikeln kombinieren: *Legen* kann man mit mindestens zwanzig Partikeln zusammensetzen, deren jede wiederum mindestens zehn verschiedene Bedeutungen hat, wie *ablegen, anlegen, auslegen.*

So verhält es sich auch mit der Mehrzahl der Verben, deren Kombinationsmöglichkeiten, die immer auch eine räumliche Bedeutungsnuance haben, unerschöpflich sind. Leicht lassen sich vollkommen kohärente und grammatikalisch korrekte Wörter finden, wie *umfenstern* oder *durchlöschen,* für die es noch keine Bedeutung gibt.

Stehen, die Senkrechte, und *Liegen,* die Waagrechte, bestimmen den Sinn jeder sprachlichen Äußerung im Deutschen. Nicht zufällig hat Luther vor dem Landtag zu Worms gesagt: *»Hier stehe ich und kann nicht anders.«* Er hätte auch sagen können: *Darauf bestehe ich.* Hier ist Luther, aufrecht steht er für seine Wahrheit ein, und niemals würde er *gestehen,* wozu er nicht stehen kann[1]. Dafür wäre er fähig, kerzengerade alles *durchzustehen* und bis zum Ende zu leiden, ohne gestanden zu haben. Das Wort *stehen* ist eine der Hauptstützen der deutschen Sprache, einer der im Meer des Sinns aufragenden Pfähle, an denen sie ihre Pontons baut.

Unermüdlich *schwappt* Wasser um diese Pfosten, es kommt und geht, steigt und fällt, dieses Flüssige, aus dem die Sprache entsteht; See und Sprache sind so eng verwandt, daß im Deutschen (wie wir noch sehen werden) sogar die Seele, die bei Freud eine so große Rolle spielt, aus dem Wasser kommt. Sie hat den Geschmack der See, sie treibt in ihr, wie sie in der Lymphe schwimmt oder im Likör, den so viele Jünglinge zu schmecken bekamen. Die deutsche Sprache versteht es, den Geschmack eines jeden zu treffen, ihm zu schmeicheln und selbst darüber noch hinwegzutäuschen.

---

1 Siehe dazu auch Georges-Arthur Goldschmidt, »Une forêt et ses lisières«, in *L'Écrit du temps* 2, Paris 1982.

In seinem schönen Buch über Friedrich Hölderlin[1] wies Pierre Bertaux darauf hin, daß der *Geist (l'esprit)* auf schwäbisch (und Hölderlin war Schwabe) *»Geischt«* gesprochen wurde, *Gischt* also, das Emporschießende, Schäumende, Sprühende, vor dem man sich mit einem Südwester schützen kann, vielleicht auch die Springbrunnen jugendlicher Trunkenheit. Jedenfalls mußte der *»Geischt«* Hölderlin und seinen Freunden vom Tübinger Stift so erscheinen. Für sie gab es im Herzen der Sprache keine Trennung zwischen Seele und Leib.[2]

Das Deutsche beschwört ununterbrochen die *Urszene* herauf – nicht die *scène primitive* des Französischen, sondern jene Urszene, von der Freud spricht. *Die Urszene* müßte eher *scène originaire* heißen: *Ur-* ist so etwas wie ein verwandtes Präfix von *er-* (das aus, hervor i. S. von entsprungen, hervorgegangen bedeutet) und läßt sich unzähligen gebräuchlichen Wörtern voranstellen. Es zeigt einen Ursprung an, einen Urzustand dessen, wovon man spricht, und die Umgangssprache hat daraus sogar ein Adjektiv gemacht: *urig*, nett (wie Kinder sind), gemütlich, ursprünglich, unverstellt.

Freud folgend, dessen Studie über den kleinen Hans eigentlich eine Analyse der Einsetzung der deutschen Sprache ist, sah Ferenczi[3] die Sprache im Leiblichen wurzeln und zur Regression neigen; alle Wörter hätten ursprünglich erotische Bedeutung, und das Obszöne sei nur eine Rückkehr zu diesem infantilen Stadium der Sprache.

---

1 Pierre Bertaux war nicht nur ein großer Widerstandskämpfer, sondern er hat auch einige Legenden widerlegt, die über Hölderlin im Schwange waren: Er hat dessen Verbundenheit mit der Französischen Revolution dargelegt und die Unterschlagungen enthüllt, die Hölderlins Mutter zu dessen Lasten unternommen hat.

2 Siehe Pierre Bertaux, *Friedrich Hölderlin*, Frankfurt/M. 1978, S. 346; siehe auch Christiaan L. Hart Nibbrig, *Die Auferstehung des Körpers im Text*, Frankfurt 1985, wo die ununterbrochene Präsenz des Körpers im Inneren der Wörter gezeigt wird.

3 Siehe den schönen Artikel »Über obszöne Worte« (1911), in Sándor Ferenczi, *Bausteine zur Psychoanalyse*, Bd. 1, Leipzig-Wien-Zürich 1927.

Beim Vergleich des Deutschen mit dem Französischen wird deutlich, daß das Deutsche bis in sein Innerstes an die Gebärden und Begierden des Körpers gebunden ist. Die Interpunktion dient im Deutschen dazu, die Stellen anzuzeigen, an denen man Atem holt, sie zerschneidet den Satz in Propositionen, das heißt Atemgruppen. Die untergeordnete Proposition mit ihrem berühmten »Schlußverb« folgt ganz einfach der absinkenden Bewegung des Brustkorbs. Das Deutsche ist auf der Stimme aufgebaut: Allem Sprechen liegt Muskelarbeit zugrunde, durch welche jenes zutiefst im Körper verankert ist. Die Oberfläche zeigt sich, wenn sie durch die eigenen Tiefen gegangen ist; nur einen Augenblick lang treten ihre Wasser an der Oberfläche, ständig werden sie durcheinandergewühlt, auf den Grund des Ozeans getrieben und wieder emporgewirbelt. Das Meer atmet.

Nicht ohne Grund heißt es, man spricht *mit dem Brustton der Überzeugung*; es gibt keinen Text, keine Rede, wo man nicht den Atem anhält. *Ich atme ein und aus,*[1] *einen Atemzug lang war nichts zu hören;* das Hecheln, das Auf und Ab, der stoßweise Atem, die der schuldige Jugendliche zu verbergen sucht: Von diesem Rhythmus hebt die deutsche Sprache zu sprechen an.

Von diesem *Auf und Ab* und *Hin und Her* skandiert, erinnert das Deutsche an die *Urszene*, bei der einst das Kind die Eltern überrascht und wohl mehr gehört hat als gesehen. Vielleicht ist das vom rhythmischen Spiel der Sprache geprägte *Fort-Da,* das Freud es einleuchtend erklärt hat, ja auch eine Erinnerung daran.

Für die deutsche Dichtung ist dieser Rhythmus konstitutiv. Bertaux hat gezeigt, in welchem Maße die besondere Rhythmik der Hölderlinschen Poesie aus dem Gehen entstand. *Ein ständiges Hin und Her,* sagt das Deutsche, wobei *hin* und *her* Präpositionen sind, hin eine Bewegung bezeichnet,

---

1 *J'inspire et j'expire l'air,* wobei *expirer* die Konnotation »Sterben« hat; vgl. die Wendung »seinen Geist aushauchen«; A.d.Ü.

die etwas vom Sprechenden entfernt, und her die spiegelgleiche Annäherungsbewegung.

Hin und her, auf und ab finden sich wieder in der Mehrzahl der zusammengesetzten Verben. *Sieh nicht hin*, sagt man zu einem deutschen Kind, das nicht anschauen soll, was es doch sehen will. Diese Bewegung von Ebbe und Flut, das Hin und Her, der zweitaktige Rhythmus – man denkt an gewisse unzüchtige Handlungen, die deutsche Jugendliche in ihrer verzögerten Pubertät später als andere entdecken und wahrscheinlich viel länger ausüben – ist eigentlich die Basis der deutschen Sprache, welche im Grunde und von Natur aus nur solche Dinge im Sinn hat. Gründet das Deutsche nicht im Rhythmus der kindlichen Praktik? Beim Lesen mancher Dichter könnte man das glauben. Die dritte von Rilkes »Duineser Elegien« hat uns dazu, wie wir noch sehen werden, viel zu sagen.

Im Deutschen herrscht eine Art *Urwüchsigkeit*, die Sprache wächst aus sich selbst heraus und läßt gewissermaßen ständig ihre linguistische Kindheit wieder aufleben. Man sieht das am Beispiel der zusammengesetzten Wörter, von denen man zumindest sagen kann, daß es ihnen an Gewichtigkeit mangelt: Sie sind jedermann unmittelbar verständlich. Wer außer Hellenisten oder Botanikern wüßte denn, was eine allophile Pflanze ist? Der Deutsche nennt sie ganz einfach eine *salzliebende Pflanze*. Von sich selbst ausgehend, baut das Deutsche seine zusammengesetzten Wörter, überaus und allgemein verständlich: Die Psychographie ist ganz einfach die *Seelenbeschreibung*; ein Otorhinolaryngologe ist ein *Hals-Nasen-Ohren-Arzt*; das Peritoneum heißt auf deutsch *Bauchfell*, Erythrozyten sind *rote Blutkörperchen*. Es scheint, als ob die wissenschaftliche Forschung nie versucht hätte, sich vom Allgemeinverständlichen zu entfernen. *L'hydrogène, der Wasserstoff*, der Stoff, aus dem das Wasser ist; *l'oxygène, der Sauerstoff*, der Stoff, der sauer macht. Die Sprache selbst weist so jedem deutschen Kind den Weg. Es wäre müßig, alle französischen Wörter mit lateinischen oder griechischen Wurzeln (oder beidem) aufzuzählen, für die das Deutsche stets eine konkrete Übersetzung bereithält. Die Geographie ist im Deutschen die *Erdkunde*: Ohne weiteres versteht jeder gleich, worum es sich handelt.

Le mammifère heißt *das Säugetier*, dessen einer Stamm, *saugen*, übrigens auch ein Faktitiv *säugen* hat. Das Deutsche – und das geschieht oft, wenn nicht immer – verkehrt hier im Verhältnis zum Französischen die Blickrichtung: Wo das französische Wort *mammifère* die Mutter auf ihr Junges hinabblicken läßt, geht das Deutsche vom Jungen aus und hebt den Blick zur Mutter. Ein *Bandwurm* heißt auf französisch *ver solitaire*, einsamer Wurm, und während den Franzosen die Leberzirrhose von außen befällt *(être atteint d'une cirrhose du foie)*, zieht sich die Leber des Deutschen in sich zusammen und wird zur *Schrumpfleber*. Jeder Knochen, jeder Muskel ist mit einem leicht wiederzuerkennenden Namen versehen: Die Tibia wird zum *Schienbein*, die Fibula zum *Wadenbein*, der *musculus orbicularis oris* zum ringförmigen Mundmuskel, der *musculus zygomaticus* zum Herabzieher und das Pankreas zur *Bauchspeicheldrüse*.

Fast unnötig, auch noch an das berühmte *Stilleben* zu erinnern, dieses stille, ruhige Leben, das mit *nature morte* (tote Natur) eher schlecht als recht übersetzt ist. Wer hat eigentlich dieses seltsame Wort ins Französische eingeführt, das viel zu schnell auf das Wesentliche zu sprechen kommt? Ist die Sprache unschuldig? Was will sie nicht sehen, indem sie einige Wörter umgeht, um aus ihnen andere zu machen? Was will sie *übersehen?*[1]

Wo das Französische von der Todesgefahr *(danger de mort)* spricht, sagt das Deutsche *Lebensgefahr*, Gefahr für das Leben. Wo das Französische poetisch die Sonne schlafengehen *(se coucher)* und wieder aufstehen läßt *(se lever)*, gibt es im Deutschen bloß *Sonnenaufgang* und *Sonnenuntergang*.

1 Siehe Jean-Michel Rey, *Des mots à l'œuvre*, Paris 1979.

Alles ist verschieden von einer Sprache zur anderen, obwohl von denselben Dingen gesprochen wird: Dem Schweigen der einen mag das Sprechen der anderen entsprechen; doch ist die Sprache abhängig von dem, was sie sagt. Ihr Unbewußtes zeichnet sich an der Oberfläche der Wörter ab: Nicht zufällig steckt in Gedenken und Gedächtnis *(mémoire)*, Gedanken und Denken *(pensée)* ganz offensichtlich dasselbe deutsche Wort. Die Verbindung zwischen dem französischen Wort *mémoire* und dem lateinischen *mens* (Geist) dagegen ist längst vergessen.

Denke daran – ich gedenke deiner. Denken wird in der Vergangenheit zu *gedacht*, daraus ist das *Gedächtnis* entstanden. *Das Gedächtnis* erlaubt mir, Dinge in mein Inneres zu holen, sie zu verinnerlichen, daher kann ich mich an sie erinnern, sie wieder zurückholen – das heißt *sich erinnern*. Die Sprache hat hier sichtlich für Freud gearbeitet, sie ist ihm letztlich vorangeeilt. Bringt man nämlich etwas nach innen, bedeutet das, daß es zuvor außerhalb des unmittelbaren Zugriffs des Bewußtseins war. Das Französische sagt dagegen *se souvenir*, also von unten zu Bewußtsein kommen, *sub-venire*, und nähert sich auf diese Weise dem Unbewußten weiter an. So reden die Sprachen offen, es genügt, ihnen zuzuhören. Das gesamte Freudsche Unterfangen – von dem dieses Buch vor allem handelt – bestand darin, die Sprache zum Reden zu bringen und dem, was sie zu sagen hatte, seine Aufmerksamkeit zuzuwenden.

Alle Sprachen folgen ihrem eigenen Faden, ihren speziellen Neigungen, sie gleiten Schritt für Schritt an sich selbst entlang, aber sie sind so sehr an sich gewöhnt, daß sie sich selbst nicht mehr reden hören, *sie überhören sich*: Sie tun, als hörten sie nicht, was sie sagen.

Aus dem, was man *überhört*, kommen *die Einfälle*, die plötzlichen Ideen, *die einem ganz unerwartet einfallen*, ohne daß man sie erwartet hätte. *Cela vient de me revenir*, das ist mir gerade wieder gekommen, sagt treffend das Französische, aber woher? Was sind das für Gedanken, die da in mir aufsteigen, *mir einfallen*? Was sind das plötzlich für Blasen an der Oberfläche? Der *Wiederholungszwang* taucht hier auf, wenn auch in abgeleiteter Form: *Es ist mir gerade wieder eingefallen*, sagt das Deutsche, und was da in mich einfällt, ist nicht weit entfernt von dem, was ich verinnerlicht habe, *woran ich mich erinnere.* Die Sprache folgt ihrem Fluß – und nur dadurch wird sie Sprache. Der *Einfall* ist ein besonderer Fall des Wortes *fallen*, das, wie alle Verben, mit allen möglichen Partikeln kombinierbar ist und eine Vielzahl von Variationen kennt, untereinander sämtlich verbunden durch dieses Wort, aus dem sie hervorgegangen sind und das ihnen allen dieselbe Schattierung, dieselbe Klangfarbe verleiht.

Das Wort *fallen* enthüllt die außerordentliche Tragweite des Freudschen Denkens für die deutsche Sprache. In der Tat verrät sich das Unbewußte immer durch jähe Einbrüche, *irruptions*, was übrigens eine gute Übersetzung für *Einfälle* wäre, durch Dinge, die einem unvermittelt einfallen oder aus dem Gesprächsthema herausfallen. Vielleicht war das gesamte Werk Freuds auch eine beharrliche Variation über das Wort *fallen*. Die berühmten *Fehlleistungen (actes manqués)*, die einen so großen Raum bei Freud einnehmen, sind etwas, das man bemerkt, das unvermutet in einem Gespräch auftaucht: *Sie fallen auf*; sie fallen ins Auge, man bemerkt sie, auch wenn es nur zufällige Zwischenfälle sind – *der Zufall fällt auf;* man registriert den Zufall ebenso wie das, was einem da unvermutet vor die Füße fällt – *zufällt* –, und das, was eigentlich nicht vorfallen sollte, was einem daher *auffällt.* Der Zufall geht über den alltäglichen Fall hinaus; es ist, als wäre die Aufmerksamkeit Freuds gegen seinen Willen von den »Zufällen« der Sprache angezogen worden, die über sie mehr sagen als notwendig. Übrigens ist es merkwürdig, daß dieses Wort *Zufall* wahrscheinlich vom lateinischen *accidens* kommt, dessen genaue Übersetzung es ist; über die Sprache der Mystiker ist es dann ins Deutsche gelangt.

Einer der wesentlichen Unterschiede zwischen den beiden Sprachen ist hier mit Händen zu greifen: die Erkennbarkeit der Etymologien. Wer nicht Latein gelernt hat, kann die

Natur des Wortes *accidens* nicht erkennen, das im Französischen übrigens nicht nur den Zufall *(hasard)*, sondern auch den Unfall *(accident)* bezeichnet. Es scheint fast, als entziehe sich das Französische der Selbstbefragung, die im Deutschen jederzeit möglich ist, dem analytischen Blick.

Die interessantesten Dinge lassen sich bekanntlich meist dort finden, wo etwas weggeworfen wird, in den Brosamen, die bei Tisch anfallen: im *Abfall*, der sich ablöst und zu Boden fällt. *Im Herbst fallen die Blätter ab*, sagt man.

Im Schlaf wird man buchstäblich *überfallen* von dem, was man im Wachzustand nicht zu denken wagt, die Träume fallen den Träumer hinterrücks an; erwachend, könnte er von diesem *Überfall* eine Krise bekommen: *einen Anfall*, etwas, das ihn von der Seite oder von oben überfällt, anfällt; das wäre *ein bedauerlicher Vorfall.*

Diese ärgerlichen Zwischenfälle fielen besser weg; indem man sie ignoriert, erreicht man ihren *Wegfall.* Aber aufgrund heftiger Gemütsbewegungen kann man auch *Anfälle von Durchfall* bekommen, jener Kolik, die manchmal mit dem Versagen bei Prüfungen, dem *Durchfallen*, einhergeht. Das führt uns direkt zu jenem Teil des Körpers, mit dem sich das Freudsche Denken so oft befaßt. Denn die *Zwangsneurosen* kommen, wie uns die Etymologie des Wortes *Zwang* lehren wird, von der Verstopfung – von der Kehrseite dessen also, von dem eben die Rede war. Vorausgesetzt, es gibt keinen *Rückfall*, können sich solche Vorfälle aber auch in Wohlgefallen auflösen.

Ihrem Faden folgend, sagt die Sprache, die von *Einfällen* redet, auch *sich erinnern*, denn ihre *Einfälle* und *Erinnerungen* kommen aus der *Ahnung*, einem Haupt-Wort der deutschen Sprache, jenem vorausfühlenden Wissen, in dem ein im Bewußtsein aufgestiegenes Vorgefühl Erinnerung wird und von dem man nicht weiß, ob es der Zukunft angehört oder der Vergangenheit. Kein Schriftsteller hat das deutlicher gezeigt als Joseph von Eichendorff, der Volkstümlichste von allen, dessen Roman »Ahnung und Gegenwart« unter den

Augen des Lesers die intime Landschaft der Sprache ausbreitet.

Denn jede Sprache ist ihre eigene Landschaft, sie bewegt sich gewissermaßen in einer bestimmten Atmosphäre: Ein deutscher Bahnhof gleicht in nichts einem französischen, aber die französischen oder deutschen Bahnhöfe ähneln einander allesamt. In Deutschland oder Österreich liegt ein Geruch in der Luft, den man in Frankreich nirgends findet. Zu Freuds Zeiten stärker noch als heutzutage, wo sie manchmal kaum wahrnehmbar sind, war das alltägliche Leben durchdrungen von solchen Unterschieden in der Konsistenz, wie sie die Sprache ausdrückt, und zeichnete auf diese Weise ihrerseits die Sprache.

Die Sprachen indes unterscheiden sich nicht nur grundlegend voneinander; ebensooft, wie sie einander widersprechen, stimmen sie auch überein: *Tout ce qui est exagéré est insignifiant* (Alles Übertriebene ist unwichtig) wiederholt man in Frankreich seit Talleyrand, während das Deutsche sagt: *Übertreiben macht anschaulich*; allerdings sagt das Französische auch: *Exagérer n'est pas mentir*, übertrieben ist nicht gelogen. Man kann sich da gar nicht aus der Affaire ziehen; gefährliche Untiefen lauern allenthalben in Redensarten und Sprichwörtern, wo die Sprache sich selbst widerspricht. Auf einer anderen Sprachebene ist die Übersetzung fast immer möglich: Hätte das Französische im Herzen der Sprache seinen *argot*, seinen *Volksmund*, bewahrt, könnte es bestimmte Dinge und Sichtweisen viel besser aus dem Deutschen übertragen.

Das Deutsche ist nämlich eine im Grunde volkstümliche Sprache, die ihre Etymologien aus sich selbst schöpft: Alles, was sie erklärt, ist nur durch sie zu erklären. *Deutsch*, ein altes Wort, heißt volkstümlich. *Tuit*: Volk – im Gotischen, das übrigens nur ein Zweig der germanischen (gotisch: *tiudisko)* Sprachen ist –, heißt auch »heidnisch«. Dieser volkstümliche, heidnische Charakter ist geradezu das Wesen der deutschen Sprache; ihre offenbare Unmittelbarkeit stammt vielleicht daher, die Bedeutung des Raums und wohl auch die Fähigkeit, alles mögliche zu sagen und sich den konkreten oder abstrakten Wortschatz dafür nach Belieben zu schaffen.

Jeder Wortstamm läßt sich mit zahlreichen Suffixen kombinieren. Das Suffix *-keit* zum Beispiel, das den Zustand von Dingen bezeichnet, macht Sprache so zu *Sprachlichkeit*; das entsprechende französische Konstrukt *langagéité* wäre in seiner Anmaßung und Pedanterie unerträglich – im Deutschen klingt es nicht einmal lächerlich. So müßte man zu den zahllosen Variationen aller deutschen Wörter die französischen Entsprechungen suchen – oder deren Abwesenheit feststellen.

Weil es das Unbewußte gibt – die *Sprachlosigkeit* –, gibt es die Sprachen, gibt es so viele Sprachen. Das Deutsche aber hat durch den Freudschen Sprachgebrauch Lücken bekommen, durch die nicht das Unbewußte, aber etwas diesem Nahes entschlüpfen kann. Das Nahe: Wie Freud im Zusammenhang mit dem Wort »*das Unheimliche*« bemerkt hat, besitzt das Deutsche in der Tat eine Reihe von Wörtern, die andere Sprachen nicht haben, und das Schweigen der anderen Sprachen angesichts dieser Wörter ist jene abgrundtiefe Leere, aus der Sprache entsteht.

Die visuellen und auditiven Elemente sind im Deutschen viel stärker entwickelt als im Französischen; das Tun *(agir)* ist hier sehr viel verbreiteter als das Machen *(faire)*,[1] und auf diese Weise schreibt sich das Deutsche nachdrücklich in die Welt der Kindheit ein.

Das ist auch Leibniz nicht entgangen, der 1680 in einem berühmten Aufsatz folgendes schrieb: »Ich finde, daß die Deutschen ihre Sprache bereits hoch gebracht haben in allem dem, so mit den fünf Sinnen zu begreifen ist und auch dem gemeinen Mann vorkommt; absonderlich in leiblichen Dingen, auch in Kunst- und Handwerkssachen; es sind nämlich die Gelehrten fast allein mit dem Latein beschäftigt gewe-

---

1 Siehe Fernand Deligny, *Les Détours de l'agir ou le Moindre geste*, Paris 1979.

sen, und die Muttersprache wurde dem gemeinen Lauf überlassen; nichtsdestoweniger ist sie auch von den sogenannten Ungelehrten nach Lehre der Natur gar wohl getrieben worden.«[1]

Obwohl das Deutsche seit Leibniz und besonders seit Beginn des 19. Jahrhunderts sehr viel einfacher, klarer und durchsichtiger geworden ist, wird es doch von der Leibnizschen Beschreibung vollkommen charakterisiert.

Das Deutsche ist im Gegensatz zu der untilgbaren Legende, die von der Welle der *philosophie allemande* in Frankreich noch bestärkt wurde, der Abstraktion nahezu unfähig. Die abstrakten Begriffe des Deutschen sind, wie gesagt, französische Wörter – und finden sich nicht zufällig bei Freud wieder. Alle anderen Begriffe, besonders die philosophischen, sind gar nicht abstrakt. Philosophische Termini wie die berühmte *Aufhebung*, eines der wichtigsten Wörter im Hegelschen Denken, haben ihren Platz in der alltäglichsten Sprache: *Das Stück Schokolade hebe ich mir für morgen auf.* Diese Verwurzelung in der Sprache des Volkes bestimmt wesentlich die Sprache der deutschen Philosophie. Das Denken ist in keiner Weise außerhalb der Sprache. Daher ist im Deutschen selbst das *Wesen (l'essence* – die *essentia* des Thomas von Aquin) ein geläufiger Begriff: *Wir sind alle lebendige Wesen (êtres)*, oder: *Es liegt im Wesen (essence) der Pflanze, immer zum Licht zu drängen*, oder: *Die Kinder treiben im Garten ihr Wesen.* Seine Bedeutung ist allerdings etwas verblaßt, weil es sich mit dem Sein *(être)* vermischt hat.

Die deutsche Sprache ist fast allzeit bereit und dem Denken oft voraus. Das könnte vielleicht zur Erklärung einiger Verirrungen und Ausschreitungen beitragen, die vor nicht allzu langer Zeit in Deutschland vorgefallen sind.

---

1 »Unvorgreifliche Gedanken, betreffend die Ausübung und Verbesserung der teutschen Sprache«, in Gottfried Wilhelm Leibniz, *Philosophische Werke,* Erg.-Bd. Deutsche Schriften, hg. von Walter Schmied-Kowarzik, Leipzig 1916, S. 27.

Die Bedeutung des Freudschen Werks aber rührt daher, daß es dem Deutschen nicht verfällt, daß es sich nicht durch dessen Fluten fortreißen läßt. Zwar trifft, was man über die Griechen sagte, auch für das Deutsche zu: Die deutsche Sprache weiß alles vom Unbewußten; sie hat es Freud gleichsam vorgesagt. Freud aber zeigte, was die Sprache sagen wollte, wenn sie sprach. Auch Goethe und Nietzsche haben Ähnliches versucht; darum sind ihre Werke so universell gültig und oft übersetzt.

Dennoch geschah, wie wir wissen, das absolute Verbrechen im Lager der deutschen Sprache, die bis zur absoluten Perversion entartete. Sie wurde durch ihre Worte bis zu ihrer Grammatik Ausdruck der Organisation des Verbrechens. Wenn man die Texte der in jener Zeit erlassenen Gesetze und Verfügungen, die Reden und diversen Schriften jener Nichtswürdigen liest, erhebt sich die Frage, welches Ungeheure da aus der Verdrängung wiederkehrte, um auf diese Weise sein Unwesen in der Sprache zu treiben.[1]

Hat Freud geahnt, was geschehen würde? Was sah er in der Sprache hochkommen, in ihr arbeiten? Es ist an der Zeit, die Sprache einem solchen Verhör durch die Sprache zu unterziehen. Vielleicht wird es dann möglich sein, die Analyse weiterzutreiben und einer psychoanalytischen Erhellung des absoluten Verbrechens den Weg zu weisen.

In einem bemerkenswerten Artikel zum 34. Kongreß der Internationalen Psychoanalytischen Vereinigung, der 1985 zum erstenmal nach dem Krieg in Deutschland stattfand, schreibt Caroline Neubaur: »Als Freud 1921 ›Massenpsychologie und

---

1 Wortschatz und Grammatik der Nazis harren noch ihrer Erforschung, obwohl deutsche Germanisten wie Killy, Lämmert, Conrady, Polenz, Winckler und Dahle die Sprache der Nazis eingehend studiert haben; siehe Eberhard Lämmert, *Germanistik – eine deutsche Wissenschaft*, Frankfurt/M. 1967. Seitdem ist auch die grundlegende Arbeit Victor Klemperers: *LTI-Notizbuch eines Philologen* bekannt geworden.

Ich-Analyse‹ schreibt, macht er es sich eigentlich gar nicht recht klar, aber es ist gewissermaßen die prophetische Größe dieses Unternehmens, daß es eine Analyse nicht der Gesellschaft überhaupt, sondern der faschistischen Gesellschaft ist. Freud ist tatsächlich der erste, der das Problem einer Masse, ihrer Kohäsionskraft und Identifizierung mit ihrem Führer richtig gesehen hat.«[1]

Und es ist so, als wäre das gesamte Freudsche Werk ein vehementes, wenn auch zunächst nicht bewußtes, bald aber verzweifeltes Bemühen, zu bannen, was sich in Europa anbahnte. Man sollte Freuds Schriften vielleicht einer erneuten Betrachtung unterziehen: unter dem Blickwinkel des noch bevorstehenden Genozids, der mitten im Feld jener Sprache ausbrechen sollte, die Freud zu erhellen bemüht war.

Dieser Essay unternimmt den Versuch, die Sprache Freuds im Lichte jenes Verdrängten zu analysieren, das im Nationalsozialismus wirksam wurde. Womöglich war das ganze Freudsche Werk ein Warnruf angesichts der bedrohlichen Vorzeichen, die damals am Horizont des deutschen Sprachgebiets auftauchten.

Die kollektive Psychologie der nationalsozialistischen Epoche ist nicht nur durch die Figur des Vaters geprägt, sondern auch durch das Verbotene, das dieser deckt, bündelt und bewahrt. Die Sicherheit, die der Vater vermittelt, wird verstärkt dadurch, daß er das, was er verbietet, gleichzeitig selbst verkörpert. So konnte Bertram Schaffner schon 1947 sein berühmtes Buch »Fatherland« veröffentlichen, und auch Alexander Mitscherlichs »Unfähigkeit zu trauern« bezieht sich nicht zufällig auf Deutschland. In den meisten der von Freud studierten »Persönlichkeiten« spiegelt sich offensichtlich die Tragödie der Identifikation mit dem Vater wider, dem Zeugen der Schuld des Sohnes gegen den Vater. Auch Goethes wunderbarer »Erlkönig« sollte nicht vergessen werden, der

1 *Merkur*, Nr. 42, 39. Jg. 1985, S. 1123.

wesentlich zur Entstehung des deutschen Imaginären beitrug. Seltsamerweise ist dieses Gedicht während der sechziger Jahren besonders in Frankreich weitgehend aus dem kollektiven Gedächtnis und den Schulbüchern verschwunden, aber bekanntlich verträgt sich das Deutschlernen in Frankreich heute schlecht mit Literatur und ähnlichem. Es ist, als verkörperte sich von Anfang an das Imaginäre in diesem Gedicht zu deutlich in seiner Schuld.

Auf der individuellen Ebene können wir heute aus dem erschreckenden Fall des traurigen Jürgen Bartsch, in dessen aufeinanderfolgenden Verbrechen alle Elemente der Verdrängung sichtbar wurden, die schon beim »Rattenmann« oder an Daniel-Paul Schreber zu beobachten waren, auf dieses ungeheure Verdrängte schließen.[1]

Auf der kollektiven Ebene läßt sich aus den nationalsozialistischen Greueln nicht vollständig erkennen, was da alles in der Tiefe brodelte, und zu solchen Fragen hat uns das Werk Freuds noch viel zu sagen – als hätte er zur Sprache bringen wollen, was keine Worte hatte, bevor es zu spät war, bevor das in der repressiven deutschen Gesellschaft vom Ende des 19. bis zu den ersten Jahrzehnten unseres Jahrhunderts Unterdrückte sich in Krieg und absolutes Verbrechen entladen mußte.

Denn was hätte den Genozid schließlich in den Gedanken der daran Beteiligten rechtfertigen können? Ein aus dem Jahr 1914 datierender Aufsatz Ferenczis »Zur Nosologie der männlichen Homosexualität (Homoerotik)«[2] in dessen letztem Teil von der Verwandlung zärtlicher und freundschaftlicher Gefühle in homosexuell grundierte Brutalität und Gewalt die Rede ist, könnte der Forschung ungeahnte Wege öffnen.

---

1 Paul Moor, *Jürgen Bartsch: Opfer und Täter. Das Selbstbildnis eines Kindermörders in Briefen,* Reinbek 1991.

2 Sándor Ferenczi, *Bausteine zur Psychoanalyse,* Bd. 1, Leipzig–Wien–Zürich 1927.

»Wissenschaftliche Objektivität« wie sie Benno Müller-Hill am Beispiel der deutschen Biologie von 1933 bis 1945 beschrieb,[1] legte die Grundlagen zum Völkermord. Ob sie auch von diesem Verdrängten, das Freud aufgedeckt hat, befallen war? In diesem Bereich ist die Analyse des deutschen Sprachgebrauchs nach dem Vorbild Freuds noch zu leisten. Vielleicht müßte man die Spur, die Hans Mayer in seinem berühmten Buch über die »Außenseiter«[2] gelegt hat, weiterverfolgen und fragen, wie sich dieser Geisteszustand auf das Zustandekommen des Genozids auswirkte.

In seinem Buch »La psychiatrie sociale« zeigt Henri Baruk, daß erst die moralische Verdrängung, in der hauptsächlich die Schuld geleugnet wird, die Errichtung und das Überdauern der Tyrannei ermöglicht hat, und bemerkt am Ende, amerikanische Autoren hätten in den antisemitischen Wahnvorstellungen der Nazis oft homosexuelle Anteile entdeckt.[3] Analysen dieser Art müßte man miteinander verbinden und auf die Tiefenstruktur des deutschen Imaginären anwenden. *»Vaste programme«,* würde General de Gaulle sagen, ein weites Feld. Aber dringend notwendig in einer Zeit, wo sich die Bestie, die schon für tot gehalten wurde, zusehends erholt. Möglicherweise sucht man sie jedoch heute gerade dort besonders heftig, wo sie am wenigsten zu finden ist.

Paris 1985

1 Siehe Benno Müller-Hill, *Tödliche Wissenschaft: die Aussonderung von Juden, Zigeunern und Geisteskranken 1933–1945,* Reinbek 1985. Siehe auch G.-A. Goldschmidt, »Médecins meurtriers«, in *Allemagnes d'aujourd'hui,* Dezember 1986.

2 Hans Mayer, *Außenseiter,* Frankfurt/M. 1975.

3 Henri Baruk, *La psychiatrie sociale,* P.U.F.; auf S. 49/50 gibt er ein sehr interessantes Beispiel für eine solche Übertragung.

I
Freud und die Sprache

1. Das Unbewußte

Einer der bekanntesten Texte Freuds heißt *»Das Unbewußte«* – und schon geht nichts mehr.

Das Unbewußte. Ein einziges Wort, und man taucht in den Schoß der Differenz. Das Französische kennt nur zwei Geschlechter, männlich und weiblich, nicht aber das fremdartig eindringliche Neutrum, dieses abseitige Geschlecht. Die Wörter, die (meist aus phonetischen Gründen) diesem Geschlecht angehören, haben einen besonderen Ausdruck; oft sind sie verhaltener, allgemeiner, unentschiedener als die anderen. *Das Leben, das Kind, das Spiel.* Irgend etwas ist anders an diesen Wörtern, die weder männlich noch weiblich sind, das Tempo vielleicht. *Das Nachdenken* ist nicht dasselbe wie *die Überlegung.*[1]

Das Unbewußte. Dieses Wort, eines der gewöhnlichsten und selbstverständlichsten Wörter, bevor Freud es aufnahm, kommt vom Perfekt des Wortes wissen. *Das habe ich nicht gewußt* – was gibt es Einfacheres in der deutschen Sprache? *Mir ist das gar nicht bewußt geworden* – seit jeher wurzelt der Stamm dieses schlichten Worts in einer der am besten bekannten Zonen der Sprache.

1 Weil wir gerade beim Geschlecht sind: Man sollte sich hier vor jeder Überinterpretation hüten. *Die Sonne* ist nicht deshalb weiblich, weil die Deutschen eine »weibliche« Vorstellung von der Sonne haben, sondern weil alle Wörter auf *-onne* weiblich sind: *die Wonne, die Tonne.* Keine pseudoanalytischen Deutungen des Geschlechts also, das phonetisch bestimmt ist. Man könnte sich sicher fragen, warum gerade dieses Wort, aber genausogut könnte man sich fragen, warum das Deutsche deutsch redet.

Anders verhält es sich mit *la conscience*, dem französischen Bewußtsein. Um dessen Wurzel *scio*, ich weiß, die auch in *science*, der *Wissenschaft*, steckt, zu verstehen, muß man schon Latein können. Das Wort selbst ist zwar recht alltäglich, aber es ist ein Substantiv, das nirgends zur Geschmeidigkeit des Verbs neigt. Im Deutschen dagegen hört man das Verbum auf allen Sprachebenen. Jedes Wort dieses Stamms ist vom Verbum *wissen* geprägt.

Wissen kann selbst ein Substantiv sein: *das Wissen*. Auf dem Grund des *Unbewußten* finden sich daher von Anfang an alle möglichen Variationen über das Wort *wissen*, dem, wie jedem anderen Wort auch, das Präfix *un-* vorangestellt werden kann: *das unwissende Kind. Un-* (lat. *an-)*, ein Präfix des Entzugs oder der Verneinung, das sich allem fügt; es gibt sogar ein Kinderspiel, das darin besteht, so vielen Wörtern wie möglich ein *un-* anzuhängen. Das französische Präfix *in-* ist in dieser Hinsicht weniger leicht zu handhaben – französische Kinder setzen statt dessen ein o zwischen die Silben der Wörter.

Lacan hat vollkommen recht, wenn er *das Unbewußte* mit *l'insu* (eigentlich: das Ungewußte) statt mit *l'inconscient* übersetzt, um so mehr, als dieses durch das Suffix *-scient* einen dem Deutschen entgegengesetzten Sinn erhält: Es wird zu einem aktiven Adjektiv, einer Art Partizip der Gegenwart; *être conscient* bezeichnet eine Aktivität, einen Zustand der Wachheit, der in *Ich bin bei Bewußtsein, ich bin mir bewußt* oder *es ist mir bewußt* vollkommen fehlt; es gibt hier keine transitive Wendung wie *je suis conscient*. Das Bewußtsein führt sich im Deutschen nicht als ein Tun ins Denken ein.

Im Wort *conscient* verbirgt sich das lateinische *scire* (wissen), und das ist kein Zufall. Alles hat seinen Platz in der Sprache. *Le conscient* (das, der Bewußte) ist mehr zum Ich hin orientiert als zum Es. *Le conscient* ist nicht nur das Gewußte, das Objekt, sondern auch der Wissende, das Subjekt dieses Wissens. Jean-Jacques Rousseau stützt sich nicht ohne Grund auf diese enge Verwandtschaft zwischen dem vom Wissen, vom Gewissen ungeschiedenen Bewußtsein und dem Gefühl der Existenz,[1] und auch das Bergsonsche Werk ist nichts anderes als eine Erforschung der Verbindung zwischen Leben und wissendem Bewußtsein (*conscience*)[2].

Bewußtsein. In diesem Wort umfaßt *sein* nicht *bewußt*, sondern verwandelt das Perfektpartizip in den Gattungsnamen eines Zustands, den man auch *Bewußtheit* nennen könnte. Jedenfalls handelt es sich um einen Zustand und nicht um eine Aktivität, wie die französischen Wörter *conscient* und *conscience* nahelegen. Dieser Unterschied kommt beim *Gewissen* zum Tragen: *J'ai mauvaise conscience* – im Französischen ist Bewußtsein und Gewissen dasselbe, im Deutschen nicht –: *Ich habe ein schlechtes Gewissen.* Die Sprache hat hier offensichtlich für Freud gearbeitet und das Bewußtsein von jeder moralischen Konnotation frei gehalten. *Das Unbewußte* lag, ganz objektiv, vor Freud: Er mußte sich nur noch darein versenken.

Von Grund auf gehen die beiden Sprachen verschieden vor: Im Französischen gibt es etwas wie einen Willen, eine absteigende Bewegung, letztlich eine Entscheidung zum Bewußten hin. Schon die Aussage *Je suis un être conscient* setzt eine sehr elaborierte, sehr präzise Vorstellung der Welt voraus. *Ich bin ein bewußter Mensch* dagegen bedeutet höchstens, daß ich nachdenke und nicht unüberlegt handle. *Je suis un être conscient* müßte man eigentlich mit *Ich bin ein selbstbewußtes Wesen* übersetzen, denn darum geht es; das Französische dispensiert sich hier davon, zu präzisieren, was das Deutsche unterstreicht: *das Selbst. Je suis conscient* und *Ich bin mir meiner selbst bewußt* sind nicht gleichwertig, das Selbst *(soi)* fehlt; *conscience de soi* und Selbst*bewußtsein* dagegen entsprechen einander.

---

1 Etwa im »Glaubensbekenntnis des savoyischen Vikars« im 4. Buch des *Émile.*

2 Im Französischen gibt es nur ein Wort für Gewissen und Bewußtsein: *conscience;* siehe die folgenden Absätze und das Ende des 4. Abschnitts; A.d.Ü.

Stets sieht man das Französische handeln, wo das Deutsche erleidet; die Sprachen unterscheiden sich in ihrer Befindlichkeit, es ist, als näherte sich das Deutsche mit seinem spezifischen Gebrauch dieses Perfektpartizips, aus dem alles entsteht, was mit bewußt und unbewußt zu tun hat, schon dem *Es*.

Es ist, als ließe sich das Deutsche *überraschen* von etwas, das – etymologisch betrachtet – rascher ist. Plötzlich Wiederaufgetauchtes kann jederzeit aus dem brüchigen Gewebe der Sprache quellen. Und die Sprache tut, als sähe sie es nicht, *übersieht* es, umgeht es.[1]

Die Frage, die sich durch Freud stellt, lautet: Kann man dieses Wiederaufgetauchte, das sich seinen Weg durch die Sprache bahnt, erkennen? In der Sprache zu sein heißt gewissermaßen, diese Blasen, die an der Oberfläche platzen, in sich aufsteigen zu lassen, als wäre man selbst nichts als Brandung.

Im Deutschen wird man durch die Sprache: Sie kommt einem ganz natürlich. Man kann sie täglich nach Belieben neu zusammensetzen oder erfinden, das Deutsche spricht sich leicht, fast ein wenig zu leicht. Es ist wie ein Meer, dessen Tiefen noch nie ermessen wurden und dessen Oberfläche nur sich selbst preisgibt; bei schönem Wetter ist es von dunkel widerscheinendem Grün, undurchsichtig, aber von unerforschlichen Abstürzen kündend. Die Wellenkämme zerstieben im Wind zu weißem Schaum, spiegeln sich für einen Augenblick im Himmel und werden, niederfallend, von den Wassermassen verschlungen.

Unaufhörlich trudeln Blasen nach oben, Blasen aus Wasser und Luft, aus unerahnter Tiefe an die Oberfläche getrieben, die für die Zeit eines Wortes, wenn die Luft sie berührt, zerplatzen. Denn *das Unbewußte* ist von derselben Konsistenz, vom selben Stoff wie das *Es*. Beide sind grammatikalisch neutral, das eine führt ganz natürlich zum anderen, und das um

1 Siehe Jean-Michel Rey, *Des mots à l'œuvre*, Paris 1979.

so mehr, als das *Es* zum Subjekt jedes beliebigen Verbs werden kann. *Das Unbewußte* ist ein Neutrum wie das *Es*, vielleicht das Neutrum an sich: Es hat keinen Ort.

Das *Es* kann die Rolle von *il* oder *ça* übernehmen: *Il pleut – es regnet.* Das *ça* jedoch ist nicht in der Reichweite des Unbewußten, *l'inconscient.* Denn *l'inconscient* ist von männlichem Klang, der noch von der Endung *-ent* unterstrichen wird *(le patient, l'occident, l'accident, le tranchant* etc. – alle Worte auf *-ent* oder *-ant* sind männlich). Das Unbewußte schlägt im Französischen eine herrische Tonart an. Es scheint jemand zu sein – Gott ist hier nicht weit. Nichts desgleichen im Deutschen, wo das Wort von seinem Geschlecht in eine ganz andere Richtung gelenkt wird. *Das Schöne, das Böse, das Gute* sind Neutren – wie auch alle hauptwörtlich gebrauchten Infinitive: *das Essen, das Fahren, das Schweigen.* Zwischen dem *Es* und dem *Unbewußten* besteht eine Kontinuität: Es ist dasselbe Meer, aus unterschiedlicher Position, aber vom selben Deck aus betrachtet.

Von *ça* strömt nichts zu *l'inconscient.* Ein unsichtbarer Isthmus trennt die von der Gischt verborgenen Fluten. *Es* ist im übrigen keine treue Übersetzung von *ça. Ça* zeigt, deutet hin, weist eine Richtung: *Regardez-moi ça!* (Sieh mal da!), *Ça c'est bien* (Das ist gut!). *Ça* hat immer etwas Demonstratives, Enthüllendes, Entschiedenes, das das *Es* nicht hat, sonst hieße es *dieses* oder *jenes* oder auch *das*: *Das ist schön. Ça* entspricht nur dann dem deutschen *Es*, wenn es wie *il* mit einem Verb verknüpft ist, welches das *ça* gewissermaßen absorbiert.

Es ist nur der Moment der Einfügung des Verbs, des Zeitworts, in die Zeit; wie es aus dem Kontinuum der Dauer auftaucht, versinkt es wieder darin, zerrinnt, wie mit der Hand geschöpftes Wasser, zwischen den Fingern. *Es* geht zum einen Ohr hinein und zum anderen hinaus, es fließt vorbei, *ça* richtet sich an den, der es hört oder meint. So wird das Herrische von *l'inconscient* verständlich: *Ça* und *l'inconscient* treffen einander in einer Art von Genauigkeit, die man auf sich zukommen fühlt, ohne daß sie sich offen zeigt. *Das Unbewußte* ist anders, es breitet sich vor den Betrachter wie das Meer, ewig wiederkehrend und grenzenlos, wie die Ostsee mit ihren überraschenden Wendungen, schilfbewachsenen Armen, die man auch für Flußläufe halten könnte, kommt es von einer Seite und verschwindet zu einer anderen hin, es fließt vorbei, kommt aber nie direkt auf dich zu.

Ça vient, sagt das Französische. *Mir kommt es*, sagt der Jüngling zu seinem Busenfreund, wenn ihr innerer Aufruhr unwiderstehlich wird. Man weiß nie, wer da kommt und an die Mansardentür klopft. Die Angst auf frischer Tat überrascht zu werden, ist vielleicht das Wesen dieses Unbekannten.

In »La chose freudienne«, einem der bedeutendsten je über Freud geschriebenen Texte, erinnert Jacques Lacan daran, daß man früher *ce suis-je* (es *bin* ich) sagte statt, wie heute, *c'est moi* (es *ist* ich) und damit schließlich das Pult durch das Lebendige ersetzte.[1] *C'est moi* – von dem, was uns da überrascht, haben wir nichts zu fürchten. Das Deutsche sagt hier: *Ich bin es, je suis ce*, als böte es, ein genaues Spiegelbild des Französischen, diesem die Stirn.

Ce suis-je verhält sich zu *Ich bin es* wie *l'inconscient* zum *Unbewußten*. Im Französischen kündigt es sich mit seiner ganzen Potenz an: *C'est moi* (*c'* entspricht hier sehr genau dem *Es*, wie Lacan in demselben Text zeigt) – das, was da draußen vor der Mansardentür ist, könnte sich des Adoleszenten mit derselben Gewalt bemächtigen wie der unwiderstehliche Aufruhr –, mit dem Unterschied, daß das eine von außen kommt und das andere von innen. Denn *das Unbewußte* treibt irgendwo – ein Meer im Meer.

Ce suis-je. Ich stehe vor dir; was dich überraschen sollte, löst sich in mir *(moi)* auf: *Ich bin es, c'est moi.* Die Sprache kann nur in diese Richtung fließen. Aber um was zu sagen? *Wer ist da? Ich bin es, c'est moi.* Welche Trennungslinie, welche Oberfläche des Meeres beidseits der Sprache? *Ich bin es/c'est moi*: Die beiden Sprachen, könnte man sagen, stehen einander

1 »La chose freudienne«, in Jacques Lacan, *Écrits*, Paris 1966, S. 417.

entgegen, gegenüber. Wenn ich dich ansehe, blickt dein linkes Auge in mein rechtes. So ist das Französische am anderen Ufer des Meeres.

Kaum jemand wagt es, sagt Lacan, den objektiven Status des Ichs *(je)* in Frage zu stellen, das aufgrund der spezifischen historischen Entwicklung unserer Kultur gern mit dem Subjekt verwechselt wird. Das Französische ergreift stärker Besitz von dem, der es spricht. Alles ist auf ein Zentrum ausgerichtet, die Sprache hat in ihrer Art immer das letzte Wort. Die Anlage der Sprache leitet das Denken in genau die Bahnen, die sie nicht zufällig vor sich hinzieht.

Im Gegensatz zum Französischen ist im Deutschen das Personalpronomen zwingend von der entsprechenden Person des Verbs begleitet. *C'est moi, c'est toi (es ist du, es ist ich)* kann man auf deutsch nicht sagen, das ist grammatikalisch unmöglich. Das Französische ist von *Ce suis-je* zu *c'est moi* übergegangen, aber es kann sagen: *C'est moi qui le dis* (es *ist* ich, der das *sage), c'est toi qui as fait ceci ou cela* (es *ist* du, der das getan *hast). Ich bin es*, sagt dagegen das Deutsche, *der Schuldige bin ich*; das Französische sagt: der Schuldige *ist* ich, *le coupable c'est moi*: Hier absorbiert das Es *(c')* gewissermaßen das Ich, im Deutschen ist es umgekehrt: Ich bin der Schuldige.[1]

So sehen wir das Licht auf der Oberfläche des Meeres spielen, wenn Wolken die Sonne verdunkeln und ein ungeheurer Schatten auf die Wellen fällt, umsäumt von der im Gewitter milchig lichten See. »Es geht um die Analyse«, sagt Lacan, »ob und wie das *je* und das *moi* sich im je besonderen Subjekt unterscheiden und überlagern.«[2]

Das *moi* (ich) trennt sich im Französischen, sobald es mit der dritten Person des Verbs sein einhergeht, schlagartig vom *je* (ich): *Je suis le coupable* (ich *bin* der Schuldige) – *le*

1 Mein Fehler ist im Deutschen konsubstantiell; die Person, der Schuldige, ist in der Zeit seines Fehlers (erste Person des Verbs). Ich bin der Fehler. (Siehe René Girard, *Le bouc émissaire*, S. 56f.)

2 »La chose freudienne«, in Jacques Lacan, *Écrits*, Paris 1966, S. 418.

coupable c'est moi (der Schuldige *ist* ich): Das Französische ist hier beide Sprachen gleichzeitig. Welche unterseeischen Strömungen treiben da zur Oberfläche, markiert von Bojen, die durch unsichtbare Taue miteinander verbunden und im Grund verankert sind? Wie heben sich diese Wasser von hellerem oder dunklerem Grün voneinander ab, wie überlagern sie sich?

Erstreckt das Meer sich nicht ohne Unterbrechung von Kontinent zu Kontinent? Strömt es nicht von Sprache zu Sprache? *Mir ist das bewußt geworden,* sagt das Deutsche: Vom Grund her ist etwas an die Oberfläche meines Bewußtseins getrieben. Es ist mir bewußt geworden, sagt das Deutsche, es hat sich irgendwo an den Rumpf geheftet, aber es ist so durchsichtig, daß es sich von der Farbe an den Flanken des Schiffs nicht abhebt. *Be*wußt, sagt das Deutsche, nicht *ge*-wußt.

Das Präfix *be-* bedeutet, daß man eine Sache mit einer anderen versieht, außerdem kann es ein transitives Verb intransitiv machen. Etwas, das bewußt wird, ist gleichsam von Bewußtsein überzogen. *Mir ist etwas bewußt geworden* heißt nicht, daß etwas sich verändert hat, sondern daß es schließlich bis zu meinem Bewußtsein aufgestiegen ist. *Das Unbewußte* driftet wie Treibgut im Meer, zwischen dem Grund und der Oberfläche, vielleicht ist es auch das Wasser selbst, irgendwo in seinen Tiefen. Ist es erst einmal hochgekommen, handelt das Französische nach seiner eigenen Logik – es handelt: *J'en ai pris conscience* (etwa: Ich habe davon Bewußtsein ergriffen). Ein guter Fang! Die Autorität des Bewußtseins wird durch diese Inbesitznahme gefestigt.

Merkwürdig, wie schwer es im Deutschen ist, das Hilfsverb *haben* mit allem, was mit Bewußtsein zu tun hat, zu verknüpfen. *J'en ai conscience* (ich habe davon Bewußtsein) lautet im Deutschen: Ich bin mir dessen bewußt. Aber noch einmal gleitet hier das Französische unter sich selbst, wenn es sagt: *J'en suis conscient.* Dieses *en* stammt auch aus der Tiefe. Es ist vielleicht vom selben Kielwasser emporgewirbelt wie das

Unbewußte, das sich mit *l'inconscient* nicht wiedergeben läßt. Hier sind die Wasser füreinander durchsichtig, aber sie sind es unterhalb oder beidseits einer undurchdringlichen Trennwand.

En ist ziemlich genau jenes Es, das *ça* nicht ist: Es entspricht dem *dessen*, das heftig nach der Präzisierung dessen verlangt, wessen man sich bewußt ist. Es ist, als ob dort, wo die von unten aufgestiegenen Strömungen sich an der Oberfläche kreuzen, die Sprachen sich brächen wie ein ins Wasser getauchter Stab. *En*, ein ebenso vages wie genaues Pronomen, verweist auf etwas eben Gesagtes, ohne es zu nennen. *Es* ist aus *en* gemacht, es hat die gleiche Konsistenz, ohne sich dessen bewußt zu sein. So geht die Sprache mit Dingen um, indem sie sie umgeht.

Das Wasser wird da unklar, wo etwas von unten aufsteigt. Aber es gibt immer einen Moment, wo die Sprache aus sich herauskommt. La Bruyère, einer derjenigen bei dem die Sprache des Unbewußten sehr nahe an die Oberfläche der Wörter dringt, sagte: »Ein Mann wahrt eher das Geheimnis eines anderen als sein eigenes.«[1] Er hat die Sprache dabei ertappt, wie sie ausrutscht, wenn sie über die Lippen läuft: »Man vertraut sein Geheimnis in der Freundschaft an, aber in der Liebe entwischt es«[2], schrieb er auch. Kaum zu glauben, daß die Oberfläche dem Grund so nahe ist. Aber das ist wohl das Geheimnis, daß diese bei schönem Wetter so glatte, leuchtende, klare Oberfläche bei der geringsten Berührung bricht, nicht mehr Oberfläche ist, sich allem fügt, was sie berührt, alles umschließt, durchdringt, umhüllt; eben das sagt das Präfix *be-*, das das Wort umgibt, es mit einer Art glänzendem Film überzieht, es bedeckt, ohne einzudringen, oder sofort in dessen bedrohliche Abgründe zu versinken: Schwimmen heißt, von dem gehalten zu werden, in das man eintaucht. *Bewußt*

1 Jean de La Bruyère, *Les Caractères ou les Mœurs de ce siècle*, hg. von Robert Garapon, Paris 1962, Bd. I, *Des femmes* 58, S. 128.

2 Ebd., *Du cœur* 26, S. 140.

ist wie ein Hauch auf einem kalten Fenster. Am Ende sieht man nur das Äußere, aber es gründet in Tiefen, die sich dem Blick entziehen.

Die Oberfläche der See öffnet sich nur über ihrer Tiefe; so wehrt sie dem Blick. Das ist Sprache: Oberfläche eines Meeres, durch die man sehen kann, was sie verbirgt. Wenn man sie sieht, weiß man: Sie ist das Meer. Wer sie spricht, den verrät sie: Jederzeit kann sie die Dämme brechen und alles überschwemmen. Sie lauert selbst unter dem trockenen Sand des Strandes. La Bruyère schreibt: »Die Leute versprechen, ein Geheimnis zu wahren, aber sie verraten es, ohne es zu merken; sie bewegen die Lippen nicht, aber man hört sie; man liest auf ihrer Stirn und in ihren Augen, man sieht durch ihre Brust, sie sind durchsichtig.«[1]

Das Sichtbare enthüllt und verrät, was ich bin, mein Wesen entschlüpft mir. Das Gesicht ist meine Oberfläche, eine Oberfläche über Tiefen, die das Gesicht entdeckt. Es gäbe keine Geheimnisse, würden sie nicht verraten.

Die Oberfläche, *la surface,* ist das, was oben ist (und in beiden Sprachen fast dasselbe): Sie ist nur das Sichtbare des Unsichtbaren, das sie auch ist. Sie ist das Darüber des Darunter, wie das Gesicht (*le visible*: das sieht und gesehen wird) nur Gesicht ist, um das Ich zu zeigen, das von innen gegen seine Konturen drückt. Ich bin meinem Gesicht gewachsen. Ich sitze in ihm fest. Das Gefühl meiner Existenz ist auf der Höhe meines Gesichts, das man sieht, auch ich sehe es im Spiegel, aber ich sehe nicht mich. Muß ich nicht bloß die Hand auf den Spiegel legen, um mich nicht mehr zu sehen? Muß ich ihn nicht bloß ins Wasser tauchen, und es trübt und wellt sich, und jede Welle wirft dasselbe Licht zurück und denselben Schatten? Und jeder Schauder, jede Kräuselung der Oberfläche ist Wasser bis in die tiefsten Tiefen, sie sind es, sie gehören ihm an, sie sind es. »Sie bewegen die Lippen nicht, aber man hört sie«, sagte La Bruyère, man

1 Ebd., *De la société et de la conversation* 81, S. 178.

sieht durch ihre Brust, sie sind von der gleichen Transparenz wie die See: die man nicht sieht, aber mit dem Blick durchdringt. *Sie sind durchsichtig,* sagt das Deutsche, man kann durch das Gesicht (*la vue*: die Gabe zu sehen) ihr Gesicht (*le visage*) sehen. Das Deutsche sieht das Sehen und das Gesehene durch ein Wort.

2. Verdrängung und Wiederholung

Mit dem Ende des Tages, wenn keine Welle die See mehr bewegt, steigt von der anderen, schon violetten, zur hohen See abbrechenden Küste der Wind auf, fährt in das Spiel der Farben, entfacht und verwandelt es. »Die Verdrängung arbeitet also *höchst individuell;* jeder einzelne Abkömmling des Verdrängten kann sein besonderes Schicksal haben; ein wenig mehr oder weniger von Entstellung macht, daß der ganze Erfolg umschlägt. In demselben Zusammenhang ist auch zu begreifen, daß die bevorzugten Objekte der Menschen, ihre Ideale aus denselben Wahrnehmungen und Erlebnissen stammen wie die von ihnen am meisten verabscheuten und sich ursprünglich nur durch geringe Modifikationen voneinander unterscheiden.«[1] Die französische Übersetzung gibt genau das wieder, was Freud beschreibt: wie von der Oberfläche die Figur auf dem Grund entstellt wird (*défigurée*). Zwar ist das Wasser des Mittelmeers, in Griechenland wenigstens, so klar, daß man leicht hindurchsehen kann; wo es aber tiefer ist, verhüllt es sich und wird graugrün.

Auf dem Meeresgrund liegen Steine, manchmal versunkene Statuen von römischen Schiffen, die gekentert sind; zitternd und verzerrt scheinen sie durch das Schaudern und Beben der Oberfläche. Nichts ist dort unten wie unter freiem

1 »Die Verdrängung«, in Sigmund Freud, *Das Ich und das Es und andere metapsychologische Schriften*, Frankfurt/M. 1984, S. 64 (Hervorhebung Freuds).

Himmel. Wie klar das Wasser auch sei, es bricht den Stab, dessen eintauchender Teil anders ist als der herausragende. Wie flach das Wasser auch sei, es entstellt alles, und so gibt es keine größere Versuchung, als etwas herauszuholen, um diesem sein wahres Aussehen wiederzugeben.

In sich gefangen, läßt die Sprache sehen, wovon sie spricht (dazu ist sie Sprache), aber man kann es nur durch sie hindurch sehen – und sieht schließlich nichts anderes als Farbenspiele auf dem Wasser. So weicht auch, was Freud sagt, von dem ab, was er meint, und Freud, der das besser wußte als jeder andere, wies immer wieder darauf hin, daß niemals etwas so an die Oberfläche dringt, wie es im Grunde war (hier liegt vielleicht das ganze Problem der Psychoanalyse). Die Freudschen Schriften reden letztlich stets über das, von dem sie abstammen, aber sie sind es nicht. Jeder Text ist eine Ableitung, eine Verschiebung. Jeder Text ist eine Übersetzung dessen, von dem die Rede ist, und daher von diesem grundsätzlich verschieden.

Warum auch sollte die Übersetzung mit dem Text übereinstimmen, wo doch schon das Zeichen nicht mit dem übereinstimmt, was es repräsentiert (sonst wäre es die Sache und nicht das Zeichen)? Das Verhältnis Freuds zu dem, was er sagt, gleicht dem Verhältnis des Übersetzers zu Freud.

Verdrängung entspricht dem französischen *refoulement* – mit dem Unterschied, daß das *Verdrängte* um uns ist (wie das tiefe, taube, oberflächliche Knacken in den Ohren, wenn sie sich beim Tauchen mit Wasser füllen), während *le refoulé* unter uns ist: Man kann es mit Füßen treten. *Refoulement* entspricht daher eher der *Unterdrückung*: Man drückt das, worauf man steht, nach unten.

Die Übersetzung scheint dem Wort genau die Konsistenz zu verleihen, die es bei Freud hat. Es ist, als überlagerten sich hier die Sprachen, und das verrät viel über die Gezeiten des Sinns. *Ein unterdrücktes Element, ein verdrängtes Element, die Unterdrückung von Trieben: Triebunterdrückung* und *Triebverdrängung* sind quasi synonym – bis auf einen winzigen

Unterschied: daß in *Unterdrückung* etwas wie ein geheimes Einverständnis augenzwinkernd sich verrät, als würde darin (was vielleicht entscheidend ist) ein Schimmer Bewußtheit sichtbar, der in *Verdrängen* nicht enthalten ist. *Ein solches Gefühl sollte man unterdrücken,* sagt man, es sollte nicht aufkommen. *Unterdrücken* ist, genau übersetzt, *réprimer, la répression* aber gibt *Unterdrückung* nur unvollständig wieder. Das kommt von ganz unten, wie Leichen, wenn sie nicht durch Steine beschwert sind, unvermeidlich an die Oberfläche treiben, davon reden die Sprachen ständig; die Wasser mischen sich nur dort, wo die Strömung schwächer wird. Denn die Wörter sind aus demselben Stoff; sie können uns nicht täuschen, weil das Wasser, aus dem die Sprachen sind, sich immer gleich bleibt.

Wenn man Freud liest, könnte man meinen, das Unbewußte sei so beschaffen wie das Meer. Es scheint um eine Senkrechte organisiert zu sein, das Unbewußte, immer tiefer in den Seelenraum abzusinken, während ständig etwas aus der Tiefe aufsteigt, daher der *Wiederholungszwang*, daher die *Wiederkehr des Verdrängten.*

Aber das Deutsche sagt mit feiner Stimme, die nicht dingfest zu machen ist, Dinge anders, als das Französische sie versteht. Das Französische nennt die Wiederkehr des Verdrängten *le retour du refoulé* und gebraucht dabei das Präfix *re-* zweimal in unterschiedlichem Sinn, ohne die Differenz zu betonen. »Re-, Präpositivpartikel am Wortanfang, die manchmal eine Wiederholung anzeigt wie in *redire* (wiederholen) oder *revoir* (wiedersehen), manchmal eine Rückkehr oder eine rückwärtsgerichtete Handlung wie in *réagir* (reagieren) oder *repousser* (zurückstoßen) …«, sagt der »Littré«. Das Französische wirft mit einem Stein zweimal, das Deutsche braucht dafür zwei Steine: *wieder* im Sinne einer zeitlichen Wiederholung und *zurück* im Sinne eines Zurückkehrens im Raum. *Zurück* hat oft den Sinn von *wieder,* unterscheidet sich aber davon stets durch eine räumliche Nuance.

Wiederholen spielt in der Zeit: Nietzsches »noch einmal«:

Noch einmal muß versucht werden, was schon einmal in Angriff genommen wurde. In *Wiederholen* ist unterstellt, daß das zu Wiederholende sich selbst gleicht, daß es noch im vorherigen Zustand ist: Was war, muß noch sein, es ist nicht abhanden gekommen, es ist nicht anderswo. Daran wird deutlicher, wieso *das Unbewußte* nur mit *wieder* verknüpft werden kann, nicht aber mit *zurück*. Was wiederkehrt, hört nicht auf dazusein. Die Partikel *wieder* sichert dem nicht Bewußten seine Gegenwart in der Zeit.

Darüber hinaus übersetzt *re-* auch die Partikel *ver-*, die eine Abweichung vom bisherigen Weg ausdrückt; *verdrängen, refouler,* heißt: etwas von sich entfernen, nicht zu sich kommen lassen, nicht daran denken, so tun als ob, also das Verdrängte nicht den Weg nehmen lassen, den es nehmen sollte; *refouler* ist gewissermaßen weniger *ausdrücklich* als *verdrängen* und findet sich eher in *unterdrücken* wieder, einem Wort übrigens, das Freud recht oft gebraucht.

Refouler entspricht also zwei deutschen Wörtern von ungleichem Gewicht: Während *verdrängen* auf der Ebene des *Un*bewußten spielt, weil – und das ist das Problem – man so tun kann, als sähe man nichts, spielt *unterdrücken* bereits auf der Ebene des *Unter*bewußten, man tritt schon mit Füßen, was man nicht hochkommen lassen will. Man glaubt, leichtes Spiel zu haben, wenn man beim Schwimmen etwas nach unten drückt, es erscheint überraschend einfach – aber als hätte sich das Gewicht der Gegenstände umgekehrt, neigen sie dazu, einem zu entwischen, plötzlich wiederaufzusteigen und mit großer Geschwindigkeit an die Oberfläche zurückzutreiben. Was *unterdrückt* wird, bleibt bewußt, was verdrängt ist, nicht; in diesem Sinne spricht Freud übrigens nicht zufällig vom *Unterdrückungsaufwand,* als könnte man sich noch so sehr bemühen, die Gefühle wegzutauchen, und es würde einem doch nie wirklich gelingen.

Jeder ist stets bedroht von der Wiederkehr des Verdrängten, von dessen plötzlichem Wiederaufsteigen an die Oberfläche. Freud selbst übrigens spricht von der *Hochflut* der Libido, die keinen *Ablauf* findet.[1] Man möchte meinen, daß das Wort Wiederkehr hier seine Rolle vollkommen spielt und niemand sich in seinem Sinn täuschen kann – als sprächen die Sprachen tatsächlich von sich selbst, als sagten sie mit der größten Genauigkeit, wovon sie sprechen, was sie verbergen und was sie verschweigen: Das ist die *ewige Wiederkehr des Gleichen*, die Nietzsche so wichtig war.

Das Wasser bleibt sich ewig gleich, es kreist um sich selbst, zieht sich zurück und kommt wieder. In einem seiner bedeutendsten Texte, »Jenseits des Lustprinzips«, sagte Freud sehr treffend: *»Er (der Kranke) ist vielmehr genötigt, das Verdrängte als gegenwärtiges Erlebnis zu wiederholen, anstatt es, wie der Arzt es lieber sähe, als ein Stück der Vergangenheit zu erinnern.«*[2]

So zeigt die Sprache selbst Freud den Weg, und ihr Vorgehen wird zum Beweis dessen, was er behauptet. In *wiederholen* steckt das Wort *holen:* Man holt, was an einem Ort ist, den man kennt. *Ich gehe Milch holen – je vais aller chercher du lait. Ich hole dich vom Bahnhof ab – j'irai te chercher à la gare. Holen (chercher)* ist etwas anderes als *suchen (chercher):* Man sucht, was an einem Ort ist, den man nicht kennt.

Wiederholen ist in diesem Fall *répéter*: Man kann nur wiederholen, was bekannt ist, aber nicht von selbst wiederkommt. Hier sind wir sehr weit entfernt von der *Rückkehr*, das kehrt von selbst zurück und von einem unbekannten Ort.

Das *wieder* in *wiederholen*, dieses zeitliche Präfix, das sich an Verben anschließt und deren Sinn verändert, zeigt auch die Gegenwart dessen, was da wiederkehrt: *Es ist wiedergekommen*, es ist wieder da, seine frühere Anwesenheit wiederholt sich. *Rückkehr* heißt, daß etwas nicht geblieben ist, wo es war, beweist aber nicht, daß es schon einmal da war, wo sich der

1 »Psychoanalytische Bemerkungen über einen autobiographisch beschriebenen Fall von Paranoia (Dementia paranoides)«, in Sigmund Freud, *Zwei Falldarstellungen*, Frankfurt/M. 1982, S. 127.

2 »Jenseits des Lustprinzips«; in Sigmund Freud, *Das Ich und das Es …*, a.a.O., S. 130.

Sprecher befindet. *Wiederkommen* und *zurückkehren* sind im Französischen dasselbe: *revenir*, sagen aber nicht dasselbe: Das erste sagt, daß etwas wieder da ist, das zweite, daß etwas anderswo war; das Verdrängte aber war nicht anderswo, und deshalb kann es wieder gegenwärtig werden, *es kann wiederkommen.* Es ist einfach *wieder da*, man hat gar nicht erwartet, daß es wiederkehrt.

Das Interessante daran ist der sprachliche Zusammenhang des Freudschen Unterfangens, ein Zusammenhang, den man – sprachgemäß – auch im Französischen wiederfinden müßte, auf einem Umweg vielleicht. So empfahl General de Gaulle seinem Adjutanten angesichts einer dicken Dame, deren Gesicht er nicht sehen konnte: »Nun gut, mein Freund, dann gehen Sie eben um sie herum!« Irgendwie müßte man *durch* die Sprache die Schwierigkeiten umgehen können; dafür ist die Sprache da. Aber die Eigenart der einen Sprache ist in der anderen immer anders geartet.

Es heißt: *Du hast recht*, und es heißt: *Tu as raison*, beide Sprachen sagen genau dasselbe und führen doch in ganz verschiedene Richtungen. Aber da alles im Zusammenhang der Sprache steht, klingt es schließlich im selben Register zusammen. Zwischen *du hast recht* und *du unterliegst einer Zwangsvorstellung* muß es eine Beziehung geben, ein inneres Hinübergleiten, damit die Sprache über beide verfügen kann. *Du hast recht*, du hast das Rechte, lateinischen *rectus*, das Gerade und Richtige gewählt. *Tu as raison* (Vernunft, Billigkeit, Verstand) ist eine sehr genaue Übersetzung von *du hast recht*, das eben nicht heißt: Du bist im Recht, wie man oft glaubt, weil man recht mit *Recht* verwechselt, sondern: Du denkst richtig. *Tu as raison* (*ratus*: erwogen, gezählt, bestimmt, festgelegt, gekennzeichnet) und *du hast recht* entsprechen einander so vollkommen, daß man auf die Idee verfallen könnte, alles ließe sich so unmittelbar von der einen in die andere Sprache übersetzen: Du bist besessen – *tu es obsédé*; *du unterliegst einer Zwangsvorstellung – tu subis une représentation de contrainte.*

Man muß der Sprache zuhören, *être à l'écoute de la langue. L'écoute*[1] ist einer dieser Begriffe, die vom Grund des Französischen aufsteigen, einer dieser modernen Ausdrücke, in denen die französische Sprache die Psychoanalyse berührt; seine ungeheure Entwicklung in den letzten zwanzig Jahren zeigt, wie gut das geht. Im gesamten Werk Freuds dagegen sucht man einen solchen Begriff vergebens, obwohl dort so viel zugehört wird.

Das Deutsche trennt nicht zwischen *écouter, zuhören*, und *entendre, hören*; vielleicht hat es deshalb das Verdrängte so gut verstanden *(entendu*[2]*)*, weil es auf demselben Weg aus den Tiefen zur Oberfläche aufsteigt: *Hören, zuhören* und *horchen* gehören zusammen, sind ein und dasselbe Wort (und, laut »Kluge«[3], wahrscheinlich mit *ous* und *oreille*, dem Ohr, verwandt), während *écouter* und *entendre* keine innere Beziehung haben.

So gibt es einen natürlichen Übergang zwischen *hören* und *zuhören*, als wäre es ganz selbstverständlich, vom einen zum anderen überzusetzen, im gleichen Gewässer, in dem das Verdrängte zur selben Oberfläche treibt: *Ich höre zu, j'écoute*, ist nur ein genaueres *Hören*, ich richte mein Ohr auf das aus, was ich höre. *Wiederholen* ist dem *Hören* nahe: *Man wiederholt nur das einmal schon Gehörte* (die Geräusche der *Urszene* vielleicht), es ist auch natürlich, daß das *erhört* wird, vom Analytiker *herausgehört*, in seiner Umgebung entdeckt und verstanden; so sagt die Sprache selbst, daß das Verdrängte ein bereits Bekanntes ist, zum seit langem Gewußten gehört.

1 Von *écouter*, zuhören; im Deutschen gibt es dafür kein adäquates Wort. Es bedeutet u.a. Horchen, Lauschen, Anzapfen, Ohren, Empfang, Sendezeit usw.

2 Das Französische hingegen unterscheidet nicht zwischen hören und verstehen *(entendre)*; A.d.Ü.

3 Der *Kluge* ist ein etymologisches Lexikon der deutschen Sprache, das allgemein gebräuchlich und unabdingbar zu deren gründlichem Verständnis ist.

Wir kommen eher auf *wieder* zurück als auf *zurück* – *zurück* gehört nicht zur Ordnung dessen, das man hört, *zurück* kehrt nicht aus dem Inneren der Zeit wieder, es gehört der Ordnung des Raums an, *wieder* dagegen jener der Zeit. Die *Wiederkehr* des Verdrängten, die sich im Wiederholungszwang ausdrückt, gehört zur Ordnung des Hörbaren, das Verdrängte hat eine Stimme, was verdrängt wird, verschafft sich Gehör. *Wieder* ist wie ein Hinweis aus dem Inneren der Sprache, *zurück* zeigt eine Richtung im Raum an – es führt zur Ordnung des Sichtbaren zurück.

Vielleicht liegt die Schwierigkeit der Übersetzung einzig im Umgang mit den Zufällen (oder deren Umgehung – aber welcher Zufälle?) der Sprache. Seltsam jedenfalls, daß das Französische zwar zwischen wiederkehren *(revenir)* und zurückkommen *(retourner)* unterscheidet, aber ein beiden gemeinsames Substantiv bildet *(retour)*.

Wenn man dem Wort *retour* aufmerksam zuhört, hört man, daß es gleichzeitig beides sagt: Das Französische sagt soviel, aber man hört es nicht immer. Das Französische und das Deutsche sagen genau dasselbe, aber stellen es ganz anders an. Wie sollte man das verstehen, wenn nicht jede Sprache sich verständlich machte? So scheinen die Sprachen in ihrer jeweiligen Eigenart eine Grundtatsache auszudrücken, die Freud in »Jenseits des Lustprinzips« am Beispiel des *Bebi o-o-o-o* wunderbar illustriert: das berühmte *Fort-da*.

Das ist nichts anderes als das *aller-retour, va-et-vient* des Französischen; denn der außergewöhnliche Bericht Freuds über das Kind, das eine Holzspule am Bindfaden ebenso verschwinden und wiederkommen lassen kann wie sein eigenes Bild, das es während der Abwesenheit der Mutter im Spiegel entdeckt hat, sagt im Französischen, wie Lacan gezeigt hat, dasselbe.[1]

1 Siehe »Das Spiegelstadium als Bildner der Ichfunktion«, aus dem Französischen von Peter Stehlin, in Jacques Lacan, *Schriften* I, hg. von Norbert Haas, Weinheim-Berlin 1986, S. 61ff.

Was Freud sagen will, geht durch die Sprache, der Sprache zum Trotz. Was die Sprachen sagen, geht durch sie, ihnen zum Trotz, von einer zur anderen. Was, durch sie hindurchgehend, an die Oberfläche kommt, ist das, was sie sagen, ihr *aller-retour*, ihr *Fort-da*; das *Wieder* kehrt auch wieder, wenn Freud seinen Bericht erläutert: Das Kind »entschädigte sich gleichsam (für das Verschwinden der Mutter), indem es dasselbe *Verschwinden und Wiederkommen* mit den ihm erreichbaren Gegenständen selbst in Szene setzte«.[1] Grammatikalisch wäre auch *zurückkommen* möglich gewesen, aber unsinnig; denn der Sinn, der sich aufdrängt, ist der Sinn, *der wiederkehrt, encore et encore, immer und immer wieder*. Das Ergebnis ist dasselbe, der Weg ein anderer. Nichts Französisches, das dem *Wieder* vergleichbar wäre; der Unterschied im Sinn ist in der Nuance unmittelbar zu erkennen, aber er läßt sich nicht benennen außer im Zwischensprachlichen, das keinen Namen hat; als widerstrebte dem Französischen der Ausdruck des Hin und Her, Auf und Ab, das Hecheln der Urszene gewissermaßen, die das Kind bei Freud so gut *gehört* (und verstanden) hat *(entendu)*.

Was heißt es, einen Unterschied erkennen, aber nicht benennen zu können? Um genau wiederzugeben, wie das *Wieder* im Verhältnis zum *Zurück* beschaffen ist, um den Sinn der *Wiederholung* zu treffen, müßte man das Wort ins Innerste der deutschen Sprache versenken, das in der französischen keinen Ausdruck findet: Woher kommt es, daß die eine nicht die andere ist? Welchen Sinn hat es, etwas nicht zu sagen? Wenn Freud die Frage stellt: *»Was heißt das, es hat einen Sinn?«*[2], können wir uns auch fragen: Was heißt das, es hat keinen Sinn oder einen anderen, und heißt das nicht, den Sinn erkennen, wenn man erkennt, daß etwas keinen Sinn ergibt? Und wenn das der Ursprung des Sinns wäre, wäre man *von den Socken* (oder schlenkerte mit den Armen, wie das Franzö-

1 »Jenseits des Lustprinzips«, a.a.O., S. 128.

2 *Vorlesungen zur Einführung in die Psychoanalyse*, 2, Frankfurt/M. 1989, S. 28.

sische sagt: *les bras ballants*): Wenn der Sinn genau da steckte, wo er sich verbirgt?

Und wenn der Sinn darin bestünde, in zwei Sprachen zu sein, und wenn die ganze Psychoanalyse darin bestünde, das je andere in der Sprache sichtbar zu machen? Wenn eine Sprache die Analyse der anderen wäre? Das Deutsche analysiert, erhellt das Verborgene im Französischen (und umgekehrt); denn das alles ist auch im Französischen. Eine Sprache ist die Zuflucht der anderen, ihre Sehnsucht nach dem, was sie selbst nicht ausdrücken kann.

In seiner Analyse der Fehlleistungen stellt Freud fest, daß die innere Verwandtschaft solcher Zwischenfälle sich in der Vorsilbe *ver-* ausdrückt: *versprechen, verlegen, verhören, verlesen*;[1] man könnte nach Belieben weitere hinzufügen: *sich vertanzen, sich verfahren, sich vertippen* usw. Im Französischen gibt es kein dem ver- vergleichbares Präfix. Auch in der *Verdrängung* finden wir es – eine der deutschen Sprache eigene Geste: die auslöscht. Im Französischen nichts, was dem auch nur nahekäme. Die Silbe *ver-*, deren philologische Geschichte schwer zu verfolgen ist, nimmt einen zentralen Platz im deutschen Sprachgebäude ein. Es scheint mehrere Präfixe gegeben zu haben, die dann zu einem einzigen verschmolzen sind. Immer ist diese Silbe unbetont, unablöslich dem Wort einverleibt, mit dem sie verbunden, dessen integraler Bestandteil sie ist.

Ver- bezeichnet erstens das, was von einem vorgezeichneten Weg abweicht; zweitens das, was bis zur letzten Konsequenz fortschreitet; drittens das, was den Sinn eines Worts ins absolute Gegenteil verkehrt. Es ist, als entfaltete sich hier der analytische Gehalt der Sprache (der sehr verschieden ist vom Französischen) an der Oberfläche der Wörter, vor aller Augen; und dennoch gab es vor Freud keine Psychoanalyse, sah man vor Freud nicht, wie die Sprache Klartext redete.

1 Ebd., S. 21.

Bei den »Vorlesungen zur Einführung in die Psychoanalyse« hat man das Gefühl, daß Freud beobachtet, wie die Sprache ihr Unaussprechliches zur Oberfläche aufsteigen läßt, bis zu ihrer äußersten Grenze, dieser feinen Haut, wo das Wasser noch Wasser ist und schon nicht mehr ist. An dieser unfaßbaren Nahtstelle, wo alles ist und alles endet, zerplatzen die Blasen, die aus den Tiefen kommen, ein kleines *ver-*, das unvermittelt auftaucht, ohne daß es im Gespräch, an der Oberfläche dieses Ozeans aus Sinn, bemerkt würde. Man ist beim Reden immer wieder selbst überrascht von diesem kleinen *ver-*, das man plötzlich so dahinsagt, durch das man so viel erkennen kann, was man nicht benennen kann. Die deutsche Sprache hat entschieden immer alles über sich gewußt! Ohne *ver-* hätte Freud vielleicht niemals den grundlegenden Einfall gehabt, der ihn zur Entdeckung der Psychoanalyse führte; was wäre wohl ohne *ver-*, ohne *un-*, ohne *über-* überhaupt aus Freud geworden?

Und das Französische? Das Französische hat Ménalque, aber bis heute scheint niemand das bemerkt zu haben, wie vor Freud niemand vom *ver-* Notiz genommen hatte.

3. Der Reim aufs ver- oder der Leib des Ménalque

Alles ist da, und man kommt vom einen auf das andere. Wie aber ist Freud darauf gekommen? Es stimmt, daß das Französische nicht in Worte fassen kann, was im Deutschen zu Wort kommt, aber deshalb braucht man noch keine deutsche Kostümierung des Französischen. Keiner braucht das Französische zu verunstalten, um zu zeigen, daß er Deutsch lesen kann. Damit ist alles gesagt und nichts. Denn wenn das Französische auch weniger mit Präfixen anfangen kann, so hat es doch – Persönlichkeiten.

Es sagt alles, aber stets durch jemanden. Im Französischen wird alles durch Personen oder zumindest durch Figuren ausgedrückt (aber auch bei Freud tauchen Menschen auf).

Den *Menschen* gibt es im Französischen nicht,[1] nur ein menschliches Wesen *(être humain),* und dennoch sieht das Französische alles stets durch den Menschen, das Deutsche nie. Nicht umsonst hat ein Schriftsteller, dessen Wahrnehmung sich unbewußt der Grenze zur Psychoanalyse näherte, seinerzeit so viele Personen in Szene gesetzt, nicht umsonst hat Freud zur gleichen Zeit so viele Geschichten erzählt: In der Tat widmete sich Jean de la Bruyère (1645–1696) mit Figuren wie Ménalque derselben Forschungsarbeit wie Freud – aber dieser Schatz blieb ungehoben.

Ménalque der Zerstreute: Er bündelt alle Möglichkeiten des *ver-* in seiner Person, faßt sie zusammen: Er ist sie, sie verschmelzen in ihm zu einer Einheit, er ist ihre Sammlung. Darauf verweist La Bruyère in einer Anmerkung, die so selten gelesen wird wie La Bruyère überhaupt: »Das folgende ist weniger ein besonderer Charakter als eine Sammlung zerstreuter Handlungen: Wenn sie angenehm sind, können es gar nicht zu viele sein, denn da die Geschmäcker verschieden sind, hat man die Wahl.«[2]

Alle zerstreuten Handlungen treffen in einer Person zusammen: Man hat die Wahl, findet aber immer Ménalque, als müßte das Französische sich *verkörpern*, als müßte es das Präfix durch eine Person ersetzen, um dieselbe Arbeit an der Sprache zu leisten. Vor der Analyse ist der Patient, vor Freud Ménalque. La Bruyères Text kippt ständig, etwas stülpt sich um, durchkreuzt sich, überschlägt sich, verkehrt sich, es sieht so aus, als ob die Wasser ununterbrochen vom Grund an die Oberfläche drängten, um sofort wieder nach unten zu wirbeln, als ob das Unbewußte sich immerfort öffnete, sich entdeckte und dennoch bedeckt bliebe von der eigenen Flut. Wenn Ménalque »seine Kerze löscht, ist er ganz überrascht, nichts mehr zu sehen, und versteht nicht,

---

1 *L'homme* ist in erster Linie Mann; A.d.Ü.

2 Jean de La Bruyère, *Les Caractères ou les Mœurs de ce siècle*, hg. von Robert Garapon, Paris 1962, Bd. III, *De l'homme*, S. 298.

wie das geschehen konnte«[1] – das kommt davon, daß er, ohne es zu wissen, seine Handlungen sich durchkreuzen sieht. Ménalques Verblüffung mündet in den Entdeckungen Freuds.

Freud hat der Zerstreutheit immerhin ein ganzes Buch, »Zur Psychopathologie des Alltagslebens«, gewidmet, das deshalb so bekannt ist, weil jeder sich fragt, ob es bei ihm genauso ist. Und da die Handlungen, denen ein *ver-* vorangeht, nach Freud die Lücken sind, durch die man sehen kann, was nur in den Rissen des Alltagslebens sichtbar wird, ist vielleicht die ganze Frage des Unbewußten im Leib des Ménalque verkörpert.

Wenn man alles wohl erwägt, tut Freud nie etwas anderes als zu erläutern, was La Bruyère berichtet. Davon erzählen die beiden folgenden Begegnungen.

La Bruyère schreibt: »Er geht im Kirchenschiff nach vorn, glaubt einen Betstuhl zu sehen, läßt sich schwer darauf fallen; das Gerät knickt ein, sinkt zusammen und macht Anstalten zu schreien; Ménalque sieht sich verblüfft auf den Beinen eines dicken kleinen Mannes knien, auf dessen Rücken gestützt, die Arme über dessen Schultern, und diesem mit den gefalteten Händen an die Nase fassen und den Mund verschließen, er zieht sich verwirrt zurück und kniet anderswo nieder.«[2]

Freud schreibt: »Ich traf in einem befreundeten Hause ein als Gast angelangtes junges Mädchen, welches ein längst für erloschen gehaltenes Wohlgefallen bei mir erregte und mich darum heiter, gesprächig und zuvorkommend stimmte. Ich habe damals auch nachgeforscht, auf welchen Bahnen dies zuging; ein Jahr vorher hatte dasselbe Mädchen mich kühl gelassen. Als nun der Onkel des Mädchens, ein sehr alter Herr, ins Zimmer trat, sprangen wir beide auf, um ihm einen in der Ecke stehenden Stuhl zu bringen. Sie war behender als

1 Ebd., S. 301.

2 Ebd., S. 300.

ich, wohl auch dem Objekt näher; so hatte sie sich zuerst des Sessels bemächtigt und trug ihn mit der Lehne nach rückwärts, beide Hände auf die Sesselränder gelegt, vor sich hin. Indem ich später hinzutrat und den Anspruch, den Sessel zu tragen, doch nicht aufgab, stand ich plötzlich dicht hinter ihr, hatte beide Arme von rückwärts um sie geschlungen, und meine Hände trafen sich einen Moment lang vor ihrem Schoß. Ich löste natürlich die Situation ebenso rasch, als sie entstanden war.«[1]

Wir sehen, daß hier – abgesehen vom Stil, denn Freud war kein Schriftsteller, sondern Arzt – vom selben die Rede ist. Freud war sich dessen sehr bewußt – immerhin hat er so ausgeprägte Persönlichkeiten wie den Rattenmann und den Senatspräsidenten Schreber »erfunden«. Und unter dem Spott La Bruyères taucht in den unvermittelten Gesten Ménalques, von dessen immer wiederkehrender Überraschung skandiert, das »Ungewußte« *(l'insu)* auf. Ménalque ist der Leib, den Freud bearbeitet. Ménalque ist Ménalque: Er ist es selbst, alles auf einmal, und obwohl das, was geschieht, im großen und ganzen der Zeitenfolge gehorcht, wird in ihm doch alles eins.

In »Les Mots et les Choses« erinnert Michel Foucault daran, daß man sich in der klassischen Epoche, zur Zeit La Bruyères also, der sukzessiven Ordnung der Sprache bewußt wurde: »Die Sprache kann den Gedanken nicht mit einem Schlag in seiner Totalität darstellen. Sie muß ihn Teil für Teil nach einer linearen Ordnung anlegen. Nun ist diese lineare Ordnung der Repräsentation fremd.«[2]

1 »Das Vergreifen«, in Sigmund Freud, *Zur Psychopathologie des Alltagslebens. Über Vergessen, Versprechen, Vergreifen, Aberglauben und Irrtum,* Frankfurt/M. 1992, S. 140f.

2 Michel Foucault, *Die Ordnung der Dinge. Eine Archäologie der Humanwissenschaften.* Aus dem Französischen von Ulrich Köppen, Frankfurt/M. 1971, S. 119.

Jede Sprache, sagt Foucault, setzt eine Grammatik ein, die eine räumliche Ordnung in der Zeit schafft.[1] Ménalque jedoch offenbart immer wieder, überrascht, verblüfft von dem, was sich in ihm kreuzt, den der Sprache innewohnenden Bruch, ihre Unordnung, als wäre er das andere der Sprache, als spräche er sozusagen französisch Deutsch.

Die Anekdoten, die Freud erzählt, sind Gefäße mit gläsernem Boden, wie man sie einst ins Meer senkte, um durch sie auf den Grund zu sehen: Immer trudelt etwas Verwirrendes von unten an die Oberfläche.

Ménalque bleibt sich stets selbst fremd. Der gesamte Text La Bruyères ruht auf einer betonten Verschiebung. Ständig tritt ein, was man am wenigsten erwartet hat. Immer wieder ist Ménalque der Lächerlichkeit preisgegeben, dem Verrat der Zeichen ausgesetzt, dem *ver-*.

Es ist übrigens interessant, daß Freud, der von Heine bis Goethe, Schiller oder Strindberg so viele Schriftsteller anführt, La Bruyère nicht zitiert. Dabei sind die Beispiele in der »Psychopathologie des Alltagslebens« fast alle schon bei La Bruyère zu finden. Aber das Schweigen Freuds ist, wie man weiß, mindestens so beredt wie die Fehlleistungen Ménalques.

Fehlleistungen, sagt das Deutsche *(actes manqués). Die Leistung: gut ausgeführte Tat*, sagt der »Brockhaus«, *action bien exécutée. Das ist aber eine Leistung! Acte manqué* übersetzt *Fehlleistung* nicht genau, denn *acte* hat erst in zweiter Linie den Sinn von Leistung; *acte* und *action* sind der *Tat,* der *Handlung* näher. Freud gebraucht das Wort *Fehlleistung* übrigens öfter als *Fehlhandlung*, wie um die Anstrengung zu betonen, die die gewöhnlichen Verrichtungen kosten, die Leistungen des alltäglichen Lebens. Nichts anderes zeigt Jean de La Bruyère: Ménalque ist, allen sichtbar, aber ohne es zu wissen, den Geständnissen seines Unbewußten ausgeliefert: *Ihn überkommt es*, würde man im Deutschen sagen, *cela le submerge* (es über-

1 Ebd., S. 121.

flutet ihn, taucht ihn hinunter) im Französischen; Ménalque kann seinen Impulsen so wenig widerstehen wie der Jüngling, *wenn es sich seiner bemächtigt*, wenn es über ihn kommt. Was für eine irritierende Verbindung zwischen dem Begehren und der Zerstreutheit findet sich da bei La Bruyère!

Bergson attestiert Ménalque »eine gewisse angeborene Dehnbarkeit der Sinne und des Geistes, die dazu führt, daß man sieht, was nicht mehr ist, hört, was nicht mehr klingt und sagt, was nicht mehr paßt«[1].

Diese Verschiebung verrät, daß Ménalque anderswo ist, er vergißt dauernd, was er tun sollte. Ménalque verkörpert die Ähnlichkeit zwischen Vergessen und Versprechen, Verlegen, Verirren usw., die sich im *ver-* ausdrückt, dem Präfix von *verdrängen* oder *versprechen*, was übrigens nicht nur einen *lapsus linguae*, sondern auch eine Zusicherung meinen kann (wenn auch das *ver-* in diesen Fällen wohl jeweils einen anderen etymologischen Ursprung hat). Ist es das, was Bergson so treffend die »Zerstreutheit der Sprache«[2] nannte, als könnte die Sprache sich selbst täuschen, als wäre sie aus demselben flüssigen Stoff wie die Irrtümer Ménalques?

Wie aber schmeckt dieses Flüssige? Nach dem Salz, das schon so viele unschuldige Münder schmeckten, die durch den anderen erfahren haben, wie sie selbst schmecken, so, wie der Mund die Wörter schmeckt? Ménalque »übersieht« so etwas. Freud jedoch läßt sich nicht täuschen: »In gewissen Beziehungen ist daher auch im Leben das Vergessen verpönt, die Differenz zwischen der populären und der psychoanalytischen Auffassung dieser Fehlleistungen scheint aufgehoben.«[3] Wenn man das Wasser durchpflügt, umfließt und umkreist die aufgewühlte See den Körper und bleibt doch

1 Henri Bergson, *Le rire* (dt.: *Das Lachen*. Ein Essay über die Bedeutung des Komischen. Frankfurt/M. 1988, S. 18).

2 Ebd., S. 81.

3 Sigmund Freud, *Vorlesungen zur Einführung in die Psychoanalyse*, Bd. 3, Frankfurt/M. 1977, S. 42.

ungreifbar, flüssig wie die Sprache, spiegelt sie sich unaufhörlich auf ihrer Oberfläche, hier blau, dort grün, auch rot. In der »Psychopathologie des Alltagslebens« gibt Freud unzählige Beispiele dieses Sich-Entziehens der Sprache: Als wäre die Sprache dazu verdammt, sich immer wieder loszureißen, um ihre Beute in Sicherheit zu bringen, knarrendes Treibgut, von dem man leicht abrutschen kann und in das Wasser fallen, in dem alle Sprachen treiben.

Ménalque »steigt die Treppe vom Louvre herab, ein anderer steigt hinauf, zu dem sagt er: ›Sie suche ich‹; er faßt ihn an der Hand, zieht ihn herunter, durchquert mehrere Höfe, betritt Säle, verläßt sie, geht weiter, kehrt zurück; schließlich sieht er den an, den er seit einer Viertelstunde hinter sich her zerrt, er ist erstaunt, daß es der ist, er hat ihm nichts zu sagen, er läßt dessen Hand los und schlägt eine andere Richtung ein.«[1]

In einem Text Kafkas verfehlen sich zwei Personen, kreuzen sich gleichsam spiegelbildlich zu jener Begegnung Ménalques: A und B sind einander den ganzen Tag lang ständig über den Weg gelaufen, ohne sich zu treffen. Als schließlich A, der erfahren hat, daß B sich noch bei ihm aufhält, die Treppe hinaufläuft, stolpert er, zieht sich eine Sehnenzerrung zu – und hört B die Treppe hinuntersteigen, während er im Dunkel winselt.[2] Das ist die Kehrseite zu La Bruyères Geschichte. Sich beeilen, sagt Kafka, heißt sich verspäten; Ménalque sein heißt zur Fehlleistung verdammt sein.

Denn die Sonne blendet; je stärker sie auf das Wasser scheint, desto weniger sieht man im Wasser, *das Licht blendet*, da sind sich beide Sprachen vollkommen einig: *blenden*

1 Jean de La Bruyère, a.a.O., S. 301.

2 »Eine alltägliche Verwirrung«, aus dem dritten Oktavheft, in Franz Kafka, *Hochzeitsvorbereitungen auf dem Lande und andere Prosa aus dem Nachlaß*, hg. von Max Brod, Frankfurt/M. 1986, S. 55ff.

heißt in die Irre führen und blind machen *(éblouir* und *aveugler),* und in der *Verblendung (aveuglement),* wo sich auch das *ver-* wiederfindet, treffen sich beide Sprachen. Verblendung macht blind. *Verlegen, versprechen, verschreiben, vergreifen* gehören zur Ordnung der *Verblendung,* von der Freud kaum spricht, als kreiste alles um ein Ungesagtes, eine leere Stelle im Schoß der Sprache, einen blinden Punkt, der sich desto tiefer ins Zentrum der Sprache einschreibt, je weniger diese von ihm spricht. Freud streift andere Wörter, berührt sie im Vorbeigehen, sie sind da, um ihn. Es ist die Sprache, in der die Texte sprechen, das Deutsche, in dem Freud seinen Diskurs errichtet.

Manche Ausdrücke scheinen einer Erklärung zu widerstehen – sie verblenden. Freud hat das Wort verwendet, erwogen, probiert, aber als Schlüsselbegriff verworfen: nicht, weil er es nicht kannte, sondern vielleicht, weil es den Umweg der Erklärung überflüssig gemacht hätte. Das ganze Freudsche Verfahren beruhte darauf, der Sprache gegenüber wachsam zu bleiben, sich von ihr nicht überraschen zu lassen und zuzuhören, was sie erzählt.

Am Beispiel eines Reichstagsabgeordneten zeigt Freud, wie ein Versprechen (*rückgratlos* statt *rückhaltlos*) auch durch eine ängstliche innere Stimme hervorgerufen werden kann.[1] Das sind die Versehen der Sprache, vor denen selbst eine exemplarische Übersetzung verstummt: Ein Wortspiel läßt sich nicht übersetzen, weil es nichts sagt, was außerhalb der Sprache wäre.

Sind diese unzähligen »Versehen« nicht wie vielsagende Hinweise der Sprache, die sich selbst nicht vorhersehen kann, als wäre sie bestimmt, sich zu verfehlen, sich zu versprechen und zu sagen, was sie nicht sagen will? Warum etwa ist der Kalauer so oft auf das Skatologische, das Sexuelle zurückzuführen? Haben wir es hier mit der *Grundsprache* zu tun, mit

---

1 Sigmund Freud, *Vorlesungen*, 4, a.a.O., S. 49.

dieser drängenden Sprache einer ursprünglichen Obszönität, von der Ferenczi spricht?[1]

Ich muß in den Birkenwald,
meine Pillen wirken bald.

Im Birkenwald die Hosen herunterzulassen – wenn man bedenkt, wozu die Birken in Deutschland oder England dienten, wird man zugeben müssen, daß die Sprache immer nur an das eine denkt. Freud hat immer wieder gezeigt, wie die Sprache gleichsam dazu gemacht ist, ständig darauf zurückzukommen, auf das nämlich, was sie verheimlichen sollte: Ist das ihre *Verblendung*? Ihr blinder Punkt? Das Schweigen in ihrer Mitte? Was wird es uns verraten? Sind Schreber und der Rattenmann da, uns das zu sagen?

Die *Sprachverblendung* verspricht nichts Gutes: *Ich habe es versprochen, dabei habe ich mich aber versprochen* – ach ja, die Sprache ist manchmal etwas zerstreut, das bemerkte schon Bergson. Sie verspricht leicht das Blaue vom Himmel, weil jedes Versprechen ein *lapsus linguae* sein könnte. Der, dem etwas versprochen wurde, hat das alles vielleicht ganz falsch verstanden *(mal entendu)* oder *sich verhört (mal entendu)*. Das jedenfalls würde auch das ertappte Kind sagen, wenn es über die Untat *verhört* wird, die es trotz aller Versprechen, so etwas nie wieder zu tun, immer wieder tut. So etwas ist eben so leicht zu versprechen *(promettre)* wie zu vergessen *(omettre)*.

Vielleicht bedeutet das *ver-*, das so viele Bedeutungen hat, im *Versprechen*: *über etwas hinweg* – als müßte man, um etwas zu versprechen *(promettre)*, manches überhören, übersehen, *über etwas hinweggehen (omettre)*. Versprechen heißt, die Schwierigkeiten zu übergehen, die Hindernisse zu *übersehen*, die der Einhaltung des Versprechens im Wege stehen. Und hat man dann das Versprechen gebrochen, behauptet man, es sei ein *Versprechen* gewesen, ein Mißverständnis, ein *Versehen: Das habe ich aus Versehen getan*, sagt man, weil ich nicht genau hingese-

1 Sándor Ferenczi, »Über obszöne Worte« (1911), in *Bausteine zur Psychoanalyse*, Bd. 1, Leipzig–Wien–Zürich 1927.

hen habe, als hätte ich anderswo hinschauen und etwas anderes sehen wollen, ich habe mich nicht vorgesehen gegen das, was ich nicht hätte sehen dürfen und das mich veranlaßt hat, zu tun, was ich nicht hätte tun dürfen: Ich tat es aus Versehen.

Reden bringt immer *Verwirrung* mit sich: Ich sehe, wie der andere sich verrät, *sich Blößen gibt*, wie sich sein Unbewußtes in der Rede entblößt, nehme ihn beim Wort, überhöre sein *Versprechen*, das vielleicht nur ein *Versprechen* ist, das er später als Versehen ausgibt; ich versuche, meine Blöße zu verbergen, und spähe die seine aus. »*Man überhört auch oft das eigene Versprechen, niemals das eines anderen*«,[1] bemerkte Freud. Als wäre die Sprache zur *Ablenkung* gemacht, als sollte die Sprache, und genau das zeigt Freud, überhören lassen, was gesagt werden könnte, um auszulöschen, was war.

Überhören indes bedeutet meist, so zu tun, als hörte man nicht. *Das habe ich überhört* bedeutet, daß man vollkommen verstanden hat (wenn man etwas wirklich nicht gehört hat, sagt man: *Das habe ich nicht gehört); das habe ich überhört* heißt: Das will ich lieber nicht gehört haben. *Hören* hat aber auch mit Gehorchen zu tun: *Er hört nicht* – er ist ungehorsam, sein Benehmen ist ungehörig, und mit Besitzen: *Das Buch gehört mir.* All das gibt dem Wort *überhören* einen fast ironischen Charakter, es ist wie ein Augenzwinkern aus dem Intimsten der Sprache.

Die See ist unergründlich, die Sprache fischt im trüben; sie ist mit allen Wassern gewaschen und merkt dennoch nicht, wie sie sich naß macht. Jede Sprache dümpelt an ihrer Oberfläche, darunter ist alles, was sie nicht sagt, was andere Sprachen sagen könnten und manchmal auch sagen, ohne sagen zu können, was sie sagt.

Aus dem Deutschen – nicht von Freud – kam die Idee vom Meer in dieses Buch, und vielleicht kam Freud die Idee vom *Unbewußten* genauso, vom Grunde der Sprache emporgetrieben, der See entstiegen.

---

1 Sigmund Freud, *Vorlesungen*, 4, a.a.O., S. 53.

In einem seiner bekanntesten Texte kommt Freud wie von selbst auf die *Oberfläche* – ein Wort, das der Philosoph Christian Wolff 1710 gefunden hat (aus *surface* übersetzt): »Das Ich umhüllt das Es nicht ganz, sondern nur insoweit das System W (*Wahrnehmung*) dessen Oberfläche bildet, also etwa so wie die Keimscheibe dem Ei aufsitzt. Das Ich ist vom Es nicht scharf getrennt, es fließt nach unten hin mit ihm zusammen.«[1] Man sieht: Das Meer ist nicht weit, die Wasser verfließen und vermischen sich wie die Sprachen, wo die Bedeutungen sich kreuzen und der Sinn entsteht, sich bricht, sich entblößt, in ständiger Bewegung, an sich abgleitend, unfaßbar, und an der Oberfläche spielen die Farben und Reflexe.

Im Sommer spiegelt sich Tübingen im Neckar, stürzt sich mit der ganzen Vielfalt seiner Fassaden in seinen Himmel. Die Boote der Studenten sind mit Lampions geschmückt, und an der Oberfläche des Wassers mischen sich die Lichter.[2]

Der Sinn ist da zu finden, wo er sich entblößt und einen Kopfsprung macht, wo er zu sich selbst zurückkommt, *wo er sich wiederholt* – wie im Kopf des verblüfften Ménalque, wenn er wieder auf frischer Tat überrascht wird: »Einmal ist er vom Lande zurückgekommen; seine Diener in Livree versuchen ihn zu berauben und haben Erfolg. Sie springen von seiner Kutsche, schlagen ihn mit dem Armleuchter auf die Brust, verlangen seine Börse, und er gibt sie ihnen; zu Hause angekommen, erzählt er sein Abenteuer seinen Freunden, die ihn gleich nach den Umständen befragen, und sagt zu ihnen: Fragt meine Leute, die waren dabei.«[3] Jetzt wäre es an der Zeit zu gestehen, und die Sprache ist da und kann sich keinen

1 »Das Ich und das Es«, in Sigmund Freud, *Das Ich und das Es und andere metapsychologische Schriften*, Frankfurt/M. 1984, S. 180.

2 Tübingen ist bekanntlich die Stadt Hölderlins. Man sollte endlich die bedeutenden Arbeiten Pierre Bertaux' über diesen Dichter ins Französische übersetzen.

3 Jean de La Bruyère, a.a.O., S. 304f.

Reim darauf machen. Seltsam, daß dieser Text, der alles sagt und alles zeigt, so sehr übersehen und überhört wird, geradezu *unheimlich*, wie eine Katze, die einem unversehens zwischen die Beine purzelt, man steht mit offenem Mund da, und schon ist sie auf und davon.

In jedem Augenblick bringt die Sprache ihre Überraschungen ins Spiel, deshalb ist sie Sprache; und was sie selber nicht kann, zeigt ihr die andere Sprache. Wasser ist durchsichtig, man kann es durchschauen, aber oft genug wird der Himmel bleiern, die Oberfläche undurchdringlich, das Meer matt, grau, das Gewitter bricht los, wo sich gerade noch Wellen türmten, tun sich Abgründe auf, der Schiffbruch ist gewiß: Man ist verloren, *corps et biens*, mit Leib und Gut.

4. Die Strömungen des Meeres

Wenn das Gewitter nachläßt, kommt die Sonne wieder, die Oberfläche des Meeres schillert in neuen Farben, aber da treibt etwas: *Treibholz*, vom Grund aufgestiegen, von der *Drift* nach oben getrieben, manchmal auch Leichen. »Alles fürs Bewußtsein Verdrängte und Ersetzte bleibt im Unbewußten erhalten und wirkungsfähig«, schreibt Freud in einem seiner kühnen Texte.[1] Aus dem Tiefsten steigt es auf und findet sich irgendwo an der Oberfläche wieder.

Man könnte sich fragen, ob nicht das gesamte Freudsche Werk in vieler Hinsicht auf dem Wechselspiel zwischen unten und oben, den Gezeiten und Strömungen beruht, denn alles, was *verdrängt* war, *wird wieder emporgetrieben*, es driftet nach oben, um wieder aufzutauchen.

Am Unbewußten sehen wir, daß es kein Vergessen gibt, daß so oder so, mittelbar oder unmittelbar, alles wiederkommt: versinkt oder aufsteigt, *wie es* von den Strömungen

1 »Ein Kind wird geschlagen«, in Sigmund Freud, *Beiträge zur Psychologie des Liebeslebens und andere Schriften*, Frankfurt/M. 1981, S. 108.

getrieben wird, Treibholz, vom Meer getragen und angetrieben, kommt es schließlich wieder. *Treiben*: ein kraftvolles Wort, das, laut »Wahrig«, »in schnelle Bewegung bringen, vor sich herjagen« bedeutet, daher stammt der *Trieb*.

Trieb, heißt es, wird im Französischen mit *pulsion* übersetzt, aber *Trieb* ist im Gegensatz zu *pulsion* ein so alltägliches Wort, daß es im Sprachschatz jedes achtjährigen Kindes zu finden ist, das, wenn es sich in der Hitze eines Sommertags auf sein *Eis am Stiel* stürzt, es zerbricht und zu Boden fallen läßt, zu hören bekommt: *Jeder ist das Opfer seiner Triebe!* oder wenn es an einem Ort erwischt wird, wo es nichts zu suchen hat: *Was treibst du denn hier?* Tun und Treiben: Es ist interessant, wie weit das Alltägliche hier die Gerichtetheit der Sprache in der Wirklichkeit enthüllt: Die Deutschen tun (*agir:* kindliches Treiben, ungerichtetes Tätigsein), die Franzosen machen (*faire:* erwachsenes Handeln, gerichtetes Herstellen).[1]

Treiben heißt auch eine Herde antreiben, um sie durch einen *Durchtrieb* zu ihrer Weide zu bringen, und der Hirte, der sie da durchtreibt, könnte ein *durchtriebener Kerl* sein, mit allen Wassern gewaschen, ein Getriebener vielleicht, ein Spielzeug seiner Triebe, einer, der's mit jeder treibt, der sich treiben läßt, Unsinn treibt oder Unzucht, der es schließlich zu arg treibt und als Treibgut strandet. All dies hatte Freud immer auf der Zunge – und auf der Spitze seiner Feder, sobald er das Wort Trieb gebrauchte. Er mußte, wie man sieht, gar nichts erfinden.

Pulsion dagegen ist ein Gelehrtenwort, und in der Bedeutung eines instinktiven Antriebs wurde es nicht vor 1910 gebraucht: Es übersetzt eine einfache, volkstümliche Vorstellung in einen künstlichen, gelehrten Begriff – das Sprachniveau hat sich verschoben, so etwas kommt öfter vor: Die Wirklichkeit, die Freud erkundet, liegt im Deutschen und im Französischen nicht auf derselben Ebene, als stiegen die Was-

1 Siehe Fernand Deligny, *Les détours de l'agir ou le Moindre geste*, Paris 1979.

ser, die an die Oberfläche dringen, nicht aus denselben Tiefen herauf.

Wahrscheinlich hätte man den Trieb besser mit *poussée* (Stoß, Druck, Auftrieb) übersetzen sollen, einem Wort der französischen Umgangssprache, ähnlich dem *Trieb* im Deutschen, wenn auch nicht ganz so alltäglich. *Treiben* findet man sogar im *Treibstoff*, dem Stoff, der das Auto antreibt, *treiben* heißt nichts anderes als drängen, in einer fast unwiderstehlichen Weise schieben oder stoßen. Wenn in Schillers »Braut von Messina« Donna Isabella sich – »der Not gehorchend, nicht dem eignen Trieb« – vor den Männerblicken entschleiert, ist das nicht sonderlich poetisch. Die Freudsche Libido ist schließlich nichts anderes als der *Geschlechtstrieb*, *l'instinct sexuel*, zu dem das Deutsche und das Französische auf ganz verschiedene Weise fast dasselbe sagen. Auch der *Eßtrieb*, der uns zur Speise treibt, ist ein sehr angenehmer und ganz alltäglicher Trieb. *Es treibt mich*: Das drückt, drängt in eine bestimmte Richtung, wie ein Besenstiel im Rücken.

Fast immer könnte man *Trieb* durch *désir* (Wunsch, Begehren) ersetzen. Wenn man Freud liest und sich fragt, wie das wohl auf französisch aussähe, drängt sich das Wort geradezu auf, es kommt dem *Trieb* am meisten entgegen. Aber genausowenig, wie man *Trieb* ins Französische übersetzen kann, läßt sich *désir* ins Deutsche übertragen – es ist, als dienten die Gezeiten, das Hin und Her von Ebbe und Flut, den Sprachen zum Ausgleich, während sie sich in der Tiefe mischen.

Le désir ist etwas ganz anderes als *der Trieb*, *le désir* drängt nicht, zieht vielmehr an sich, umfängt gewissermaßen seinen Gegenstand; *der Trieb* dagegen ist eine von seinem Gegenstand unabhängige Kraft, er treibt an, was ihm in die Quere kommt. *Le désir* kann sich verstellen, Ausflüchte suchen, um Zeit zu gewinnen und dann desto plötzlicher hervorzubrechen, *le désir* läßt sich beherrschen, man ist sein Subjekt, während man zum Objekt des *Triebes* wird, der einem in den Rücken fällt.

Der Trieb steht, wie man sieht, ganz anders in der Sprache als *pulsion* und *désir.* Neben dem *Trieb* gibt es noch den *Instinkt*, der, obwohl weniger alt, fast ebenso geläufig ist. Freud scheint diesen jedoch nahezu ausschließlich der Tierwelt zuzurechnen.[1] *Der Trieb* dagegen hat immer *seelische Folgen* (*conséquences psychiques* – im Französischen bildet die Seele, *l'âme*, kein Adjektiv).

In diesem Sinne übrigens definiert Freud auch den *Trieb*: »Unter einem ›Trieb‹ können wir zunächst nichts anderes verstehen als die psychische Repräsentanz einer kontinuierlich fließenden, innersomatischen *Reizquelle*, zum Unterschiede vom ›*Reiz*‹, der durch vereinzelte und von außen kommende Erregungen hergestellt wird. Trieb ist so einer der Begriffe der Abgrenzung *des Seelischen* vom Körperlichen.«[2]

Der Trieb ist auch, vielleicht wesentlich, etwas von innen Andrängendes, wie *der Antrieb* des Autos, eine treibende Kraft im Leibesinneren, und nicht ohne Grund spricht Freud wohl in seiner 32. Vorlesung über »Angst und Triebleben« von der *Leiblichkeit.*

Was das Kind aus sich heraustreibt, ist, wie wir wissen, sein erstes Geschenk an die, die es nähren; *treiben* ist also in gewisser Hinsicht nicht sehr weit entfernt von *drücken*, und Freud hat gezeigt, wie eng *drücken* (und *treiben*) mit der Kotsäule verbunden ist, also auch mit dem Penis.

Treiben gehört zum Gestus des *Leibes*, zur *Leiblichkeit*, zu diesem »Leibsein«, das im Deutschen, besonders in der Sprache Freuds, eine so große Bedeutung hat.

Ich werde dir deine schlechten Gewohnheiten schon austreiben, sagt der Vater zu seinem Sohn, während sie einen Zaun um ihren Garten errichten: *Heute müssen wir noch Pfähle treiben.* Die Sprache verrät sich auf ganz unschuldige Weise: Unwill-

1 Vgl. »Das Unbewußte«, in Sigmund Freud, *Das Ich und das Es und andere metapsychologische Schriften*, Frankfurt/M. 1984, S. 96.

2 »Die sexuellen Abirrungen«, in Sigmund Freud, *Drei Abhandlungen zur Sexualtheorie*, Frankfurt/M. 1993, S. 70.

kürlich denkt man hier an die mittelalterliche Folter des *Pfählens*, über die gesagt wurde, daß sie gut anfange, aber böse ende. Das ist kein Zufall. Es ist immer wieder dasselbe, von dem die Sprache bei Freud spricht und Freud mit ihr – es gibt kein Entkommen, nur eine ständige Wiederkehr des Gleichen.

Die Sprache sagt auch *Unzucht treiben, se livrer à la luxure.* Es stößt mich hinein, es drängt mich voran, wie der *Treibstoff (le carburant*, sagt das Französische, das »Kohlenstoffverbindungen herstellend« bedeutet), der Stoff, der treibt, sagt das Deutsche, man verwendet ihn auch, um *Triebwagen* anzutreiben. *Triebwagen* enthält auch *treiben*, wie *propulser, pulser* oder *pulsion* (der Triebwagen aber heißt *autorail).*

Der *Trieb* ist immer da, tätig oder müßig, aber gegenwärtig, und auf diese Weise ist er tief verbunden mit *dem Unbewußten.* Der *Trieb* hat sich ein für allemal niedergelassen, er ist ein wesentlicher Zug des Lebendigen, in dem er dauert, solange es lebt.

Der *Trieb* kommt vom *Es*, er ist *es*, und die Sprache sagt das auch: *Es treibt*, wie wir gesehen haben, es treibt mich, ein Strömen, das von mir ausgeht und mich gegen meinen Willen vor sich hertreibt, wie bei einer *Treibjagd.*

»Ein Trieb unterscheidet sich also von einem *Reiz* darin, daß er aus Reizquellen im Körperinnern stammt, wie eine konstante Kraft wirkt und daß die Person sich ihm nicht durch Flucht entziehen kann, wie es beim äußeren Reiz möglich ist«,[1] schreibt Freud und gibt sich letztlich damit zufrieden, das Wort zu erläutern, wie es jedes deutsche Wörterbuch tut:

»Treibende Kraft, innerer Drang«, sagt der »Brockhaus«, *»gerichteter (innerer) Antrieb, (innere) treibende Kraft«*, der »Wahrig«. Man sieht, Freud wiederholt nur, was die Sprache selbst sagt, wie niemand sonst achtet er darauf, was sie sagt, und begnügt

1 Sigmund Freud, *Neue Folge der Vorlesungen zur Einführung in die Psychoanalyse*, 32, Frankfurt/M. 1991, S. 95.

sich damit, ihr nachzusprechen, sie zum Reden zu bringen, sprechen zu machen, *la faire parler*, wie das Französische so schön sagt.

Der *Trieb* ist offensichtlich dem Begehren *(désir)* viel näher als dem Instinkt, und er enthält eine Spur von Räumlichkeit, die auch das französische Wort *pulsion* hat: *Trieb* ist etwas von tief unten zur Oberfläche Aufsteigendes, das man zurückdrängen, unterdrücken muß. Freud wiederholt immer wieder: »Unsere Kultur ist ganz allgemein auf der Unterdrückung von Trieben aufgebaut«[1] und gebraucht hier das Wort *Unterdrückung*, das vom französischen Begriff für Verdrängung, *refoulement*, so trefflich übersetzt wird: Etwas muß von oben weggetaucht, nach unten gedrängt werden, damit es verschwindet, und *drücken* enthält diese vertikale Bewegung. So ist der Freudsche Wortschatz beschaffen.

Nebenbei ist es interessant festzustellen, daß alles, was Freud über den *Trieb* sagt, sich schon bei Nietzsche findet, und zwar seit der »Morgenröte«. Freud gibt nur der Sprache, die er gebraucht, was ihr gebührt, den Sinn dessen, was sie sagt. Und vielleicht entspricht gerade das der Bewegung der Sprache selbst.

Den Trieb gab es seit jeher im Deutschen, besonders bei den Romantikern. Während die Welt stumm unter »diesem gewitternden Druck« daliegt, wirft sich Friedrich, der Held in Joseph von Eichendorffs »Ahnung und Gegenwart«, auf seine Studien, um nicht an Erwin denken zu müssen, den Knaben, den er liebt und von dem er erst, als dieser stirbt, erfährt, daß er ein Mädchen war. »Dieß mochte ihn abhalten, Erwin damals genauer zu beobachten, der an diesem Abend stiller als je geworden *und sich an einem wunderbaren Triebe nach freyer Luft und Freyheit* langsam *zu verzeh-*

1 »Die kulturelle Sexualmoral und die moderne Nervosität«, in Sigmund Freud, *GW*, Bd. VII, S. 149.

ren schien.«[1] Denn der *Trieb* ist zugleich geheimnisvoll und *wunderbar*, er ist die *stumme Stimme*, von der anderswo die Rede ist.

Ein wenig bekannter Essay Friedrich Schillers, der schon 1780 unter dem Titel »Über den Zusammenhang der tierischen Natur des Menschen mit seiner geistigen« erschienen ist – ein Titel übrigens, den Freud sicher nicht verworfen hätte –, handelt vom *Trieb* in durchaus freudschem Sinne. Man möchte wetten, daß Freud diesen Essay gut kannte.[2] Der Text beruht auf einem geradezu freudschen Studium des *Triebes*; das *Es* erscheint bereits als Grundlage der Manifestationen des *Ichs* an der Oberfläche. Ein Untertitel lautet: *»Tierische Triebe wecken und entwickeln die geistigen.«* Den geistigen Leistungen gibt Schiller gegenüber den tierischen und leiblichen Wirkungen außerordentlich wenig Raum und deutet so bereits an, in welchem Ausmaß jede geistige Leistung (des *Ichs)* gewissermaßen ein Transfer der darunterliegenden animalischen Aktivität ist.

Die deutschen Klassiker haben das alles lange vor Freud formuliert, aber das Wesentliche, nur von der Sprache selbst schon erahnt, fehlte: *Trieb* ist *Fleisch.* Seltsam, daß es im Deutschen für das lebendige Fleisch, den Leib *(la chair),* und das tote Fleisch, den Kadaver *(la viande),* nur diesen einen Ausdruck gibt: *das Fleisch.*

Jeder Schriftsteller muß der Sprache, die er verwendet, auf ihren Umwegen folgen; sein Ausdruckswille paßt sich die-

1 *Ahnung und Gegenwart*, in *Sämtliche Werke des Freiherrn Joseph von Eichendorff*, Bd. III, hg. von C. Briegleb u. C. Rauschenberg, Stuttgart-Berlin-Köln-Mainz 1984, S. 191.

2 »Über den Zusammenhang der tierischen Natur des Menschen mit seiner geistigen«, in *Schillers sämtliche Werke*, Leipzig 1924, Bd. V, S. 9 ff. Die Schillerschen Essays, die wenig bekannt sind, müssen sowohl Nietzsche als auch Freud beeinflußt haben, weil sie zum Lehrplan der Abiturklassen aller deutschen und österreichischen Gymnasien dieser Epoche gehörten.

ser Form notwendig an, wie das Wasser sich den Ufern anschmiegt, von denen es umschlossen ist, wie es dem Geringfügigsten ausweicht, das darin eintaucht. Wasser in einer Karaffe hat augenscheinlich deren Form, ohne deshalb selbst Karaffe zu sein. Mit anderen Worten: Der Sinn geht notwendig durch die Sprache; er gewinnt daraus Sinn, aber – und das ist es, was aus einer Sprache Sprache macht – nur, indem er von einer in die andere übergeht. Wasser fließt von Ort zu Ort.

Es ist, als wäre das Freudsche Verfahren aus seiner Formulierung entstanden, als habe Freud das Unbewußte durch die Natur der Sprache, im Rhythmus des Deutschen selbst entdeckt. Man könnte aber auch sagen, daß Freud die deutsche Sprache durch eine andere Sprache hindurch beobachtet hat, eine Sprache, die durch das Deutsche spricht und auf der Freuds gesamte Forschung beruht, jene Sprache, die uns das Sprechen der anderen erlaubt.

Der Bogen des Atems ist im Deutschen viel weiter als im Französischen; man benötigt, um einen Satz zu sagen, eine viel größere Lungenkraft: Der Brustkorb wölbt und entspannt sich wieder, daher die besondere Konstruktion des Nebensatzes mit seinem »Schlußverb«; die Stimme steigt einfach ab, bis sie beim letzten Wort die Luft losläßt. Nichts ist so absurd und verschroben – besonders aus der Feder eines hervorragenden Übersetzers und *»poète fiévreux«* – wie die Behauptung, daß das am Ende stehende Verb den Satz antreibe.

Goethe zeigte diese Eigenart des Deutschen, die Natur seiner rhythmischen Bewegung, das *Auf und Ab*, Ansteigen und Absinken, Systole und Diastole: das Wesen dieser Bewegung,[1] in einem irritierenden Distichon. Man spottete darüber, man machte sich über den heißen Busen des großen

1 Darüber hat Ludovic Janvier ein sehr schönes Gedicht geschrieben: »Dans respirer«, in Ludovic Janvier, *La mer à boire*, Paris 1987.

Mannes lustig,[1] man war unter sich; etwas weiter getrieben, könnte dieses auch zu jenem werden.

»Im Atemholen sind zweierlei Gnaden
Luft einziehen und sich ihrer entladen.«

Beim Atmen dehnt sich die Brust und zieht sich wieder zusammen, sie hebt und senkt sich. Immer wieder findet sich diese Bewegung im *Auf und Ab,* im *Hin und Her* der deutschen Sprache, überall kehrt sie wieder, sie liegt dem *Wiederholungszwang* zugrunde, der Versunkenes zum Wiederaufsteigen zwingt. Aber es verhält sich damit leider wie mit den toten Fischen, die auf den Kanälen treiben: Wenn es hochkommt, taugt es nichts mehr.

In die Bewegung von oben nach unten und von unten nach oben, die vom Erinnern zum Vergessen zum Erinnern führt, ist die Wiederkehr schon eingeschrieben; das wiederkehrt aber ist nicht mehr das, was es einmal war. »All das Vergessene«, sagt Freud in seiner »Selbstdarstellung« von 1925, »war irgendwie peinlich gewesen, entweder schreckhaft oder schmerzlich oder beschämend für die *Ansprüche* der Persönlichkeit«,[2] es strebt danach, den *Strebungen* zu widerstehen, die plötzlich im *Seelenleben* auftauchen und den *Trieb* in sich tragen. Und plötzlich klingt wieder *désir* an, denn *Strebung* ist nichts anderes.

Anfangs wollte Freud den Konflikt zwischen der *Strebung* und ihrer Verdrängung übrigens *Abwehr* nennen.[3] *Abwehr, etwas abwehren*: sich gegen etwas verteidigen, indem man es von sich entfernt. *Je m'en défends*, sagt das Französische und

---

1 *Faire des gorges chaudes de q.*: über jemanden spotten; *gorges chaudes* bedeutet aber auch heißer Busen, ein in diesem Zusammenhang hübscher Doppelsinn, der im Deutschen so nicht wiederzugeben ist; A.d.Ü.

2 »Selbstdarstellung«, in Sigmund Freud, *Schriften zur Geschichte der Psychoanalyse*, Frankfurt/M. 1989, S. 59.

3 Siehe »Meine Ansichten über die Rolle der Sexualität in der Ätiologie der Neurosen« (1906); in Sigmund Freud, *Beiträge zur Psychologie des Liebeslebens und andere Schriften*, Frankfurt/M. 1981, S. 72.

folgt so instinktiv oder aus sprachlichen Gründen dem Freudschen Sprachgebrauch. Dazu baut man Dämme an den Ufern des Meeres, an der Küste der Nordsee in Holland und Schleswig-Holstein, das ist die Aufgabe der *Kultur (civilisation):* die *Triebe einzudämmen,* sie zu mäßigen und zu beschränken. Eigentlich hätte Freud die *Verdrängung* auch *Eindämmung* nennen können, denn sie dämmt das zuweilen entfesselte Element ein.

Inmitten der Freudschen Sprache findet man ständig, was die deutsche Sprache vor ihm gesagt, ihm vorgesagt hat, was stets in ihr wiederkehrt, was sich nicht eindämmen, *eindeichen* läßt.

Das zeigt das berühmte *Fort-Da* des Kindes in »Jenseits des Lustprinzips«, das *Hin und Her* taucht hier wieder auf: *Etwas kehrt wieder,* war gar nicht weg, deshalb braucht es auch nicht *zurückzukommen,* sondern nur wiederzukehren, einfach wieder dazusein wie die See, die stets dieselbe bleibt und nie den Ort wechselt: In der Flut kehrt das Wasser wieder, und die ganze Kultur *(culture)* besteht darin, *zu widerstehen,* sich den steigenden Fluten entgegenzustemmen.

»Wir dürfen uns vorstellen, daß das Verdrängte einen kontinuierlichen Druck in der Richtung *zum Bewußten hin* ausübt, dem durch unausgesetzten Gegendruck das Gleichgewicht gehalten werden muß«,[1] schreibt Freud.

Freud beharrt auf dem beweglichen Charakter der *Verdrängung,* die im Rhythmus der Fluten sich verlagert, *sich verschiebt.* Früher oder später kommt, was in der Tiefe trieb, an die Oberfläche. Dafür gebrauchte Freud einmal einen Begriff, der später nie wieder auftauchte: *die Nachträglichkeit.*

Die »sexuellen Erlebnisse des Kindesalters … entfalten ihre Wirkung aber nur zum geringsten Maße zur Zeit, da sie

1 »Die Verdrängung«; in Sigmund Freud, *Das Ich und das Es,* a.a.O., S. 65.

vorfallen; weit bedeutsamer ist ihre *nachträgliche Wirkung*«,[1] schreibt Freud; etwas später bildet er, ganz natürlich, aus diesem Adjektiv das Substantiv auf *-keit*.[2] Eigenartig, daß Freud dieses Wort danach offenbar wieder fallengelassen hat, obwohl es sich so vollkommen in sein Vorgehen einfügt. *Nachtragen*, jemandem hinterhertragen, was dieser zurückließ: *Der Diener trägt einem die Koffer nach.* Früher trug noch ein Diener einiges, folgte seinem Herrn, *trug es ihm nach.* Aber wie auch immer, es holte den Herrn schließlich doch ein. *Nachtragen* heißt auch, jemanden mit seinem Groll verfolgen: *Das trage ich dir nach* und werfe es dir in dem Augenblick vor die Füße, wo du es am wenigsten erwartest. So kann ich mich auch schadlos halten, einen Wunsch befriedigen, den ich unterdrücken mußte: etwas nachholen. *Das holt man sich dann alleine nach.*[3]

Unversehrt steigt so die Kindheit auf in der Seele des *Neurotikers*, den das Deutsche, wie den *Alkoholiker*, zu einem aktiv Handelnden macht, während das Französische im *névrosé* ein Opfer der Neurose sieht; die Sprachen haben hier ihre Positionen im Verhältnis zum Unbewußten vertauscht – ein sehr aufschlußreicher Stellungswechsel.

Die Neurose, sagt Freud, ist das Ergebnis *einer Summation*,[4] vieles ist zusammengeflossen, aufgelaufen, es tritt über die Ufer, schließlich bedeckt, *überschwemmt*, überflutet es alles. Wenn es sich wieder zurückzieht, bleibt einiges zurück, was es vielleicht bei nächstbester Gelegenheit wieder mitnimmt, denn es ist stets dasselbe Wasser, das wiederkehrt: *die stete*

---

1 »Die Sexualität in der Ätiologie der Neurosen« (1898), in Sigmund Freud, *Beiträge* ..., a.a.O., S. 62.

2 Ebd., S. 63.

3 Die *Fliegenden Blätter* und das *Freie Forum für Erziehung*, pädagogische Periodika, letzteres sehr populär, waren voll von Berichten dieser Art, in denen sich, wie üblich, die erzieherische Absicht mit dem perversen Wunsch vermischte.

4 »Meine Ansichten ...« (1906), a.a.O., S. 75.

Wiederkehr des Gleichen, und so finden wir Nietzsche wieder, der sich auch oft damit begnügt hat, der Sprache beim Reden zuzuhören.

Ich trage es dir nach, ich folge dir mit deinen Siebensachen auf dem Fuße: So wird jeder von diesem anderen verfolgt, diesem Kind, das er war, das in seinem Innersten unversehrt blieb, dessen Wut sich vielleicht in der Neurose des Erwachsenen manifestiert, weil sie ihm stets nachgetragen wird, immer und immer wiederkehrt. Etwas rollt irgendwo in der Tiefe hin und her, von der Flut der Sprache getrieben wie *das Verdrängte*, und man versucht es zu unterdrücken, sich nicht zu erinnern: Das ist die Neurose.

Nicht ohne Grund spricht Freud in einer wesentlichen Passage von »Jenseits des Lustprinzips« über die *Erinnerung* an die Dinge, die unter die Ebene des Bewußtseins gedrückt, verdrängt werden, eigentlich spricht er immer davon, denn auch die Erinnerung ist eines dieser einfachen Wörter, die sich im alltäglichsten Leben dauernd aufdrängen. Und wieder einmal sehen wir, wie weit die Sprache stets aufs neue Freud den Weg geebnet hat. Ohne sie hätte er nichts vermocht; er hat sie sprechen gehört: Das ist schon viel.

Auf der Erinnerung, auch auf der Weigerung, sich zu erinnern, ruht die gesamte Entdeckung des Systems Ubw, jeder trägt *unbewußte Erinnerungen* mit sich. Beobachten wir aber die Sprache genauer, dann bemerken wir, daß sie hier mindestens ebenso kohärent gearbeitet hat wie Freud selbst, er nahm aus ihr nur, was er vorfand, was ihr und ihm entsprach: Freuds Denken, eine Strömung des Meeres, folgte der Drift der Sprache.

Sich erinnern geht von der Präposition *in* aus, von der auch *die Innerlichkeit* und *die Innigkeit* kommt. Ich habe ein *Innenleben*, kann Verschiedenes *verinnerlichen* etc. – es genügt, den »Wahrig«, den »Brockhaus« oder die eigene Erinnerung zu Rate zu ziehen, um zahllose andere Wörter mit *in-* zu finden. *Sich erinnern (se souvenir)* bedeutete anfangs, jemandem bestimmte Dinge in den Kopf zu setzen, um sie wieder zurückrufen zu können *(rappeler),* aber auch die Dinge selbst rufen zurück: Sie bringen sich in Erinnerung. Der »Kluge« sagt, daß die Erinnerung seit Luther mit dem lateinischen *monere*, ermahnen, zu tun hat: *Daran möchte ich dich erinnern,* worauf der andere antwortet: *Das ist gar nicht nötig, ich erinnere mich daran.* Das Objekt der Erinnerung tritt im Deutschen vermittelt auf: Ich entsinne mich *dessen*, *je m'en souviens*, ich erinnere mich *daran*. Das Französische spricht es direkt an: *Je me le rappelle* – Ich rufe *es* mir zurück. Im Deutschen brauche ich einen Mittler, nur der andere kann mir etwas ins Gedächtnis zurückrufen, das selbst nicht den Satz ergänzen kann: *Er erinnert mich an etwas.* An dieser Stelle herrscht ein merkwürdiger Mangel, als ob die Sprache im voraus dem Analytiker den Boden bereitet hätte: Im Deutschen braucht man das Du für etwas, was im Französischen das Ich allein erledigt – ein Umweg des Unbewußten der Sprache.

Eine Sprache scheint die andere zu unterstützen, das Französische sagt, was das Deutsche nicht sagt, und umgekehrt, denn was das Deutsche versenkt *(erinnert),* ruft das Französische wieder herauf *(rappelle),* als begänne die eine Sprache dort, wo die andere endet; man erinnert sich an das, was man verinnerlicht hat, und holt das, was sich in Erinnerung bringt, wieder ins Gedächtnis zurück.

Kurz und gut: Das Französische zieht, wo das Deutsche schiebt; was der Deutsche in sich hineinsteckt, zerrt der Franzose aus sich heraus. Diese gegensätzliche Bewegung muß dem Blick in der Weite des Sprachraums eine bestimmte Richtung geben: Die Sprachen sehen mit anderen Augen. Das zeigt sich an den einfachsten Dingen: Selbst bei den Möbeln findet man diese unterschiedliche Blickrichtung wieder. Eine Lade wird im Deutschen zugeschoben *(Schublade),* im Französischen aufgezogen *(tiroir). Erinnern* legt in diese Lade, was *rappeler* wieder herausholt. Das »Ungewußte«, von *erinnern* und *rappeler* in die Zange genommen, läuft Gefahr, ans Tageslicht gezerrt zu werden.

So spricht vielleicht das Analytische durch die Sprache: »Die Sprache des Menschen«, sagt Lacan, »dieses Werkzeug seiner Lüge, ist ganz und gar durchdrungen vom Problem seiner Wahrheit.«[1] Vielleicht ist es diese Wahrheit, die Ich werden soll – aber das ist eine andere Geschichte.

1 »Vortrag über die psychische Kausalität«, aus dem Französischen von Ursula Rütt-Förster, in Jacques Lacan, *Schriften* III, hg. von Norbert Haas, Weinheim-Berlin 1986, S. 141.

II
Das Unbewusste der Sprache

1. Woran denkt die Sprache?

Lacan, dem man das Wissen darum, was Sprechen sagen will, nicht abstreiten wird, wiederholte es oft: Das Unbewußte ist strukturiert wie eine Sprache. Freud habe die Sexualität deshalb so in den Mittelpunkt gestellt, sagte er auch, weil das Wesen, das spricht, in der Sexualität stammelt.[1]

Und so tauchen wir mit einem Schlag ins Wesen der Sprache: Sie stammelt – warum sonst spräche sie in so vielen Zungen? Freuds Traumdeutung, sagt Lacan, ist von der Ordnung der Übersetzung. Daher das Stammeln, weil jede Sprache Übersetzung ist oder zumindest Möglichkeit der Übersetzung. Das läßt sie zögern: Gefangen im Vorher des Sprechens, aus dem die Sprache entspringt, zuckt sie zurück, als könnte diese mögliche Übersetzung (das heißt: die Sprache) sie aus ihrer Neurose retten.

Denn das ist das Erstaunliche: Die Sprache drückt sich selbstverständlich aus, aber sie merkt es erst, wenn sie auf eine andere Sprache trifft, wenn ihr Lauf plötzlich stockt – als wäre, worum sie kreist, das, was in ihr nicht geht, was sie also umgeht und nur in der Übersetzung erkennt: Als könnte nur die andere Sprache ihr Unbewußtes entdecken. Die Sprache verhaspelt sich in ihrem Faden, sie ist, was sie ist, weil sie nicht anders sprechen kann, als sie spricht, und das sagt auch der »Rattenmann«, wenn er befürchtet, seine Gedanken ausgesprochen zu haben, ohne es zu hören.[2] Man sagt: *Ich spreche*

1 Interview in France-Culture, Juli 1973, abgedruckt in *Le Coq Héron*, Nr. 46/47.

2 Siehe »Bemerkungen über einen Fall von Zwangsneurose« (im folgenden: »Rattenmann«), in Sigmund Freud, *Zwei Falldarstellungen*, Frankfurt/M. 1993, S. 16.

meine Gedanken aus, ohne sie zu hören, und das ist ganz wörtlich zu verstehen: Ich spreche sie aus, sie sind außer mir, nur meine Lippen bewegen sich, *Je prononce mes pensées*, ich sage sie vor mich hin, die Worte entwischen mir. So erlaubt der deutsche Text, das Französische gleichsam zu bündeln, es sprechen zu hören.

Hätte der »Rattenmann« seine Gedanken absichtlich äußern wollen, hätte er wohl gesagt: *»Ich drücke meine Gedanken aus«*, was dem französischen *»J'exprime mes pensées«* genau entspricht. Statt dessen erzählte er von seiner ehemaligen Kinderfrau, die, als er etwa sechs Jahre alt war, »Abszesse am Gesäß hatte, welche sie abends *auszudrücken* pflegte«[1], und gebrauchte so das Wort in dessen ursprünglicher Bedeutung, ohne sich etwas dabei zu denken.

Es ist, diese Hypothese ist zwar gewagt, aber die Sprache lädt dazu ein, als erlegte von Anfang an die Sprache dem »Rattenmann« ihre Zensur auf, ihren eigenen Zwang, sich in einer bestimmten Weise auszudrücken. Er hätte durchaus sagen können, *»... welche sie abends auszupressen pflegte«*, das wäre sogar bildhafter, realistischer, dann aber wäre *ausdrücken* nicht besetzt, sondern zur Hand gewesen, und die naheliegende Versuchung, dieses Wort auf die Gedanken anzuwenden *(»Ich drücke meine Gedanken aus ...«)*, unwiderstehlich.

Die Sprache macht sich hier gemein und wird grob: *Ich habe immer Druck in den Eiern*, ich denke immer an dasselbe; alles um das Wort *drücken* herum läuft geradewegs darauf hinaus, worauf Freud hinauswill. Freud kann nichts dafür, aber man kann nichts dagegen tun, *aussprechen* statt *ausdrücken*, das klingt, als sollte jemand, der immer nur an das eine denkt, auf keinen Fall hellhörig werden. Freud hat darüber kein Wort verloren; ob er sich wohl dessen bewußt war, wieviel Arbeit ihm der »Rattenmann« und die Sprache da abgenommen haben?

1 A.a.O., S. 13.

Offenbar lief alles darauf hinaus, *ausdrücken* von vornherein in scheinbar weniger anrüchigem Sinn zu benutzen – und doch ist der Ort, an dem da etwas ausgedrückt wurde, eben der Grund der Angelegenheit, auch wenn man das nicht riechen kann –; jedenfalls war das Wort *ausdrücken*, nachdem es in seiner trivialen, unmittelbaren Bedeutung benutzt worden war, nun nicht mehr für die Gedanken zu gebrauchen. Deshalb wohl hat der »Rattenmann« es so verwendet: dem Fadenlauf der Sprache folgend; und dann blieb ihm nichts anderes mehr übrig, als zu sagen: *Ich spreche meine Gedanken aus, ohne sie zu hören.*

Könnte man da nicht auf den Gedanken kommen, daß dieser »Kranke« die Sprache manipuliert, um das Wesentliche, was er eigentlich sagen will, zu umgehen? Und doch verrät es sich von Anfang an.

Hätte er nicht von Anfang an die Schiffe hinter sich verbrannt und das Wort *ausdrücken* in einem ihm harmlos erscheinenden Sinn gebraucht, hätte er es anderswo unterbringen, seine Gedanken *ausdrücken*, aus sich herauszwängen müssen, denn das bedeutet *drücken*: ein vertikales Drängen, vorzugsweise von oben nach unten (im Gegensatz zu *schieben*, das ein horizontales Drängen ausdrückt, eine *Verschiebung* zur Seite hin). Er hätte dann nicht mehr sagen können, daß er »die Gedanken ausgesprochen, ohne es aber selbst zu hören«, denn er verstand nur zu gut, was sie sagen wollten:[1] Er dachte nur an das, was die Sprache nicht zeigen darf, obwohl sie ständig darauf verweist.

Schon als Kind nämlich war er *verstopft*, wie das Deutsche so treffend sagt, zugepfropft, und die Kinderfrau mit den Abszessen an dem Ort, den er nicht aussprechen wollte, hat ihm wahrscheinlich immer wieder gesagt: *»Drücken sollst du!«*, drücken, daß es herauskommt – wie die Sprache eben läuft.

---

1 Ebd.; »hören« und »verstehen« heißen im Französischen »entendre«, ein Spiel mit dem Sinn, der im Deutschen nicht wiederzugeben ist; s. S. 45.

Es gibt keinen »Germanophonen«, wie der häßliche Fachausdruck lautet, der das nicht gehört, dem man das nicht gesagt hätte. Das ist der erste Sinn, den das Wort *drücken* für Kinder hat, und diese Bedeutung mischt sich fortan, ob man es weiß oder nicht, in alle anderen. Auch Freud ist ein Kind der deutschen Sprache, die hier ganz selbstverständlich seine Analyse lenkt.

Der »Rattenmann« und der ehemalige Senatspräsident Dr. jur. Daniel-Paul Schreber – in der deutschen Taschenbuchausgabe sind diese »Zwei Falldarstellungen« sinnvollerweise in einem Band vereint – litten, wie bekannt, an der gleichen Obsession; wenn nun Freud dieser so große Bedeutung zumißt (noch in der »Kindheitserinnerung des Leonardo da Vinci« und vielen anderen Texten kommt er darauf zurück), dann deshalb, weil die Sprache geradewegs dahin führt.

Man kann nicht oft genug wiederholen, wie genau Freud die Sprache bei ihrem Tun beobachtet hat. Trotz ihrer beispielhaften Klarheit lesen sich seine Texte so, als wäre die Sprache sich hier selbst überlassen, als entfaltete sie sich von selbst, als kämen seine Einfälle und Entdeckungen eigentlich von ihr.

Vielleicht hat Freud ja Wilhelm von Humboldts grundlegendes Werk »Über die Verschiedenheiten des menschlichen Sprachbaues« gelesen, einen der wichtigsten Texte, die jemals über die Sprache als solche geschrieben worden sind. »Die wahre Wichtigkeit des Sprachstudiums liegt in dem Antheil der Sprache an der Bildung der Vorstellungen«,[1] betont Humboldt schon in der Einleitung. »Die Sprache gehört aber dem Menschen selbst an«, fügt er hinzu, »sie hat und kennt keine andere Quelle als sein *Wesen*, wenn man sagt,

---

1 »Über die Verschiedenheiten des menschlichen Sprachbaues«, in Wilhelm von Humboldt, *Werke in fünf Bänden*, hg. von Andreas Flitner und Klaus Giel, Darmstadt 1963, Bd. 3, *Schriften zur Sprachphilosophie*, S. 153.

dass sie auf ihn wirkt, sagt man nur, dass er sich in ihr nach und nach in immer steigendem Umfang und immer wechselnder Mannigfaltigkeit bewusst wird.«[1]

Das Wesen des Menschen drückt sich in dem Maße aus, in dem der Mensch sich in der Sprache erfindet; diese Erfindung ist es, die Freud beschreibt. Alle Vorstellungen sind von der Sprache umschrieben und gebahnt. Der »Rattenmann« bemüht sich, das zu übersehen, *er drückt sich,* er schlägt sich in die Büsche – auch das kann *drücken* heißen. Er entzieht sich dem, was die Sprache gegen seinen Willen durch ihn sagen könnte: *Er drückt sich*, weil er von Kindheit an weiß, daß die Sprache sagen kann, was *drücken* sagen will.

Wenn wir die Untersuchung dieses Wortes noch weitertreiben, sehen wir, daß man durch *Drücken* auch eindringen kann, *etwas hineindrücken*, und damit wären wir dem ehemaligen Senatspräsidenten Schreber wieder ein Stück nähergerückt.

Das Französische hätte uns in dieser Hinsicht ebenfalls eine Menge zu sagen, aber man denkt kaum mehr daran, was *se faire piquer* (sich stechen lassen) einst unter Gymnasiasten bedeutet hat. Vielleicht achtet man in der vertrautesten Sprache ja auch am wenigsten auf den Sinn.

Als ob die Sprache selbst die Gedanken bildete, entzieht sich, was man sagt, dem eigenen Willen; daher die Furcht des »Rattenmanns«, daß die Eltern in seinen Gedanken, die um die kindliche Erektion *(hineindrücken!)* kreisen, lesen können.

Dieses Zeichen, das er mit sechs Jahren an seinem Körper entdeckt, spricht von ihm, deshalb *»die krankhafte Idee, die Eltern wüßten meine Gedanken«*.[2] Man denkt an Anthony Shaftons »The Apostate Heriger«: »Manchmal gelangte ich zu der Überzeugung, daß meine heimlichen Gedanken hörbar seien.« Die Sprache ist nur das Geräusch der *Gedanken*. An-

1 Ebd., S. 154f.

2 »Rattenmann«, S. 14.

ders gesagt: Von Anfang an weiß das Kind alles von der Sprache; daher die Verdrängung: weil man den Sinn kennt. Das wird sehr deutlich, wenn der »Rattenmann« zu einem einst von ihm belauschten Gespräch der Kindermädchen, die ihn für noch zu ungeschickt hielten, sich mit ihnen zu amüsieren, anmerkt: *»Ich verstand nicht klar, was gemeint war, verstand aber die Zurücksetzung.«*[1]

Der ganze Text Freuds zeigt, wie sehr alles von der *Ahnung* des Kindes bestimmt ist, was die Sprache eigentlich sagen will, dem Verdacht, den es gegen sie hegt, als wäre die Verdrängung nur dazu da, die Übereinstimmung des Begehrens mit der Sprache zu bewahren.

Ist es nicht seltsam, daß der »Rattenmann«, als wäre er dazu *gezwungen,* alle Umwege einzuschlagen, die die Sprache ihm bietet, Freud schließlich erzählt, wie er einmal als Reserveoffizier während einer Waffenübung »Platz (nahm) zwischen zwei Offizieren, von denen einer, ein Hauptmann mit tschechischem Namen, für mich bedeutungsvoll werden sollte. Ich hatte eine gewisse Angst vor dem Manne, *denn er liebte offenbar das Grausame.* Ich will nicht behaupten, daß er schlecht war, aber er war während der Offiziersmenage wiederholt für die Einführung der *Prügelstrafe* eingetreten, so daß ich ihm energisch hatte widersprechen müssen.«[2]

Contredire: *widersprechen*, gegenreden, sagt der »Rattenmann«, der auch hier dem Lauf der Sprache folgt und den Weg verrät, den er genommen hat. Er hätte auch durchaus sagen können: … *so daß ich mich ihm energisch widersetzen mußte.* Die Sprache, besonders die deutsche, hat nämlich, und das ist vielleicht das Interessante daran, für diesen Fall keine festen Regeln: Man hat immer die Wahl, und die hat immer einen Grund. Womöglich war *widersetzen* (wie vorher *ausdrücken)* zu stark und hätte den »Rattenmann« zu sehr an das erinnert, was er so gerne vergessen wollte, denn in *sich widersetzen* hört

---

1 Ebd., S. 13.

2 Ebd., S. 17.

man *sich setzen: s'asseoir*, und worauf setzt man sich denn, wenn nicht auf diese Kehrseite, von welcher er sich vergeblich abzuwenden sucht. Das ist die gleiche Verschiebung wie bei *aussprechen* und *ausdrücken*. Zu *widersprechen* widerspricht hier offensichtlich dem Herzenswunsch des »Rattenmanns«, und der *Widerspruch* ist in der Tat nichts anderes als eine *Verleugnung*, eine Verhaltung der Gedanken, die er *ausspricht*, ohne sie zu hören.

Verleugnen, nicht *verneinen*: Die Sprache versucht das Geständnis zu umgehen, das Offenkundigste zu verhehlen, das Wesentliche zu verbergen, Freud entdeckt es rasch, und die Sprache selbst, in ihrem alltäglichen Umgang, hilft ihm dabei. *Die Prügelstrafe*, sagt das Deutsche, nicht etwa den geschlagenen Körper *(châtiment corporel)* sieht es, sondern das Schauspiel (denn *Prügel* hat laut »Kluge« denselben Ursprung wie *Bühne*). Goethes Wilhelm Meister beeilt sich, den jungen Friedrich, der im Schloßhof öffentlich gestäupt werden soll, vor der feierlichen Exekution zu retten – ein Schauspiel, dem der »Rattenmann« wohl nur zu gern beigewohnt hätte, denn sein Protest – seine *Verleugnung* – ist nicht ernst zu nehmen.

Freud versucht in diesem wichtigen Text nichts anderes, als die Sprache auf frischer Tat zu ertappen, oder besser: zu zeigen, daß die Neurose zwangsweise durch die Sprache geht, daß das Wesentliche sich stets in der Sprache enthüllt und daß auf diese Weise daher auch das Wesentliche der Sprache übersetzt wird – als läge in der Art, wie der »Rattenmann« sich ausdrückt, die Ordnung der Sprache selbst beschlossen.

Sosehr der »Rattenmann« der Prügelstrafe widerspricht, so wenig meint er von seiner Besessenheit zu sprechen: Es ist, als wäre die Sprache ein System der Dissimulation, das immer zeigt, was es verbirgt, als webte die Sprache ihre Netze zwischen Wörtern und Bedeutungen nur zu dem Zweck, sich darin zu verfangen: Im Grunde redet keine Sprache unschuldig, und jede verrät sich – auf ihre Façon.

»*Zwangsvorstellungen* erscheinen bekanntlich entweder unmotiviert oder unsinnig, ganz wie der *Wortlaut* unserer Träume, und die nächste Aufgabe, die sie stellen, geht dahin, ihnen Sinn und Halt im Seelenleben des Individuums zu geben«, schreibt Freud. »Man lasse sich in dieser Aufgabe der Übersetzung niemals durch den Anschein der Unlösbarkeit beirren.«[1]

Das war Freuds Entdeckung: Er hörte, was die Sprache durch den, der sie spricht, *ausspricht*. Es ist wohl kein Zufall, daß die deutsche Sprache sagt, was sie sagt, und daß sie das in einer merkwürdigen Übersetzung ihrer selbst ausdrückt. Es gibt in ihr nämlich von jeher zwei Wörter für alles, was im Französischen *la langue* ist: *die Zunge* (eine exakte Übersetzung der lateinischen *lingua*), die gleichermaßen das Organ des Geschmacks und der Beredsamkeit ist wie auch die gesprochene Sprache; und *die Sprache*, die vom *Sprechen* stammt und *die Zunge* aus ihrer zweiten Bedeutung lange verdrängt hat – vielleicht, weil sie *eine deutliche Sprache* spricht, wie sie die Väter der Kompanie so gerne hören; schließlich nimmt, wie Freud zeigt, der Hauptmann mit dem tschechischen Namen und dem Faible für körperliche Züchtigungen, seien es nun Prügel oder die Einführung von Ratten in den After, in gewisser Hinsicht die Stelle des Vaters ein.

Der Vater nämlich *erzieht* und *züchtigt*, seinen Sohn hält er *in strenger Zucht: Erziehung* und *Züchtigung* sind ein und dasselbe Wort; *Zucht* und *Erziehung* stammen von *ziehen*, einem Wort mit zahlreichen Abkömmlingen.

Wer das eine verstanden hat, kennt auch das andere, und eben zu der Zeit, als Freud diesen Text schrieb (1909), erschienen zahllose »erzieherische« Veröffentlichungen, in deren pseudofamiliärer Sprache der bevorzugte Ort der Züchtigung *Erziehungsfläche* hieß.

1 »Rattenmann«, S. 32

Wer weiß, ob der »Rattenmann« nicht, wie viele seiner Zeitgenossen, die »Fliegenden Blätter« gelesen hat, eine volkstümliche Wochenschrift ähnlich dem »Petit illustré«, wo man sich in fast jeder Ausgabe an einer veritablen Korrespondenz über die körperliche Züchtigung Jugendlicher samt Beispielen und genauer Erläuterung ergötzen durfte.

Nicht ohne Grund schrieb Freud darüber einen seiner bekanntesten Aufsätze: »Ein Kind wird geschlagen.« Schon im dritten Absatz merkt er an, daß solche Phantasien gewöhnlich nur zögernd eingestanden werden, rühren sie doch zutiefst an Unaussprechliches, an Erziehungserfahrung und Kompensationswünsche jedes deutschsprachigen Jugendlichen. In England füllte damals die Literatur zu diesem Thema ganze Bibliotheken. Und noch heute sind solcherart Schriften ausgesprochen verbreitet.[1]

Freud, ganz ohne Zweifel, und der »Rattenmann« sind all diesen Andeutungen der Sprache gefolgt. Jeder Text Freuds (oder eines anderen) ist voll vom Lärmen der Straßen, vom Raunen der Stimmen und vor allem von dem Flüstern, das dieses eigenartige Sujet umgibt. Alles Ungeschriebene der Sprache, alles zur selben Zeit Gesagte geht in den Satz ein, vor allem in den einen, der dem »Rattenmann«, den sein Vater sicher oft geschlagen hat, so viel bedeutete. Der Vater, berichtet Freud, konnte »jäh und heftig sein ..., was den Kindern, solange sie klein und schlimm waren, gelegentlich zu sehr empfindlichen *Züchtigungen* verhalf«.[2]

Du weißt nicht, was dir blüht, bekam der Rattenmann womöglich vorher zu hören, wo ein französischer Vater höchstens gesagt hätte: *Tu ne sais pas ce qui t'attend* (Du weißt nicht,

1 Siehe z.B. Rolf H. Como, *Der gelbe Magier.* In Deutschland gibt es eine richtige »wissenschaftliche« Literatur zu diesem Thema. Die Dr. Ernst Schertel, Dr. Heinrich Mövenkamp oder Prof. Walter Hävernick zeichneten sich dort nicht nur Anfang der dreißiger Jahre aus, sondern auch noch nach 1945 (sic!).

2 »Rattenmann«, S. 43.

was dich erwartet); das ist etwas ganz anderes, obwohl es das gleiche bedeutet. Im Deutschen reift da etwas einfach heran, bis es sich zu voller Blüte entfaltet.

Nun hat Freud, der oft auf dieses Thema zurückkommt, gezeigt, in welchem Ausmaß die Schlagephantasien der Männer mit einem Sujet verknüpft sind, auf das er in seinem Aufsatz »Ein Kind wird geschlagen« nicht eingehen wollte; dabei klingt der ganze Text wider von dem Vergnügen, das die Schläge in Erinnerungen und Vorstellungen begleitet: »Die Phantasie«, schreibt Freud, »ist in hohem Grade lustbetont«[1] (und die Lust im Deutschen hörbar: lust*betont*, im Französischen dagegen sichtbar: *coloré de plaisir*, lust*getönt*). *Hören* deutsche Kinder deshalb *die Engel singen*, wenn sie geschlagen werden, diese Sphärenmusik, die wohl bei anderer Gelegenheit der ehemalige Senatspräsident Schreber zu vernehmen meinte?

Bemerkenswert ist übrigens, daß das Französische hier umgekehrt verfährt: *On bat un enfant* (man schlägt ein Kind), heißt es da, während das Deutsche sagt: *Ein Kind wird geschlagen*. Das Französische sieht zuerst den Schlagenden; das Auge folgt sozusagen seinem Arm: Der Blick führt über den Erwachsenen, bevor er beim Kind mündet. Anders im Deutschen: Es sieht zuerst das geschlagene Kind.

Was Freud in diesem Aufsatz darstellt, entspricht in der Tat den Phantasien eines großen Teils der jungen Deutschen seiner Zeit und später. Wer immer seine Kindheit in Deutschland verlebt hat, dessen Phantasiewelt muß sich um körperliche Züchtigung drehen – eine der Hauptaktivitäten in Familie, Grundschule und Gymnasium; in einem Altonaer Gymnasium beispielsweise wurde das vor weniger als fünfzig Jahren noch eifrig praktiziert, und wer nicht selbst geschlagen wurde, war gezwungen, an dem Spektakel teilzunehmen. Darin übrigens ist Deutschland (und Österreich) England sehr ähnlich.

---

1 Ebd., S. 95.

Wie sich solche Praktiken auf die Gesamtheit der Seelen eines Landes auswirken, ist noch ungeklärt. Dagegen ist es unglücklicherweise nur zu offensichtlich, alle Quellen, alle Zeugnisse bestätigen das, welch ungeheure, zerstörerische Folgen sie hatten.

Jeder Deutsche weiß, daß die finsterste Zeit teilweise darin gründete: in dieser Mischung aus Schrecken und Unaussprechlichem. Wenn es in Deutschland eine Methode gab, um die Seelen auf ewig zu zerstören, dann diese. Alice Miller zeigt in ihrem berühmten extremen, aber eben deshalb sehr interessanten Buch »Am Anfang war Erziehung«, daß alle Nazischergen eine solche Erziehung *genossen* hatten, daß sie »tote Seelen« waren, in denen jede moralische Anwandlung durch Schläge im Keim erstickt worden war: Wie hätten sie das Unaussprechliche aussprechen und anprangern sollen, wie ihre Sprachlosigkeit zugeben, Taumel und Genuß! Was Alice Miller, besonders in dem Kapitel »Die heiligen Werte der Erziehung«, schreibt, ist zum Verständnis der Freudschen Schriften und des damaligen Deutschland unabdingbar.[1]

Magnus Hirschfeld hatte in seinem Berliner Institut schon zu seiner Zeit die Aufmerksamkeit auf Bedeutung und Folgen dieser Praktiken gelenkt, in denen sich Perversion und Repression unentwirrbar mischten. Diese Praktiken sind, wie man weiß, eine der Achsen, an denen die Konzentrationslager errichtet wurden. Es genügt, den »SS-Staat« von Eugen Kogon wieder zu lesen, um es zu wissen.[2]

1 Alice Miller, *Am Anfang war Erziehung*, Frankfurt/M. 1983. Die Bücher Alice Millers erklären sehr gut die Rolle der deutschen Erziehung bei der Errichtung des Nationalsozialismus.

2 Eugen Kogon, *Terror und Hoffnung in Deutschland 1933–1945: Leben im Faschismus*, hg. von Johannes Beck, Reinbek 1980; auf Seite 241 findet man ein grausiges Beispiel für diese Praktiken der Nazis, selbst außerhalb der Konzentrationslager.

Was die Opfer in den Lagern leiden mußten, hatten bereits die deutschen Kinder symbolisch (und in Wirklichkeit) erlitten. Der Weg, der damals von der Kindheit in die Welt der Konzentrationslager führte, war in manchen Milieus klar vorgezeichnet.

Jede Analyse, die das Gewicht dieser Praktiken in der deutschen Vergangenheit – und so auch des damaligen deutschen Sprachgebrauchs – vernachlässigt, läuft fast notwendig Gefahr, eine grundlegende Gegebenheit zu übersehen, die vielleicht auch Freud geleitet hat: In kaum einer Literatur ist nämlich soviel von Selbstmorden im Kindesalter und unglücklicher Kindheit die Rede wie in der deutschen.[1] Es gibt wohl nur wenige Länder, in denen die Erziehung solche politischen Folgen gezeitigt hat.[2]

Züchtigung ist Strafe und Strafe für die Strafe. Generationen von Deutschen waren dieser fundamentalen Doppeldeutigkeit unterworfen, die einer der Schlüssel zum Nationalsozialismus sein könnte – ein Problem, das Freud nicht aufgegriffen hat und das wohl noch der psychoanalytischen Erforschung bedarf.

Freuds »Rattenmann« zielt auf ein kulturelles Phantasma, das seinerseits zutiefst im linguistischen Universum verwurzelt war. Im Text versucht Freud das, was sein Patient andeutet, zu *erraten:* »Ob er etwa die Pfählung meine? – Nein, das nicht, sondern der Verurteilte werde angebunden – (er drückte sich so undeutlich aus, daß ich nicht sogleich erraten konnte, *in welcher Stellung)* –, über sein Gesäß ein Topf gestülpt, in diesen dann *Ratten* eingelassen, die sich – er war wieder aufgestanden und gab alle Zeichen des *Grauens und*

1 Robert Minder hat diesem Problem in seinem schmalen Band *Kultur und Literatur in Deutschland und Frankreich,* Frankfurt/M. 1977, einen wunderbaren Essay gewidmet.

2 Siehe Hermann Hesse, *Unterm Rad,* oder aus jüngerer Zeit die *Deutschstunde* von Siegfried Lenz.

Widerstandes von sich – *einbohrten*. In den After, durfte ich ergänzen.«[1]

Noch einmal führt hier die Sprache selbst, ihr Innerstes, ihre Phantasmen, den »Diskurs« – über die Phänomene der Kultur hinweg – auf seine Fundamente zurück. Die Wörter drängen hervor, als könnten sie nicht anders: *»In welcher Stellung«*, fragt Freud, zu solchen Bildern nötigt die Sprache. Und wirklich kommt diese Stellung in den Freudschen Schriften, wie wir noch sehen werden, immer wieder vor.

Stellung: position, nicht *Haltung: attitude*. Freuds Begriffe sind niemals austauschbar, auch im Französischen kann man nicht das eine für das andere nehmen. Meine *Haltung* bestimme ich, meine *Stellung* wird mir auferlegt: Stellung beruht auf Zwang, Haltung auf Wahl.

Außergewöhnlich aber ist, daß die Sprache nicht anders kann, als das Wort *einbohren* zu gebrauchen. *Sich einbohren:* in kreisender Bewegung eindringen. *Du sollst nicht in der Nase bohren*, sagt man zu einem deutschen Kind, *Ne mets pas le doigt dans ton nez!* zu einem französischen: Steck deinen Finger nicht in die Nase! Und wenn das Kind halsstarrig auf einem Eis besteht, sagt man schließlich: *Du sollst nicht so bohren*, hör endlich auf, mich zu löchern. Die Sprachen haben wirklich eine böse Zunge. In dem Wort *löchern* hat die Alltagssprache offenbar mit sehr viel Humor die Konsequenz aus *bohren* gezogen. *Bohren* ist sehr deutlich, man kann es kaum vermeiden; die Ratten hätten gar nichts anderes tun können.

Heißt das nun, daß die Sprache den Ausdruck in eine bestimmte Richtung zwingt? Ist sie an den Neurosen gebaut, oder ist ihr Gebäude selbst neurotisch? Sind Sprachen neurotische Richtungen, geben sie die Richtung vor oder die Neurosen? Oder liefe das ohnehin aufs gleiche hinaus? *Die Ratten werden eingelassen, die sich einbohren. In den After.* Eingelassen. Das Deutsche spielt hier mit der Doppeldeutigkeit des Pas-

---

1 »Rattenmann«, S. 17f.

sivs. Man läßt sie ein – wie Publikum ins Theater: *Wann ist Einlaß?* Wann wird endlich geöffnet? Wann können wir rein? Dann bahnen sich die Ratten selbst ihren Weg: *Sie bohren sich ein.* Redundanz des Ausdrucks: *Einlassen* und *sich einbohren* geben so viele Dinge zu verstehen, weil der »Rattenmann« es nicht wagte, das entscheidende Wort *After* auszusprechen, das Freud dann ergänzen durfte. In der Sprache geht es wie in den von Freud studierten Fällen: Wenn man etwas verheimlichen will, verheddert man sich in den zahlreichen Ausflüchten, verirrt sich in den Umwegen der Sprache, den Umgehungen, die man doch selbst gewählt hat, um die Spuren zu verwischen, und wird um so schneller entdeckt. Bis man sich schließlich fragt, ob das Unbewußte nicht eigentlich ganz und gar der Sprache unterworfen ist: Entscheidend ist der Zeitpunkt des Sprechens, das ist es, was die Analytiker so gut verstanden haben. Wenn man spricht, redet man der Sprache nach dem Maul und verrät sich am Ende doch. Freud und der »Rattenmann« allerdings lassen die Sprache reden und hören ihr dabei zu, hören, was sie sagt und was sie sagen könnte.

Wir wissen, in welchem Ausmaß die beiden Texte, Schreber und ganz besonders der »Rattenmann« (die, wie bereits erwähnt, in derselben Taschenbuchausgabe erschienen sind), von der Onanie handeln.[1] Nun gibt es ein deutsches Wort (das zu verwenden Freud natürlich viel zu wohlerzogen war), in dem beides enthalten ist: sich selbst Lust verschaffen und einen anderen schlagen: *wichsen* (aber auch Stiefel kann man wichsen). Der Zusammenhang der Freudschen Analyse ist also eigentlich ein sprachlicher, und so deutete Freud den Ausdruck im Gesicht des »Rattenmanns« wohl zu Recht als »*Grausen vor seiner ihm selbst unbekannten Lust*«.[2]

1 Besonders der »Rattenmann«; siehe »Der Vaterkomplex und die Lösung der Rattenidee«, a.a.O., S. 43ff.

2 A.a.O., S. 18.

Früher oder später kommt so etwas, wie man sieht, an die Oberfläche, und am Ende gibt die Sprache alles zu. Wenn man sie reden läßt, wird sie geständig, von ihrem Fluß mitgerissen, dem sie zugrunde liegt und *unterliegt*, und wenn *man seinen Zwangsvorstellungen unterliegt*, muß die Sprache auch da durch, *die Sprache unterliegt ihren eigenen Ausdruckszwängen.* Denn was die zweideutigen Ausdrücke des »Rattenmanns« noch zu verbergen suchen, findet bei Schreber einen ausgesprochen deutlichen Ausdruck. In seinen Memoiren, den »Denkwürdigkeiten eines Nervenkranken«, hegt Schreber die Vorstellung, »daß es schön sein müsse, ein Weib zu sein, das dem Beischlaf unterliege.«[1] *Unterliegen.* Es muß schön sein, unten zu liegen, Freud kommt darauf immer wieder zurück und gebraucht das Wort oft in unterschiedlichstem Sinn.[2]

Das Wort *unterliegen* sagt eigentlich alles über Schrebers Traum, die Strömung der Sprache reißt ihn mit, er möchte unten liegen. *Unterliegen* beschreibt die *Stellung,* die der »Rattenmann« Freud nicht verraten wollte, so, daß man sie sehen kann. In »Ein Kind wird geschlagen« (»Man schlägt ein Kind« heißt das, wie gesagt, auf französisch, »On bat un enfant«, das ist der *Sinn)* präzisiert Freud, was die Sprache meint: »Beim Knaben wie beim Mädchen entspricht die Schlagephantasie einer femininen *Einstellung«,* und der Knabe »ist in seiner bewußten masochistischen Phantasie gewiß nicht ›oben‹«[3] – eine befremdliche Behauptung, nicht nur durch ihren manifesten Gehalt, sondern auch, weil jedes deutsche Ohr auf jeden Fall mithört: *Er ist unten.*

1 »Psychoanalytische Bemerkungen über einen autobiographisch beschriebenen Fall von Paranoia (Dementia paranoides)«, in Sigmund Freud, *Zwei Falldarstellungen*, Frankfurt/M. 1993, S. 89.

2 Der deutsche Text läßt immer wieder Freuds Vergnügen beim Schreiben dieses Textes durchschimmern, er lacht in seinen Bart, man sieht ihn *schmunzeln.*

3 »Ein Kind wird geschlagen«, a.a.O., S. 111.

Freud läßt die Sprache hier sehr deutlich werden, indem er gleich zu Beginn desselben Textes feststellt: »An die Schlagephantasien der Männer knüpft außerdem ein anderes Thema an, das ich in dieser Mitteilung beiseite lassen will.«[1] Die Sprache ist hier, wie man zugeben muß, verführerisch. *Du unterliegst mir* – wieder sieht man, wie bei »Ein Kind wird geschlagen«, zuerst den unten Liegenden, im Französischen – *Je te soumets*, sagt das Französische, klar und bildkräftig: Ich unterwerfe dich – nimmt der Blick vom Unterwerfenden seinen Ausgang; den, der unterwirft, sieht man zuerst, wie man in »On bat un enfant« erst den sieht, der schlägt.

Das Deutsche indessen verfährt umgekehrt: Es ist das Kind, das man zuerst sieht, und der unten Liegende. Schon dieser Satz: *Je me soumets*, ist eine Handlung, eine Bewegung, während *Ich unterliege* nie etwas anderes sein kann als eine aufgezwungene *Stellung*, in der man verharrt. Das Bild, das die deutsche Sprache hier entwirft, ist von umwerfender, aufreizender Deutlichkeit: Es zeigt uns Schreber in Position.

Vielleicht ist es das, wovon die Sprache, ohne es zu wissen, redet, was ihren Sinn ausmacht, den man aber selbst nicht hört, wenn man ihn ausspricht (wie man an dem oben zitierten Satz des »Rattenmanns« sehen kann), und der sich doch Ausdruck verschafft – als wäre das der Sinn der Sprache, daß mit der Zeit doch herauskommt, was sie zurückhält.

Ich unterliege: Ich bin besiegt, sagt die Sprache, unterworfen, *Ich bin ihm unterlegen*, ich bin schwächer als er, nicht auf seiner Höhe, da muß ich mich doch hinlegen, *mich unterwerfen, Je me soumets: Ich bin ihm untertan.*

Untertan bedeutet (im Althochdeutschen noch deutlicher als heute) unterjocht, in jemandes Gewalt sein. Bedenkt man,

1 Ebd., S. 94.

was alle Unterwerfung bedeutet und mit sich bringt, läßt sich Schrebers Traum leicht ergänzen – um so mehr, als sich derartige Träume in der deutschen Literatur oft um das Wort *untertan* ranken.

Pierre Bertaux zeigte in seinem Buch über Friedrich Hölderlin, wie dieser es verwendet hat: In einem Brief an die Mutter vom 12. November 1798 schreibt Hölderlin über die Beziehung zu seinem Freund Isaac von Sinclair: »Es wird auch wirklich wenige Freunde geben, *die sich gegenseitig so beherrschen und so unterthan sind.*«[1] Das Gedicht *An Eduard*, zweifellos Sinclair gewidmet, eröffnet gleich die erste Strophe mit der Frage an die »alten Freunde droben«, woher es komme,

»Daß ich so unterthan ihm bin, und
So der Gewaltige sein mich nennet,«

und schließt:

»o nimm
Mich du, und trage deine leichte
Beute dem lächelnden Gott entgegen.«[2]

Folgte man dem Wort durch die deutsche Literatur, würde man sehen, wie gebräuchlich es ist in dem Sinn, den ihm der »Rattenmann« und der gute Schreber beigelegt haben, und man könnte ihnen entgegenhalten, daß es gar nicht nötig gewesen wäre, so viel dazu zu sagen, weil ohnehin jeder verstanden hat.

Robert Walser hat seinen »Räuber«-Roman im Bleistiftgebiet zurückgelassen, er hat ihn nicht einmal in die Anstalt mitgenommen, in der er so viele Jahre träumend verbrachte. Sein Zeitgenosse Freud wußte davon offenbar nichts, und das ist auch gut so. »Er fragte den Knaben: ›Darf ich dein Dienstmädchen sein? Das wäre süß für mich‹«, heißt es da. »Dieser weitgereiste Knabe besaß neben einem sehr hübschen Gesicht, worin grünliche Äugelein schimmerten, kurze Hös-

1 Zit. nach Pierre Bertaux, *Friedrich Hölderlin*, Frankfurt/M. 1978.

2 Friedrich Hölderlin, *Sämtliche Werke*, hg. von Friedrich Beißner, Stuttgart 1951, Große Stuttgarter Ausgabe, Bd. 2, S. 39f.

chen, die die Knie bloßließen, und nun küßte dies räuberische Dienstmädchen dem Knaben die Knie. Wir fühlen uns bewogen, das von ihm auszusagen, ob es ihm zur Last gelegt wird oder nicht. Ich würde es nicht tun. Der Räuber blieb von zwei Uhr nachmittags bis abends um sieben *der Untertan des fremden Knaben.*«[1]

Auch bei Paul Celan finden sich so offene wie verschwiegene Verse, die alles gestehen, ohne etwas zuzugeben, als wäre Sprache Selbstverhüllung und Hören wichtiger als Reden:

»Ich kenne dich, du bist die tief Gebeugte
ich, der Durchbohrte, bin dir untertan.
Wo flammt ein Wort, das für uns beide zeugte?
Du – ganz, ganz wirklich. Ich – ganz Wahn.«[2]

Dieser eigenartige Traum vom Untertansein ist in vielerlei Hinsicht der heimlich dem Deutschen eigene Wahn. Wir wissen, zu welchen Verirrungen er geführt hat, aber das ist, wie man sagt, eine andere Geschichte, die noch zu schreiben wäre; die wenigen Anspielungen da und dort reichen nicht aus, das Problem genauer zu erfassen – ein Problem übrigens, das auch dem psychologischen Sprachgebrauch zugrunde liegen könnte.

Denn darin ist die Sprache buchstäblich *verführerisch*, sie führt genau dorthin, wo man nicht hin will, sie *verführt*. Die *Verführung*, dieser Versuch, jemanden auf den falschen Weg zu locken, in die Irre zu führen, zu verwirren, diese Versuchung ist bei Freud stets präsent, etwa in der »Kindheitserinnerung des Leonardo da Vinci«, wo er das Wort *Verführung* gebraucht, um – ausgerechnet – das Lächeln der Mona Lisa zu beschreiben. Einige Zeilen zuvor sagt Freud über Leonardo: »Dem Künstler hat eine gütige Natur gegeben, seine geheimsten, ihm selbst verborgenen Seelenregungen

---

1 »Räuber«-Roman, in Robert Walser, *Aus dem Bleistiftgebiet*, hg. von Bernhard Echte und Werner Morlang, Frankfurt/M. 1986, Bd. 3, S. 26.

2 Paul Celan, *Gesammelte Werke*, 5 Bde., Frankfurt/M. 1983, Bd. 2, S. 30.

durch Schöpfungen zum Ausdruck zu bringen, welche die Anderen, dem Künstler Fremden, mächtig *ergreifen*, ohne daß sie selbst anzugeben wüßten, woher diese *Ergriffenheit* rührt.«[1]

Hier sind wir wieder beim »Rattenmann«, und es ist, als sollte die Sprache nichts anderes tun als das Ungesagte sagen und das Unaussprechliche aussprechen.

2. Die Begierden und Zwänge der Sprache

Der Fall Schreber (1910) folgt dem »Rattenmann« (1907) nicht nur zeitlich, sondern auch durch eine Art vollständigere Entfaltung der Sprache, als fingen (im Gegensatz zu Jean-Jacques Rousseau[2]) die Lüste Schrebers da an, wo jene des »Rattenmanns« enden.

Das Deutsche setzt hier die Worte ganz anders: Während die Sprache des »Rattenmanns« beschränkt, gehemmt, unruhig, wachsam bleibt, klingt Schreber zufrieden, fast glücklich. Es ist, als dehnten einige bis dahin zurückgehaltene Begriffe und Wortgruppen sich plötzlich aus, als habe Schreber – und eben das ist sein Wahn – plötzlich entdeckt, was er schon immer wußte.

Wieder ging hier die Sprache dem Sprecher voran, wie jeder andere wußte Schreber von ihr längst, daß die sexuelle Erfüllung ein Davonfliegen ist: In der Liebe machen wir es wie die Vögel, wir *vögeln*. Freud hat das natürlich auch bemerkt.[3] Und Schreber flog nun just in dem Moment davon, wo er seinen Wahn *ausgebrütet* hatte. *Man brütet eine Krankheit*

1 Sigmund Freud, *Eine Kindheitserinnerung des Leonardo da Vinci*, Frankfurt/M. 1990, S. 61.

2 Siehe dazu Pierre-Paul Clément, *Jean-Jacques Rousseau, de l'éros coupable à l'éros glorieux*, Neuchâtel 1976.

3 Siehe *Eine Kindheitserinnerung des Leonardo da Vinci*, V.

aus, dann fliegt der Vogel davon, und Vögel bilden ja in der Tat einen Kern des Schreberschen Wahns.[1]

Der von Diphile war schon über zweihundert Jahre vor Freud ausgebrütet, und Jean de La Bruyère, der, wie wir bereits sagten, alles vom Unbewußten wußte, es aber noch nicht erkannte, beschrieb ihn folgendermaßen: »Diphile fängt mit einem Vogel an und endet bei tausend, sein Haus wird davon nicht fröhlich, sondern verpestet; der Hof, der Saal, die Treppe, der Vorraum, die Zimmer, die Kammer, alles ist Voliere.«[2] Mit den Vögeln kommt der Dreck: der Preis des Fliegens; aber etwas später schrieb La Bruyère das in geradezu Freudschen Worten bis an die Grenze des unmittelbaren Ausdrucks der Phantasien fort: »Er schließt sich abends ein, müde von seiner Lust, ohne Ruhe zu finden, denn diese Vögel ruhen nicht.«[3] Auch Diphile fliegt davon, wie man sieht, »er trifft seine Vögel im Schlaf, wird selbst zum Vogel, er trägt ein Häubchen, zwitschert, plustert sich; und träumt nachts von Mauser und Brut.«[4] Hierin ist er Schreber ganz ähnlich. Denn es ist wohl das *Vögeln*, oder in Schrebers Fall vielmehr das *Sich-vögeln-Lassen*, um das sich der ganze Text dreht, denn so steht es da: Er wird zum Weib.

Schreber hielt sich in seinem Wahn bekanntlich für den Erlöser, er fühlte sich berufen, die Welt zu retten, und um das zu erreichen, mußte er Weib werden. Das Deutsche sagt aber, während es genau das sagt, was das Französische auch sagt, noch etwas ganz anderes. Das Französische besitzt nämlich nur ein Wort, um Weiblichkeit auszudrücken: *femme, femelle, féminin, féminité,* alle diese Wörter lassen sich auf denselben Stamm zurückführen; im Deutschen ist das anders,

---

1 Freuds Stil ist hier, ebenso wie beim »Rattenmann«, geprägt von seinem Schmunzeln, seinem *Witz*.

2 Jean de La Bruyère, *Les Caractères ou les Mœurs de ce siècle*, hg. von Robert Garapon, Paris 1962, Bd. III, *De la mode* 2, S. 397.

3 Ebd., S. 398.

4 Ebd.

hier gibt es zwei Wörter, eines für das Geschlechtswesen: *das Weib,* das immer mit der Vorstellung von der Fortpflanzung verknüpft ist, und eines für das gesellschaftliche Wesen: *die Frau,* verheiratet oder unverheiratet, von der sich auch *das Fräulein* herleitet.

Natürlich will Schreber keine *Frau* werden, sondern *Weib,* in diesem Wort präzisiert und lokalisiert sich sozusagen sein Begehren. *Ein Weib sein* zielt auf eine ganz andere geschlechtliche Dimension als *eine Frau sein*, das heißt, Gattin sein, entsprechende Kleider tragen und daran auch als weibliches Wesen erkennbar sein, davon redet Schreber nicht, er spricht vom *Weib-Sein*, er meint das Geschlechtswesen, er will das Geschlecht haben. Schreber sehnt sich nach der *Erfüllung*.

Von den Stimmen, die er hört und die, wie Freud in einer Fußnote anmerkt, in der *Grundsprache* reden, wird Schreber übrigens merkwürdigerweise »Miss Schreber« genannt, wie auch Bergson von seinen Schulkameraden in der École Normale Supérieure »Miss« gerufen wurde.[1] Handelt es sich hier um einen Grundakzent, eine Konversion im Schoß der Sprachen? Läßt sich nur durch diesen *mondo alla riversata* entdekken, was sie sagen wollen? Hat Verstehen *das* zum Ursprung? Denn die *Grundsprache*, von der Schreber in seinem Wahn spricht, ist dem, was Sprechen sagen will, im Grunde wohl sehr nahe.

In den Grund des Wortes *Weib*, ins Weibliche schlechthin, in *das Weibchen* als Organ sozusagen, ins Wesen dieses Wortes, das heißt in dessen primitive Repräsentation, schreibt sich Schrebers *Wahn* ein: einem Manne zum geschlechtlichen Mißbrauch überlassen, sieht er sich auf dem Boden liegend, »*liegen gelassen*«[2].

---

1 Siehe Madeleine Barthélémy-Madaule, *Bergson*, Paris 1977.

2 »Psychoanalytische Bemerkungen über einen autobiographisch beschriebenen Fall von Paranoia (Dementia paranoides)« (im folgenden »Schreber«), in Sigmund Freud, *Zwei Falldarstellungen*, Frankfurt/M. 1982, S. 87.

Das innere Auge, das den deutschen Text stets begleitet, *sieht* zwangsläufig, was hier geschrieben steht: Zuerst sieht es Schreber in der *Stellung,* die der »Rattenmann« nur angedeutet hat, dann den auf dem Boden liegenden, liegen gelassenen Schreber. *Liegen* ist eines der Positionswörter, um die das Gebäude der deutschen Sprache errichtet ist: *Liegen, stehen, hängen* und die entsprechenden Faktitiva *legen, stellen, hängen* unterteilen den Raum in große Richtungen, denen das Auge notwendig folgt.

Manches ist bei Freud erstaunlich konstant – als führte der verschwiegene Wahn, der seine Gedanken leitet, heimlich stets auf dieselbe Idee zurück; warum sonst berichtet er gleich auf den ersten Seiten der »Psychopathologie des Alltagslebens« über die Sitten in Bosnien-Herzegowina und erläutert: »Diese Türken schätzen den Sexualgenuß über alles«?[1] Schreber und der »Rattenmann« denken an dasselbe; sieht auch Freud sich danach *liegen gelassen*, wie Schreber, in der komischsten aller Stellungen?

Das Neutrum *Weib* ist übrigens eines der häufigsten Wörter bei Freud, und daher ist die Rede von »Machismo« oder »Phallokratie« bei Freud ganz und gar irreführend: Es ist nämlich die Sprache – und über sie sollte man sich Gedanken machen –, die hier die Vorstellung zu einem Grund der Besessenheit führt: *Das Weib* ist das kaum verhüllte Geschlechtliche, so vielsagend wie die *Zote,* für die es im Französischen auch kein angemessenes Wort gibt, denn um ein Wort von vier Buchstaben zu übersetzen, machen *gauloiserie, grivoiserie* oder *plaisanterie leste* zu viele Umstände.

Das Weib zeigt und verhüllt – aber das ist eigentlich die Eigenart der Sprache als solcher. Ist nicht das gesamte Unterfangen der Psychoanalyse durch dieses Wort *induziert?* Denn *die Frau* trägt Frauenkleider, aber *das Weib* ist in der Vorstellung immer nackt, man sieht seine Nacktheit durch die Klei-

1 Sigmund Freud, *Zur Psychopathologie des Alltagslebens*, Frankfurt/M. 1992, S. 14.

der hindurch. Das Wort selbst ist nackt, nicht umsonst stellt Schreber sich nackt vor den Spiegel, *er entblößt sich,* sagt er, wie die Jünglinge, um zur *Seligkeit* zu gelangen, seinem eigentlichen Ziel.

Verhöhnt haben ihn die Stimmen: »*Das will ein Senatspräsident sein, der sich f ... läßt?*«[1] Denn das ist die Seligkeit, von der Schreber träumt. Das Französische ist hier, anders als das Deutsche, unmißverständlich: *Enculer* benennt das Organ, *Ficken* läßt es offen. Auch wenn man *bumsen* sagt, was man zu Schrebers Zeiten wohl nicht tat: Im Deutschen verweiblicht der Akt durch das Verb.

Sein Wahn führt Schreber zur *Seligkeit*, der die französische Übersetzung *félicité* vollkommen entspricht, beide Begriffe sind absolut deckungsgleich. Das Deutsche hört hier übrigens (zu Unrecht) *die Seele* mitklingen, die etymologisch mit der Seligkeit nichts zu tun hat. Auch ist *Seligkeit* etwas anderes als *Freude (joie)* oder *Glück (bonheur). Seligkeit* und *félicité* besetzen, was die Wörter in ihrer Umgebung betrifft, das gleiche Feld. Sie sind so etwas wie Schlüsselwörter, um die sich der Rest gruppiert. Mit einemmal schicken sich die Sprachen hier an, dasselbe zu sagen, sich in denselben Begriffen auszudrücken, als kämen sie auf einer bestimmten Ebene wieder zusammen. Die Seligkeit mündet in Wollust. Für Schreber ist Wollust die Krönung der Seligkeit: *Seelenwollust* nennt er das. Und der *Wollust* wiederum entspricht *volupté* so genau wie *félicité* der *Seligkeit* (und zwar bis in die Lautfolge, in der auch noch jeweils das e und das i dem o und dem u entsprechen).

Von der Wollust der Seele also spricht Schreber, von der *Seelenwollust,* die er bei der Entleerung empfindet. Hier ist nicht der Ort, auf die Gedanken einzugehen, die dieser Text anregt. Das »klinische« Problem sei dem Analytiker oder dem Arzt überlassen. Uns bleibt festzuhalten, daß die Sprachen klarer werden – und der Übersetzung weniger Pro-

1 Schreber, S. 88f.

bleme aufgeben –, je mehr sie sich dem nähern, von dem sie sprechen. Das Klare indes ist, wie wir wissen, auch das Verdrängte, *das, was man überhört*: was man, wie uns der »Rattenmann« gelehrt hat, lieber nicht hört, indem man so tut, als verstehe man nicht.

Schreber gelangt zu verblüffenden Höhepunkten in seiner Schwärmerei, sein Text, wie Freud ihn zitiert, strotzt vor brillanten und erstaunlichen sprachlichen *Einfällen,* wenn sie auch oft in pseudotheologischem Ballast untergehen.

Freud unterzieht nun diesen Text auf ganz neutrale Weise, als spräche er von etwas anderem, einer linguistischen Analyse; und es ist eine der gründlichsten Analysen der deutschen Sprache, die in der Tat bis zum Grund der Sprache vordringt: zu dem, wovon sie die ganze Zeit spricht, ohne daß man es hört.

In einer kurzen Anmerkung zur *Krankengeschichte* Schrebers erwähnt Freud die *Grundsprache*, in der die Stimmen reden.[1] Nun ist diese *Grundsprache* aber die Sprache der Besessenheit, die überall spricht, wo Freud sie hört. Die Gründlichkeit des Deutschen, seine Kindlichkeit, seine Buchstäblichkeit lassen die *Grundsprache* vielleicht unmittelbarer hervortreten, denn sie ist nichts anderes als die Sprache des *Triebs:* die in jedem ist, in den Tiefen des Selbst; die vom Grund aufsteigt und an der Oberfläche platzt.[2]

Später zitiert Freud in einer Fußnote die Schwierigkeiten Schrebers, Gott in der *Grundsprache* zu beschimpfen.[3] Es ist, als hätte Schreber auf dem Grund seines Wahns die Sprache erkannt wie die Dichter – man denke an Hölderlins *Geist-*

1 Ebd.

2 Schon Goethe hat sich, wie Christiaan L. Hart-Nibbrig in seinem Buch *Die Auferstehung des Körpers im Text*, Frankfurt/M. 1985, sehr gut zeigt, auf diese Schlüsselsprache, die in der Walpurgisnacht das Reich der Mütter aufschließt, perfekt verstanden.

3 »Ei verflucht, sagt sich das schwer, daß der liebe Gott sich f… läßt«, Schreber, S. 96.

Geischt-Gischt! Der Geist: l'esprit, die Gischt: l'écume. Hölderlin sprach Geist wie Gischt, wie man es im Schwäbischen eben tut: Die Jünglingsmilch ist der Geist! Schreber stellte fest, daß man Gott nicht erziehen kann: *»Der Unerziehbare ist Gott«,*[1] lesen wir in einer Fußnote Freuds zu seinen »Deutungsversuchen« – offenbar spielt sich das Wesentliche immer in den Marginalien ab. Gott ist unerziehbar wie das Unbewußte, ohne Geschichte, ohne Zeit, *zeitlos: »Die Vorgänge des Systems Ubw sind zeitlos«,* schreibt Freud, sie »haben überhaupt keine Beziehung zur Zeit.«[2]

Vom Grund der Sprache klingt die Kindheit wieder, im Deutschen vielleicht besonders deutlich, da es seine Wörter fast immer aus dem eigenen Vermögen und, fast könnte man sagen, unbefangen bildet: Alles ist unmittelbar verständlich, nichts Wesentliches durch eine Intermediärsprache wie das Griechische oder das Lateinische gefiltert, die denn auch im Grundwortschatz des Deutschen keine entscheidende Rolle spielen.

Die Erziehbarkeit ist durch ihre Zeitlichkeit ganz Geschichtlichkeit. Das Unbewußte dagegen ist *zeitlos*, es hat keine Zeit. Das Suffix *-los*, das bedeutet: ohne etwas sein, kann man jedem beliebigen Wort anhängen: *schuhlos, specklos,* Wortschöpfungen, wie man sie jeden Tag machen kann und die gewissermaßen unter den Wörtern nachhallen, *zeitlos,* das heißt einfach: aus der Zeit.

Auch *die Unerziehbarkeit (l'inéducabilité*, auf französisch umständlich und prätentiös, auf deutsch ganz einfach) ist *zeitlos*. Das Unerziehbare ist außerhalb der Zeit, es klingt vom Grund aller Sprachen wider, deshalb versteht man sie. Das gesamte Freudsche Unterfangen hat keinen anderen Gegenstand als die *Grundsprache* zu entziffern, die vom Grund jeder Sprache widerklingt. Nicht daß die *Grundsprache* ihrerseits

---

1 Ebd., S. 119.

2 »Das Unbewußte«, in Sigmund Freud, *Das Ich und das Es und andere metapsychologische Schriften*, Frankfurt/M. 1984, S. 90.

eine Sprache wäre; sie ist eine Klangfarbe, die Art und Weise der Sprache, sie ist ihre *Zwangsvorstellung*, ihre Besessenheit zu reden.

Vielleicht wird Schreber deshalb *immer wieder rückfällig*, er träumt ja davon, zu fallen, hintenüber gestürzt, nicht auszukommen, darin eben besteht sein Wahn; und seine *Zwangsvorstellung* zwingt ihn, ständig um dasselbe Wahnbild zu kreisen und wieder und wieder zum selben Punkt zurückzukehren: Das ist die *Zeitlosigkeit* des Unbewußten, es bewegt sich nicht in der Zeit. Und wie man sieht, bleibt alles in der Sprache.

Wie sagt Schreber? *»Ei verflucht, sagt sich das schwer, daß der liebe Gott sich f... läßt.«* Er hat ja recht. Und ist doch *gezwungen*, es zu sagen: Er will Gottes Weib sein. Das ist seine *Seligkeit* und seine *Zwangsvorstellung:* Er ist *gezwungen*, sich immer wieder dasselbe vorzustellen: wie er, zum Weib geworden, Gott unterliegt.

Diese *Vorstellung*, die ihn immer wieder heimsucht, bahnt sich ihren Weg durch alle Hindernisse, sie zwingt Schreber, sich ihr wieder und wieder hinzugeben. Und das Seltsamste ist, daß die Etymologie sich der Stimmen bedient, von denen Schreber besessen ist.

Der Zwang, der mit *zwingen* verwandt ist, war im Mittelhochdeutschen (d. h. dem mittelalterlichen Deutsch, wie es vom 13. bis zum 15. Jh. gesprochen wurde) ein Wort, das vor allem Verstopfung bedeutete,[1] Bauchgrimmen, womit wir wieder bei *drücken* und *ausdrücken* wären, denen wir bereits begegnet sind, denn da *muß sich etwas durchzwängen*, und das ist der Kern der Wollust, die Schreber phantasiert, der sich, wie Freud, nur der Sprache hingab, um ihr zu *unterliegen*, und hier spricht sie für ihn mit verblüffender Klarheit.

Zwang wird durch *contrainte* recht gut wiedergegeben, aber sein sinnlicher Gehalt und die Schwingungen der Wörter in der Umgebung gehen verloren. Schreber hätte auch

1 Siehe S. 24.

sagen können, er träume, endlich Weib geworden, *von seinem Gott bezwungen,* von ihm besessen *zu werden. Bezwingen* kommt von *zwingen, forcer,* dem die Partikel *be-* einen Gegenstand einverleibt. *Ich bezwinge dich,* ich unterwerfe dich, *ich zwinge dich dazu, je t'y force.* Um zu mir zu kommen, in das verwunschene Schloß, das ich bewohne, wirst du dich an Hindernissen vorbeizwängen müssen, die dich einzwängen, beengen und von allen Seiten bedrängen, denn *Zwang* läßt immer an eine Enge denken, durch die man sich nur mühsam den Durchgang erzwingt. Eine Frage, so interessant wie müßig: Wie sehr wohl in diesem Wort die Erinnerung an das erste Mal nachklingt?

Schrebers Text ist deshalb so aufschlußreich, weil er sich der alltäglichsten Sprache bedient, sein Wortschatz unterscheidet sich kaum von dem Freuds; nebenbei bemerkt, bringt er der Sprache eine ähnliche Aufmerksamkeit entgegen, nur ist sie von seiner Besessenheit gezeichnet und dem *Zwang, dem er unterliegt;* und was *unterliegen* bedeutet, haben wir ja weiter oben gesehen.

Auch ist Schreber demselben *Verstehzwang* unterworfen wie sein Leser: Er muß verstehen, er ist dazu gezwungen. Welche *Zwangsidee,* welchen *Zwangsgedanken* man auch immer hat, sie dringen durch alles, was man hört oder liest, hindurch: Man steht unter Zwang, *on est forcé,* und unterliegt.

Forcer heißt zwingen, *Zwang* aber nicht *force (Kraft, Stärke),* sondern *compulsion.* Die *Zwangsneurose* zwängt das Individuum ein wie eine *Zwangsjacke.* Der deutsche Leser denkt zwangsläufig an die Zwangsjacke *(camisole de force),* wenn er Zwangsneurose *(névrose de compulsion)* liest, es ist – im Deutschen – das gleiche Wort: *Der Zwang zwingt,* im Französischen nicht: *La compulsion contraint.* Die Phantasie geht im Deutschen vom einen zum anderen, die *Zwangsneurose* erzwingt die *Zwangsjacke.*

Im *Zwang* klingt nicht nur *bezwingen* an, sondern auch *zwingen,* das viel zwingender ist als *contraindre* (und doch dessen zwingende Übersetzung) und daher viel näher an *forcer: Je t'y forcerai* heißt: *Ich zwinge dich dazu*; es ist erstaunlich, daß *forcer* sich im Französischen nicht wie *zwingen* im Deutschen entwickelt hat.[1]

Zwingen heißt nötigen, veranlassen, aber auch beherrschen, unterwerfen: *Ein Volk unters Joch zwingen,* gewaltsam unterdrücken, seinen Widerstand brechen. *Kraft durch Freude – la force par la joie* – spielte dabei in der dunkelsten Epoche der Menschheitsgeschichte eine entscheidende Rolle.

Der *Zwingherr,* der seine Macht auf Gewalt *(force)* gründet, lebt auf seiner *Zwingburg,* seinem *château fort,* in seinem Fort, worin sich wieder die Nähe von *forcer* und *zwingen* erweist. Wilde Tiere sperrt man in den *Zwinger,* und dieses ursprüngliche Unbezähmbare, Unerziehbare bricht zweifellos auch in jenen Bildern aus, denen man nicht entrinnen kann, den *Zwangsvorstellungen,* diesen ungewollten Vorstellungen, die zwanghaft wiederkehren.

Ich bin gezwungen, mir das anzuhören, was mein Herr zu mir sagt, *mein Zwingherr,* von dem Freud in seiner wunderbaren 31. Vorlesung zur Einführung in die Psychoanalyse spricht. Drei *Zwingherren* gibt es, sagt Freud, die Außenwelt, das *Über-Ich* und das *Es.* Das Ich »fühlt sich durch diese drei Herren *von drei Seiten her eingeengt,* … vom Es getrieben, vom *Über-Ich* eingeengt«.[2]

Eingeengt, bedrängt, begrenzt nach drei Seiten hin, aber auch nach vorn – so ist man gezwungen, sich *einzuschränken.* Freud spricht von den *»schweren Einschränkungen«*[3], die Eltern ihren Kindern auferlegen. Und wo die Rede ist vom *Zwang,* ist *der Schrank* nicht weit: Da wird alles hineingestopft, was

---

1 *La force* gibt durch seine Nähe zu zwingen die Gewaltsamkeit wieder, die in dieser Formel steckt, während das deutsche Wort Kraft keine solche Konnotation enthält; A.d.Ü.

2 Sigmund Freud, *Neue Folge der Vorlesungen zur Einführung in die Psychoanalyse,* Frankfurt/M. 1991, 31, S. 79.

3 Ebd., S. 69.

die anderen nicht sehen sollen, *das zwängt man alles in den Schrank hinein.*

Der *Schrank* ist, etymologisch gesehen, der *Schranke* verwandt. Für Freud war der Schrank wohl eher ein *Kasten*, und *die Schranke* daher enger noch als im Norddeutschen mit Barriere und Grenze verbunden. (Aber auch norddeutsche Ohren hören nicht zwangsweise *Schrank* in *Schranke,* so stark ist die Macht *[force]* der Gewohnheit).

Die Schranke versperrt den Zugang, erzwingt eine Beschränkung, sie hat mit Zwang, *Hindernis, Hemmung* und *Verklemmung* zu tun. Wenn man den Schrank nicht schließen kann, dann *klemmt etwas.* Von einem, der sich nicht öffnen kann, sagt man: *Er ist verklemmt.* Das sagte man auch schon lange bevor Freud die *Hemmung* berühmt gemacht hat, und die wurde auch früher schon in diesem Sinn verwendet. Versperrt, gehemmt, verklemmt, beschränkt liegen in beiden Sprachen auf der Hand.

Die berühmte *Hemmung* hat ihrerseits mit der hölzernen Bremse zu tun, die einst die Kutschen zum Stehen brachte, dem *Hemmschuh*, hemmen heißt die Zügel anziehen, *er ist gehemmt* heißt, er ist gebremst. Ursprünglich hieß *hemmen* ein Tier am Bein festhalten, es dazu *zwingen*, an seinem Platz auszuharren.

Er ist gehemmt, er kann nicht voran, etwas hält ihn zurück, behindert ihn, er hat einen Klotz am Bein, *un fil à la patte*, einen Faden an der Flosse, wie das Französische so schön sagt und damit das Deutsche so kongenial übersetzt. Ein Inventar des Gebrauchs der *Hemmung* bei Freud wäre allerdings ein Ding der Unmöglichkeit.

Das arme *Ich* muß sich ja ängstigen, wenn es so in die Enge getrieben wird, denn *Angst* kommt von *eng* wie *einengen.* Die Feder folgt hier der Sprache ganz von selbst. Sogar sinngemäß sind *Zwang, eng* und *Angst* eng miteinander verbunden – wenn man noch *zwängen* in seinem oben angedeuteten Sinn hinzufügt.

Joseph von Eichendorff läßt seine Helden in »Ahnung

und Gegenwart«, einem Roman der deutschen Romantik, der sehr nahe am Unbewußten ist,[1] mit ihren Pferden in »*den ewigen Zwinger der Alpen« einreiten*, in die engen Täler dieses beklemmenden Gebirgsmassivs, wo heute die französische Elektrizitätsgesellschaft E.D.F. ihre Druckleitungen *(conduites forcées)* legt.

Das Französische unterscheidet zwischen *Angst, angoisse,* und Furcht, *peur,* aber die ursprüngliche Bedeutung der Angst, Enge und Bedrängnis, die im Französischen so fühlbar ist, ist im Deutschen fast verlorengegangen. *Angoisse* ist mehr Angst als jene *Angst,* die immer mehr die *Furcht* ersetzt.

Obwohl das Deutsche auch *Grauen, Gruseln, Erschrecken* kennt, hier also einen nuancierten und reichhaltigen Wortschatz hat, kann das Wort *Angst* seine Bedeutungen nicht auseinanderhalten. Das deutsche Ohr hört in der *Angst* mehr Furcht *(peur)* als Angst *(angoisse),* die eigentlich viel mehr mit *Beklemmung* zu tun hat.

Zwangsdenken, Zwangsvorstellungen – bei Freud könnte man, wenn man wollte, unzählige solcher Wörter finden. In ihrem Inneren verleiht die Sprache dem Ausdruck, dem sie nicht entrinnen kann; sie drückt sich ausgesprochen deutlich aus, sie *hebt hervor*, was geradewegs ins Unbewußte führt. *Der Eßzwang, der Gehzwang* reden von jener Macht *(force),* die zu unvernünftigem, exzessivem Essen oder Gehen zwingt: Der *Zwang* führt den, der ihm unterworfen ist, immer wieder auf das zurück, dem er nicht entgeht, was er nicht versteht; daher *unterliegt er dem Verstehzwang.*

In einem kleinen Text aus dem Jahr 1907, »Zwangshandlungen und Religionsübungen«, der im Taschenbuch dem »Mann Moses« vorangestellt ist, beschreibt Freud gewissermaßen die Natur des *Zwangs,* indem er ihn durch Beispiele erläutert, und das Kuriose daran ist, daß diese Beispiele, mit

1 Eichendorff, Tieck, Novalis sind einige der Autoren, die einsame junge Menschen in Szene setzten. Gottfried Keller und später Hermann Hesse haben diese Tradition fortgesetzt.

denen er seinen Behauptungen Gewicht verleihen will, nichts anderes sind als Erläuterungen des Wortsinns. Fünf Beispiele gibt Freud: 1. das Mädchen, das nach dem Waschen immer die Waschschüssel schwenkte, 2. die Frau, die nur Abfälle aß, 3. sich nur auf einen einzigen Sessel setzte, 4. ihr Stubenmädchen ständig ohne Anlaß rief und wieder wegschickte und sich 5. die Nummern aller Banknoten notierte.[1] Und immer entspricht Freuds Erklärung dem Wort *Zwang* und ergänzt es, denn der Zwang zwingt den Geist ständig in dieselbe Richtung, die man aber selbst nicht kennt. Der *Zwang* erinnert an ein Schiff auf hoher See, fernab der Küste, das unaufhaltsam, allen Kurswechseln zum Trotz, stets derselben Route folgt, auf die es immer wieder zurückgeworfen wird: *Das muß ich immer wieder machen, es ist ein richtiger Zwang, ich kann nicht anders.* Das Wort *Zwang* führt uns ins Zentrum der fünf Freudschen Beispiele, jedes von ihnen ist nur eine mögliche Form dieses Begriffs.

Die Idee der Wiederholung ist im *Zwang* bereits enthalten, *Wiederholungszwang* ist fast ein Pleonasmus, denn an der Wiederholung erkennt man nur die Unentrinnbarkeit des Zwangs. Der *Zwang* gleicht einer blinden Macht, einem Drang, dem man unterworfen ist, ohne ihn zu kennen – ein *Trieb*, dessen Antrieb aber nicht aus einem selbst kommt. Letztlich ist der *Zwang* eine Art dezentrierter *Trieb:* das Negativ des *Triebs.* Der *Zwang* ist die Angst des *Triebs.* Zu ähnlich ist der *Zwang* der *Angst*, als daß die Sprache sich hier irren könnte. Freud schreibt nicht ohne Grund, *»daß die Zwangshandlungen unbewußten Motiven zum Ausdruck dienen«.*

Etwas später, aber auch hier nur geleitet von einer besonderen Aufmerksamkeit dem gegenüber, was die Worte sagen wollen, kommt Freud zu dem Schluß: *»Man kann sagen, der an Zwang und Verboten Leidende benimmt sich so, als stehe er unter der*

---

1 »Zwangshandlungen und Religionsübungen«, in Sigmund Freud, *Der Mann Moses und die monotheistische Religion. Schriften über die Religion,* Frankfurt/M. 1992, S. 9ff.

Herrschaft eines Schuldbewußtseins, von dem er nichts weiß.« Das ist nichts anderes als eine zwingende Beschreibung des Wortes. Und dem Faden der Sprache folgend, ergänzt Freud den *Zwang* noch durch die *Erwartungsangst,* die das schuldhafte Begehren begleitet: Man kann die Sprache nicht besser sprechen, als sie selbst sich spricht.

Hier drängt sich der Gedanke an E. T. A. Hoffmanns »Elixiere des Teufels« auf, die Freud gründlich gelesen hat; schließlich hat er über Hoffmanns Erzählungen einen ganzen Aufsatz geschrieben, der anderswo analysiert wurde.[1]

Der einem *Zwang* Unterworfene läßt sich von diesem in eine bestimmte Richtung treiben und fühlt sich gleichzeitig schuldig. Im Zwang kehrt sich der *Trieb* um: *Der Zwang* ist die andere Seite des Triebs, seine schmähliche Kehrseite. Jeder *Zwang* ist eine Maske des *Triebs,* dessen konzentrierte, beschränkte Manifestation sozusagen. *Trieb* und *Zwang* gleichen sich aus, und in gewisser Weise stützen sie sich. Im Innenraum der Sprache fallen sie zusammen, auch wenn sie nicht unmittelbar zusammengehören.

Nichts steht, wie Humboldt sagt, in einer Sprache für sich allein, alle Wörter sind gewissermaßen auf derselben Wellenlänge, sie treffen und umkreisen sich.

Es sieht so aus, als habe Freud seine Erkenntnisse aus seiner Muttersprache geschöpft, aus ihrem Strömen von Ufer zu Ufer. Denn in der Sprache fließt, wie in der See, alles zusammen, der *Zwang* geht in den *Trieb* über wie der *Trieb* in den *Zwang.*

Der »Wahrig« definiert den *Zwang* als »äußere u./od. innere Nötigung zu Handlungen od. Gedanken, die nicht mit der freien Entscheidung eines Menschen übereinstimmen«, der »Brockhaus«, der darin auch das Gegenstück zur *Hemmung* sieht, als unumgängliche Notwendigkeit.

---

1 Siehe Georges-Arthur Goldschmidt, »Une forêt et ses lisières«, in *L'Écrit du temps,* 2, Paris 1982.

Erinnern wir uns, wie der *Trieb* weiter oben charakterisiert wurde, dann sehen wir, daß *Zwang* und *Trieb* nebeneinander- und ineinanderlaufen. Alles hat, wie man sieht, in der Sprache vor Freud schon gesprochen, und er beschränkte sich listig darauf, ihr das Wort zu erteilen.

In einem der oben zitierten Beispiele erklärt die Frau ihren Zwang, nur auf einem bestimmten Sessel zu sitzen, ganz im Sinne Schrebers: *»Man trennt sich so schwer von einem (Manne, Sessel), auf dem man einmal gesessen ist.«*[1] Schreber wäre zufrieden gewesen.

Die Rituale des Zwangs sind repetierendes Reden: Das *wiederholt sich, il se répète,* als ob die »Kranken« ihr Tun immer wieder vor sich hersagten; im Französischen gibt es hier übrigens eine *Verdichtung,* eine Engführung des Sinns, die Freud zweifellos interessiert hätte, denn *répéter* bedeutet repetieren und rezitieren, *wiederholen* und *hersagen. Répéter:* Man wiederholt eine Handlung, *etwas wiederholt sich, ich lerne* ein Gedicht, wiederhole *den Text* und *sage ihn her, je le répète* – hier sieht man die Sprache am Werk.

Es ist, als wäre jede Sprache in ihrem Zusammenhang, in ihrer linguistischen Einheit selbst schon ein *Zwang:* ein Korridor, durch den sie gehen muß; mit Ableitungen, die nur ihr eigen sind. (Hier an Wittgenstein zu erinnern ist – zumindest in Frankreich – unnötig und überflüssig.) Die Wörter siedeln sich nie zufällig in einem bestimmten Feld an: So spiegelt sich die Wirklichkeit in der Sprache.

Das meint Freud wohl, wenn er im zweiten Teil des »Mann Moses« von *Entstellung* spricht: Der Text wird durch die Zeit mehr und mehr entstellt, bis man ihn nicht mehr erkennen kann. *Entstellen (défigurer)* heißt nicht, einem Gegenstand eine andere Form geben, *déformer,* ihn verformen, *verbiegen.*

Die Sprache *entstellt* – das bedeutet, sie verändert und verstellt, denn auch das bedeutet *entstellen;* diese zweite Bedeutung ist allerdings, wie Freud bemerkt, selten geworden. *Ent-*

1 »Zwangshandlungen und Religionsübungen«, a.a.O., S. 10.

stellen also heißt nicht nur, daß etwas anders erscheint, sondern auch anderswo, es wird *anderswohin verschoben.* »Somit dürfen wir in vielen Fällen von *Textentstellung* darauf rechnen, das *Unterdrückte* und *Verleugnete* doch irgendwo versteckt zu finden, wenn auch abgeändert und aus dem Zusammenhang gerissen«, ergänzt Freud. »Es wird nur nicht immer leicht sein, es zu erkennen.«[1]

Es ist, als wären alle Sprachen nur Variationen über ein und dasselbe Thema: Als wäre Sprache nichts anderes als eine Verformung, Verbiegung der Grundsprache, die immer nur von demselben spricht, was Ferenczi die obszöne Herkunft der Sprache nennt. Er zeigt sehr gut, wie im Inneren der Sprache die *Wunschvorstellung* sich von der *Befriedigung* trennt[2] und diese *Entstellung* im Ursprung des *Wahns:* der Illusion und des Irrsinns, liegt.

Vom Ungesagten spricht die Sprache, darauf kommt sie immer wieder zurück. Das muß man unbedingt verstehen, um sich zu vergewissern, daß davon keinesfalls die Rede ist. Der *Verstehzwang* ist also – Wortspiele sind modern – eine Art *Versteckzwang*: ein zwanghaftes Verheimlichen dessen, was man eigentlich sagen will, woran man ohne Unterlaß denkt. Ist das nicht das Besondere an der Uniform der Eton-Schüler, daß sie, trotz Zylinder und Cut, immer an deren Leiden erinnert?

Denn die Sprache ist durchsichtig, die Stimme geht stets durch sie hindurch und bleibt immer kenntlich. Je mehr man verstanden hat, desto tiefer muß man es verbergen. Der Pfeil, der Wort um Wort zum Satz spießt und dabei den Grund der Sprache streift, ist nur das verhohlene Begehren: *Verstehen ist verstecken.* In der Jugend treibt alles dahin, zum Sinn der Spra-

1 »Der Mann Moses und die monotheistische Religion«, in Sigmund Freud, *Der Mann Moses …*, a.a.O., S. 56.

2 »Über obszöne Worte«, in Sándor Ferenczi, Schriften I, *Bausteine zur Psychoanalyse,* Bd. 3, Leipzig–Wien–Zürich 1938.

che, denn im Anfang ist das erste Mal, wie Rimbaud sagt, der Taumel der ersten Erkenntnis, daß Sinn (was ich verstehe und daß ich verstehe) und Wahn gleichzeitig möglich sind, weil der *Verstehzwang* erst den Sinn verständlich macht und weil der Wahn nichts ist als der Sinn des Textes, Imago, Bild ohne Vorbild.[1]

---

1 Siehe das Nachwort zu Carl Spittelers *Imago*, »Une image et pas de modèle«, ins Französische übersetzt von Judith Dupont, Paris 1984.

III
Gibt sich der Wahnsinn einem Wahn hin?

1. Die Illusionen des Wahns

Es hätte nicht Freuds bedurft, um die Nähe des *Zwangs* zum Wahn zu erkennen, diesem Wahn, für den das Deutsche, das mit allen Wassern gewaschen ist, mehr als ein Wort besitzt. Im Deutschen ist nämlich der Wahn immer ein anderer.

Im Wahn explodiert die Sprache (die französische Umgangssprache verfügt hier wie die deutsche über einen ebenso unbegrenzten Wortschatz wie in der Sexualität), fast meint man, sie weiß nicht mehr, wovon sie redet. Und Freud sah sich *gezwungen*, aus dieser überschäumenden Vielfalt seine Begriffe zu wählen.

Allerdings traf er diese Wahl, wie gesagt, im Schoß der alltäglichsten und einfachsten Sprache überhaupt. Anders als geglaubt, hatte Freud nicht das geringste Bedürfnis, sich eine eigene Terminologie zu zimmern.

Denn alles Wesentliche ist vorhanden, die Sprache ist überreich für den, der sie spricht oder schreibt, ihre Fülle ist unermeßlich, besonders die des Deutschen, das fast zu üppig wuchert. Man kann kein Wort verwenden, ohne mehr oder weniger bewußt gleich auf alle anderen zu stoßen, die vom Grund zur Oberfläche aufgestiegen sind, an die Grenze des Bewußtseins.

Wenn Freud ein Wort wählte, waren ihm auch alle möglichen Synonyme gegenwärtig, und wenn er sie nicht benutzte, hallten sie doch in ihm wider. So ist *der Wahn,* sicher einer der wichtigsten Ausdrücke im Freudschen Sprachschatz, von mindestens sechs gleichsinnigen Wörtern umgeben, von denen *der Wahn* sich nur dadurch unterscheidet, daß er erstens keines von ihnen ist und daß er zweitens etwas anderes bedeutet. Alle diese Wörter heißen auf französisch *folie,* aber ihr Ort in der deutschen Sprache ist ein anderer als der von *folie* im Schoß der französischen: Sie wollen alle dasselbe sagen, treffen aber nicht denselben Ton.

Der Wahn hat zunächst den Sinn von Verblendung, Sinnestäuschung, einer mit der Wirklichkeit nicht übereinstimmenden Wahrnehmung, die allen Unbilden trotzt, *einer hartnäkkig beibehaltenen irrigen Vorstellung*, wie der »Wahrig« sagt. Ursprünglich, da ist die Etymologie ganz eindeutig, bedeutete *Wahn Hoffnung*, und ein Nachklang der Hoffnung schwingt tief in diesem Wort noch mit, das zur Zeit übrigens bei der Sprache vorübergehend in Ungnade gefallen ist. Andererseits bedeutet Wahn auch Illusion, und die Wörterbücher zitieren in diesem Fall gern den berühmten Vers Schillers: »... und die Treue, sie ist doch kein leerer Wahn.«

Wenn einer etwas Verrücktes tut und sich, obwohl er das abstreitet, mehr und mehr darin verbohrt, sagt man: *Das ist reinster Wahn!*, und gibt damit zu verstehen, daß man schon mit der Katastrophe rechnet. *Wahn* läßt sich also, wie man sieht, durchaus mit *folie* übersetzen, bedeutet aber nicht ganz dasselbe. *Der Wahn* ist eine Illusion, die sich selbst nicht als solche erscheint: *Er lebt in seiner Wahnwelt,* in der Welt seines Wahns, in einer vorgestellten Welt. Die *Wahnvorstellungen* bei Freud sind also im wesentlichen irrige Vorstellungen. Hier ist nicht der Platz für eine erschöpfende Bestandsaufnahme, wie der Wahn von deutschen Autoren oder gar in der Alltagssprache verwendet wird, einerseits, weil es eine ähnlich aussichtslose Unternehmung wäre wie eine Abhandlung über die Liebe in der Literatur schlechthin, andererseits, weil dazu auch jeder Kontext berücksichtigt werden müßte, in dem das Wort auftaucht.

Interessant ist es hier, das Unbewußte am Werk zu sehen: Denn die Illusion könnte sehr wohl in der Sprache selbst und ihrem unkontrollierten Gebrauch liegen. Nichts ist vielleicht aufschlußreicher als diese Finte der Sprache. Sie veranlaßt den Sprecher, bestimmte Wörter zu gebrauchen, als sagte sie immer mehr als er.

Möglicherweise dient ja die ganze Etymologie nichts anderem, als diese Finten der Sprache aufzudecken, um sich gegen sie zu wappnen, damit man von ihr nicht überrascht wird; der Rückgriff auf die Etymologie ist ein Versuch, die Sprache daran zu hindern, daß sie an der Stelle des Sprechers spricht.

Die Sprache indes zwingt fast dazu, *Wahn* für *Wahnsinn* zu halten, es sind die Wörter, die Freud fast ausschließlich verwendet, obwohl das Deutsche noch viele andere auf Lager hat: *Irrsinn, Torheit, Wahnwitz, Tollheit, Tollsein, Verrücktheit, geistige Umnachtung.*

Jeder dieser Begriffe charakterisiert auf seine Weise *la folie* genau. Während aber deren Etymologie unfaßbar ist für jemanden, der nicht Latein kann, sind die deutschen Wörter wieder einmal durch die Elemente zu erkennen, aus denen sie bestehen. Man muß sie nur hören, um zu wissen, worum es geht und – was für die Arbeit Freuds sicher nicht unwichtig war – in welchem Verhältnis sie zur Normalität stehen.

Folie beschreibt keinen besonderen Ablauf und definiert nichts. Beim *Irrsinn* etwa ist das ganz anders. Er stammt vom Adjektiv *irre, irrig;* das Verb *irren* entspricht dem lateinischen *delirare,* unsinnige Dinge tun, und steht dem *error* nahe, *irre* sein heißt verrückt *(fou)* sein, aber irre werden heißt vom Weg abkommen, unsicher, verwirrt, verirrt sein, daher kommt der Irrtum. *Ich wurde von ihm in die Irre geführt,* er hat mir einen Bären aufgebunden, das Blaue vom Himmel versprochen, mich auf eine falsche Fährte gelockt. Im *Irrsinn* klingt also der irrende Sinn an, und das wird in dem Wort *verrückt* bestätigt, das aus dem Partizip des Wortes *rücken* stammt, etwas von einem Ort zum anderen schieben, man kann es *vorrücken* oder beiseiterücken und danach wieder an seinen Platz stellen, *zurechtrücken,* wenn es aber *verrückt* ist, ist es nicht mehr an seinem Platz, das ist der ursprüngliche Sinn des Wortes, während es im Sinne von irre laut »Kluge« erst etwa seit der Zeit Kants verwendet wird. In der Alltags- und der Kindersprache sagt man meistens *verrückt,* wenn man sagen will, daß einer nicht ganz richtig ist im Kopf, und das Französische sagt dazu *dérangé*, was genau dasselbe ist, denn *ranger* heißt richtig hinstellen, aufräumen, und deshalb heißt *dérangé,* daß etwas durcheinandergebracht, verrückt ist.

Es ist nicht ganz begreiflich, daß das Französische diesen umgangssprachlichen Begriff, der so genau dem deutschen Wort entspricht, nicht aufgenommen hat; das Deutsche schließt die Umgangssprache weniger aus.

Tor, Torheit ist ein sehr altes Wort, wahrscheinlich verwandt mit *taub* oder *toll*, dessen Sinn sich in der gesprochenen Sprache gewandelt hat, *toll* heißt dasselbe wie irre, und die Wörter leben in der Sprache weiter: *Er ist töricht,* er treibt Unsinn, er ist *tollkühn,* waghalsig, irre mutig, übermütig, *er ist ein toller Kerl,* ein irrer Typ, er treibt es toll, er ist irre, eigentlich ist er verrückt.

Die geistige Umnachtung ist eine höfliche und etwas heuchlerische Umschreibung des Irreseins. *Die Nacht,* zum Verb geworden, umhüllt hier den Geist, eine Nacht des Geistes, als würde dieser, von der Nacht verborgen, unsichtbar, von der Nacht umschattet, blind.

Das also sind die Wörter, die das deutsche Ohr umschwirren. Während der Arbeit hatte Freud zweifellos im Kopf, daß im Kopf der Verrückten etwas durcheinandergeraten, derangiert ist, daß sie verwirrt sind und in die Irre gehen, da die Wörter ihm diese Bilder soufflierten. Aber tatsächlich hat er, und das ist interessant, wie alle Ärzte und Schriftsteller seiner Zeit, vor allem *Wahn* und *Wahnsinn* verwendet, die er übrigens, wie alle anderen auch, durcheinanderbrachte.

Der Wahn erscheint praktisch auf jeder Seite des Freudschen Werks, aber offenbar unterscheidet Freud nicht explizit den *Wahn,* diese »hartnäckig beibehaltene irrige Vorstellung« oder Hoffnung, diese Illusion, Sinnestäuschung, Verblendung, vom *Wahnsinn,* der ausdrücklich die Nacht des Geistes: *la folie,* bezeichnet. Etymologisch gesehen haben diese beiden Begriffe nichts miteinander zu tun, und der Sinn des einen kann sich nicht vom anderen herleiten.

Der Wahn meinte im Mittelhochdeutschen Hoffnung, Warten, er ist wohl aus der indoeuropäischen Wurzel **uen*, streben, hervorgegangen, die sich möglicherweise im lateinischen *venus* wiederfindet, und hat erst nach und nach die heutige Bedeutung einer fixen Idee oder Illusion angenommen.

Der Wahnsinn dagegen ist aus der Wurzel **wana* hervorgegangen, die einen Mangel konstatiert und dem lateinischen *vanus* (eitel, leer), der *vanitas* nahesteht; Wahnsinn heißt also, daß einem der Sinn entgeht, daß der Kopf leer ist, daß man aufgrund eines geistigen Mangels nichts versteht.[1]

Die Sprache nähert diese beiden Wörter nicht einander an. Vielleicht versucht sie sogar unbewußt, säuberlich eines vom anderen zu trennen, sie scheint nie das eine für das andere zu verwenden, zumindest zieht der Gebrauch des einen den des anderen nicht notwendig nach sich. So lassen *Verfolgungswahn* oder *Größenwahn* keineswegs zwangsweise an den *Wahnsinn* denken, als fühlte die Sprache instinktiv, daß Illusion und Irresein nicht allzuviel miteinander zu tun haben. Seltsamerweise verwendet das Französische in beiden Fällen das Wort *folie*. *Verfolgungswahn* heißt zwar *délire de la persécution* und hat mit *fou, wahnsinnig,* nicht das geringste zu tun, aber *Größenwahn* heißt *folie des grandeurs* und läßt eher an den Wahnsinn *(folie)* denken – im Französischen ist die Verwirrung größer, während die deutschen Wörter *Wahnvorstellung* oder *Verfolgungswahn* den Wahnsinn nicht unbedingt nahelegen.

Es bleibt zu fragen, ob und inwieweit *Wahn* und *Wahnsinn* für Freud dasselbe waren und er eins an die Stelle des anderen setzte. Vom *Wahn* befallen, sieht sich der dem Wahn Unterworfene gezwungen, seinen *Wahngebilden,* den Gestalten seiner Phantasie, nachzuhängen, statt sich der Wirklichkeit zu stellen, aber er muß dabei nicht delirieren. Der junge Harold in Jensens Novelle ›Gradiva‹ deliriert nicht im mindesten, dennoch lautet die französische Übersetzung von »Der

1 Dieselbe Idee findet sich lt. »Kluge« auch im Niederdeutschen *wahnschaffen, difforme,* das heißt mißgestalt.

Wahn und die Träume« *»Délire et Rêves«*. Dabei ist dieser *Wahn* eher eine Erscheinung: ein Wunder.

Verstünde man den *Wahn* eher als Wunder, würde der Gehalt dieses Wortes deutlicher: die Vorstellung von einem Medium zwischen Subjekt und Wirklichkeit. Es ist, als spielte Jensens, also Freuds Analyse mit dem *Wahnbild,* dieser Vorstellung der Phantasie.

Wer aber tagtäglich mit der deutschen Sprache umgeht, kommt notwendig (wenn auch sprachlich irregeleitet) zur Annäherung von *Wahn* und *Wahnsinn,* um so mehr, als *Wahnsinn* verstanden werden kann als *Wahn* im *Sinn*, den Sinn voll wahnhafter Ideen haben. Wenn das auch nicht der Sinn der Sprache ist, hört es sich doch wenigstens so an. Und da der *Wahn* eher den *Wahnsinn* kontaminiert als umgekehrt, heißt das: Der Wahn treibt die Sprache in den Wahnsinn.

Im dritten Teil des Schreber-Textes, »Über den paranoischen Mechanismus«, durchdringt Freud dank dem Mechanismus, den Schreber vor ihm ablaufen ließ, die Sprache, *er durchschaut sie,* er sieht durch sie hindurch. Freud schreibt: »Solange die normale Betätigung den Einblick in die Tiefen des Seelenlebens verwehrt, darf man es ja bezweifeln, daß die Gefühlsbeziehungen eines Individuums zu seinen Nebenmenschen im sozialen Leben faktisch oder genetisch mit der Erotik etwas zu schaffen haben.«[1] *Der Wahn* (Wahnsinn oder Illusion?), sagt Freud, deckt »diese Beziehungen regelmäßig auf und führt das soziale Gefühl bis auf seine Wurzel im grobsinnlichen erotischen Wunsch zurück«[2]. Das nennt Freud in einem anderen Text *»die unübertreffliche Weisheit der Sprache«.*[3] Die Sprache gleitet an sich ab und enthüllt ihre geheimen

1 »Psychoanalytische Bemerkungen über einen autobiographisch beschriebenen Fall von Paranoia (Dementia paranoides)«, in Sigmund Freud, *Zwei Falldarstellungen,* Frankfurt/M. 1982, S. 125.

2 Ebd.

3 »Der Dichter und das Phantasieren«, in Sigmund Freud, *Der Moses des Michelangelo.* Schriften über Kunst und Künstler, Frankfurt/M. 1993, S. 36.

Abgründe: In Schrebers Phantasiegebilde, seinem *Wahn*, der der Wirklichkeit gegenübersteht, wird sein gleichgeschlechtliches Begehren sichtbar, und das Wort *Wahn* ist dafür ein sehr genauer Ausdruck.

Führt nicht der Lauf der Sprache selbst zu manchen Begriffen, manchen Assoziationen, manchen Gedankengängen? Die Sprache ist immer *vor* dem, was man sagt oder schreibt, dennoch ist man der Sprache voraus, der Bug des Schiffes spaltet das Eis. Ich kann nichts begreifen außer dem, was zu mir spricht, aber erst durch mich wird die Sprache zur Sprache, *ich spreche der Sprache vorweg*, ich treibe sie voran und treibe doch in ihr: *Mein Trieb treibt mich durch das Meer.*

Was hätten wohl Freud und Schreber geschrieben, wenn es den *Wahn* nicht gäbe? Jedenfalls besteht nicht der geringste Zweifel daran, daß dieses Wort, das er auf der Zunge hatte, Freud die Feder geführt hat. Und vielleicht ist es dieser Text über Daniel-Paul Schreber, in dem er es in seiner Zwieschlächtigkeit am tiefsten verstanden hat: als *hartnäckig beibehaltene Vorstellung, Irrbildung, Einbildung, Verblendung* und schlichten, reinen Wahnsinn.

Schreber will in seinem Wahn die Welt neu erschaffen und erlösen. Freud zitiert in seinem Text ein Gutachten des Direktors der Anstalt *Sonnenstein,* in der Schreber zeitweilig untergebracht war: *»Er hatte ... ein kunstvolles Wahngebäude entwickelt«,*[1] schreibt Dr. Weber. Der Begriff *»Wahngebäude«* zeigt sehr gut die Idee der Konstruktion, die den Gebilden der Phantasie, der Entwicklung des *Wahns* innewohnt. Schreber bearbeitete seinen *Wahn* so lange, bis er zum System geworden war. *»Das Wahnsystem des Patienten gipfelt darin«,* fährt Dr. Weber fort, *»daß er berufen sei, die Welt zu erlösen und der Menschheit die verloren gegangene Seligkeit wiederzubringen.«*[2]

1 Sigmund Freud, »Psychoanalytische Bemerkungen ...«, in *Zwei Falldarstellungen,* S. 83.

2 Ebd.

Auf seinem Gipfel nun erreicht der Wahn die *Seligkeit*, das verlorene Einssein, deshalb will Schreber sein Geschlecht wechseln. Aber hier verwickeln sich die Dinge wieder in den Wörtern, da es zwei Wörter für das ersehnte Geschlecht gibt: *das Weib* und *die Frau*. Schreber will natürlich ein *Weib* werden. Sein Vorhaben erfordert die *Verwandlung zum Weibe*, und das nennt Freud *Entmannungswahn*. Wir wissen, wohin diese Phantasie führt, die der Errichtung des Wahngebäudes, der *Wahnbildung*, zugrunde liegt; die Stimmen sagen es ja deutlich: »›Das will ein Senatspräsident gewesen sein, der sich f... läßt?‹ – ›Schämen Sie sich denn nicht vor Ihrer Frau Gemahlin?‹«[1]

Hier also herrscht die Verwirrung in der Tiefe! Ist es nicht diese verpönteste unter den Lüsten, die die Sprache stolpern läßt, daß sie, wie Lacan sagt, stammelt? Sie verwirrt jeden, wie man weiß, sie stellt die Welt auf den Kopf, und Schrebers Wahn hängt nicht zufällig an diesem möglichen Bruch mit der Natur. Und die *Grundsprache*, von der Freud in einer Fußnote zu der Stelle spricht, in der Schreber dieses Begehren gesteht, das ihn durchdringt, in welchem Ausmaß mag die Grundsprache von diesem Geheimnis geprägt sein, in ihm ihren Ausdruck finden? Wäre das ihr Ursprungswahn, den Antonin Artaud in »Héliogabale« beschrieben hat, wäre die Sprache in der Tat selbst der Ort dieser eigentümlichen Unentschlossenheit? »Héliogabale«, schreibt Artaud, »ist der Mann und die Frau.« Wie Schreber.

Aber die Sprache selbst gibt den Anlaß zur Verwirrung, und wie sie *Wahn* und *Wahnsinn* einander angleicht, verwischt sie auch hier die Spuren, man sieht sie schaudernd sich abwenden von dem, was sie sah: Deshalb bringt sie im Alltag auch dauernd *Seele* und *Seligkeit* durcheinander.

1 Ebd., S. 88f.

2. Die Illusionen der Seele

Etymologisch betrachtet, haben *Seele* und Seligkeit nicht die geringste Beziehung zueinander, sie hören sich aber ähnlich an. Daniel-Paul Schreber belehrt uns darüber nach Freud folgendermaßen: »*Die durch den Läuterungsprozeß gereinigten Seelen befinden sich im Genusse der Seligkeit.*«[1] Hier sieht man deutlich die Sprache zwischen den Wörtern pendeln.

Ob Freud wohl beim Schreiben die verschiedenen etymologischen Wörterbücher zu Rate gezogen hat, die ihm zur Verfügung standen? Oder ließ er sich eher von der Intuition leiten, die die Sprache dem verleiht, der sie spricht? Immer wieder vergleicht er das *Bewußtsein* mit einer *Oberfläche* des *seelischen Apparates*. Wenn es eine Oberfläche gibt, dann gibt es auch Tiefen, in denen man versinken kann; vermutlich spricht Freud deshalb in zwei verschiedenen Aufsätzen im gleichen Zusammenhang und auf dieselbe Weise von *Tiefenpsychologie*.[2]

In diese Tiefen versenkt sich die Psychoanalyse, nachdem sie die Oberfläche durchdrungen hat, auf der alle Farben des Himmels spielen, alle Spiegelungen, alle Wetterwechsel. Freud hat dieses auf den ersten Blick so ungewöhnliche Unterfangen in Angriff genommen, weil es in der Sprache schon vorgegeben war. *Seele* und *See* kommen nämlich beide vom althochdeutschen *se*, dessen Stamm ist das germanische **saiwa*, das wahrscheinlich nicht indoeuropäischen Ursprungs ist, sondern laut »Kluge« wohl einem noch älteren Volk zuzuschreiben, das im Norden Deutschlands am Meer lebte.

---

1 »Psychoanalytische Bemerkungen über einen autobiographisch beschriebenen Fall von Paranoia (Dementia paranoides)«, in Sigmund Freud, *Zwei Falldarstellungen,* Frankfurt/M. 1982, S. 91.

2 »Das Ich und das Es«, in Sigmund Freud, *Das Ich und das Es und andere metapsychologische Schriften,* Frankfurt/M. 1984, S. 176, und »Das Unbewußte«, ebd., S. 79.

Die Seele, das bedeutet **saiwa* laut »Kluge«, kommt aus dem See, sie gehört ihm an. Der See und die See aber sind ursprünglich dasselbe, Wasserflächen, *Seen,* wie die unzähligen Kanäle und Arme der Ostsee, die sich manchmal mehrere Meter breit mitten durch die Landschaft schlängeln. Die *Schlei* bei Schleswig zum Beispiel – wer könnte sicher sein, ob sie ein Fluß ist oder ein See? Die Unterschiede sind kaum zu erkennen. Außerdem erinnert der »Kluge« daran, daß den Germanen manche Seen als Aufenthaltsort der Seelen vor der Geburt und nach dem Tode galten.

Freud arbeitete, wie man hier wieder sieht, ganz nahe an der Sprache: Hörte er nicht *See* und *Seele* wie Schreber *Seele* und *selig?* Ist es nicht aufschlußreich, daß die Psychoanalyse hier wieder nichts anderes entdeckt, als in der Sprache ist, als könnten beide nicht anders, als ihrer Neigung zu folgen?

Lacan hatte offenbar gute Gründe, das Problem des Unbewußten so eng mit dem der Sprache zu verknüpfen: Denn das Unbewußte ist vielleicht in der Tat nichts als jene Stimme, die aus der Sprache spricht, aber von den Wörtern verdeckt wird, wie die Oberfläche den Grund verdeckt und doch nichts ist, als was dem Grund entströmt und hochgestiegen ist. Nur die Oberfläche zeigt, daß es diesen Grund gibt. Alles, was Freud geschrieben hat, war schon als ein Mögliches in der Sprache.

All das hatten andere (Goethe zum Beispiel) längst gesagt und vor allem verstanden. Freud entzifferte nur auf allegorische Weise (im Sinne Walter Benjamins) eine Sprache, die vielleicht schon nicht mehr sprach und deren Sinn in ihren Bedeutungen erstarrt war.

Wie hätte Freud wohl in einer anderen Sprache das Unbewußte entdeckt? Eine Frage, die so absurd wie notwendig erscheint: Auf welchem Weg wäre er dahingekommen? Welches Unbewußte hätte er da entdeckt? Oder genauer: Auf welchem Wege hätte es sich ihm entdeckt? Hat ihn die Sprache selbst dahingeführt? Immerhin hat schon Nietzsche dieses Wort wiederholt gebraucht, und zwar in dem Sinn, den Freud ihm gab.[1] Jedenfalls kommt es ganz offensichtlich durch das Deutsche an die Oberfläche, und es ist die Oberfläche der deutschen Sprache, die diese Tiefen birgt.

Das wäre wohl die beste Übersetzung Freuds: die im Inneren des Französischen *seine* Fährte aufnähme. Das wäre die sinn- und lustvollste Arbeit: zu sehen, wie im Inneren der Sprache widerhallt, was sie zum Sprechen bringt.

Dazu müßte man nichts anderes tun, als den Wegen zu folgen, die das Französische selbst weist oder nicht; das mit dem Deutschen zu vergleichen wäre eine der lehrreichsten Überlegungen. Warum zum Beispiel kann das Französische keine Eigenschaft aus *âme,* der Seele, bilden, wo doch *animé,* beseelt, sich anscheinend von Anfang an in anderem Sinn orientierte?

Aus welchen – nur phonetischen oder tieferen – Gründen kann aus der Seele, *l'âme,* im Französischen kein Adjektiv werden? Die ganze Arbeit Freuds fußt auf dem ständigen und vollkommen natürlichen Umgang mit dem Adjektiv *seelisch* in seinen Beschreibungen. Seelisch: was von der Art der Seele ist, in ihr vorgeht oder aus ihr hervorgeht. Wie seltsam, daß die französische Sprache sich bei einem so einfachen Wort weigert, denselben Weg zu gehen. Wenn sie nun aber damit zu verstehen geben wollte, daß die Seele kein Attribut haben kann? Wenn also die Nichtexistenz des Adjektivs »seelisch« im Französischen einen Sinn von schwindelerregender Tiefe hätte: daß nämlich gerade die Seele sich jeder Bestimmung, jeder Benennung, jeder Befragung entzieht?

Fast automatisch gebraucht Freud im Fluß der Sprache Begriffe wie *seelischer Apparat* oder *seelische Tätigkeit,*[2] wo

1 Etwa in den »Fragmenten« I (27) oder I (43) von 1869 (nach der Klassifizierung von Colli-Montinari).

2 Zum Beispiel in dem Aufsatz »Zur Einführung des Narzißmus«, in Sigmund Freud, *Das Ich und das Es …,* a.a.O., S. 19ff.

das Französische, um die Umschreibung *propre à l'âme* (der Seele eigen) zu vermeiden, fast gezwungen ist, *psychique* zu sagen. Freud selbst schwankt übrigens zwischen *psychisch* und *seelisch*, scheinbar nimmt er das eine oder das andere, ohne sich groß den Kopf zu zerbrechen, und doch dekken sie sich nicht ganz. Hier ist natürlich nicht die Rede davon, die Bedeutungsverschiebung zwischen *seelisch* und *psychisch* in Freuds Werk zu erfassen, wo sie ständig auftauchen, ohne aber völlig gleichwertig zu sein; als Beleg möge eine einleitende Passage zu »Das Unbewußte« genügen, wo Freud schreibt: »Die hartnäckige Ablehnung des *psychischen Charakters* der latenten *seelischen Akte* erklärt sich daraus, daß die meisten der in Betracht kommenden Phänomene außerhalb der Psychoanalyse nicht Gegenstand des Studiums geworden sind.«[1] Vielleicht steht *psychisch* hier nur, um eine Wiederholung von *seelisch* zu vermeiden, dennoch haben sie einen je eigenen Klang, können aber beide nur mit *psychique* übersetzt werden, weil es im Französischen nichts anderes gibt: Als entzöge sich die Seele hier der Zergliederung ebenso wie dem undifferenzierten Gebrauch.

An dieser Stelle sollte die heute vielleicht wichtigste Frage gestellt werden: Gibt es bei Freud eine *Ausweitung* des Seelischen über einen bestimmten Punkt hinaus, der sich die französische Sprache hartnäckig verweigert, als dürfte die psychische Wirklichkeit viel ausschließlicher nur im Bereich des eigentlich Geistigen wahrgenommen werden, als wäre sie geheimer und gehörte in jedem Fall zur Ordnung der Dinge, die sich der Analyse entziehen?

Es sollte gefragt werden: Ist es signifikant oder nicht, daß das Deutsche zwei Adjektive verwenden kann, wo das Französische nur eines benutzt? Verschiebt sich Freuds Sprache und somit sein Denken, wenn er eher von der *Seele* spricht –

1 »Das Unbewußte«, in Sigmund Freud, *Das Ich und das Es* ..., a.a.O., S. 75.

die bei ihm übrigens fast immer Teil eines zusammengesetzten Wortes ist – als vom *Psychischen*?

Ist es signifikant oder nicht, daß das Deutsche aus jedem beliebigen Wort irgendein anderes machen kann? Das Wort *seelisch* zum Beispiel: Ist es zum Bestandteil der Grammatik *geworden,* oder wurde es dazu *gemacht?* Hat es eine Funktion, oder hat es einen Sinn? Was das Französische hier *verweigert,* verweigert es vielleicht aus gutem Grund. Könnte sein Unvermögen, das Wort Seele auszuweiten, nicht vielleicht eine dieser sehr feinen Grenzen sein, an denen sich der Monotheismus vom Paganismus unterscheidet?

Freud spricht oft vom *Seelenleben (vie psychique),* etwa vom *Verdrängten im Seelenleben.* Der ganze Text »Das Ich und das Es« beruht ausschließlich auf der Beschreibung dessen, was in der Seele geschieht. Von Anfang an beschwört Freud die *seelischen Vorgänge (déroulements psychiques),* die so viele Folgen für das Seelenleben *(vie de l'âme)* haben.

Das ist das Problem: Wovon redet Freud wirklich, wenn er vom *Seelenleben* spricht oder vom *seelischen Apparat?* Redet er tatsächlich vom Psychischen, von dem, was auf französisch *psychisme* oder *psychique* heißt? Ist da nicht plötzlich von etwas ganz anderem die Rede, das Freud bis an die Grenzen des Organischen treibt, in diesen kaum bestimmbaren Bereich, der sich auch als Ursprung des Unbewußten begreifen ließe? Vielleicht ist dieser bei Freud stets gegenwärtige vage Biologismus eine Sache der Sprache. Aber um keine Mißverständnisse aufkommen zu lassen: Es geht hier keineswegs um die natürliche Naivität, die für Schiller so große Bedeutung hatte,[1] nicht um einen ursprünglichen Zustand, sondern vielmehr um die Verwirrung durch etwas, das ohne Grenzen ist. *Der seelische Apparat* könnte schlicht das Produkt der Sprachverwirrung sein: Weil sich nämlich alles darin vermischt, hört man, wenn man die Ohren spitzt, im Meer nichts mehr.

---

1 Siehe »Über naive und sentimentalische Dichtung«, in *Schillers sämtliche Werke,* Leipzig 1924, Bd. V, *Philosophisch-ästhetische Schriften,* S. 532ff.

Es könnte sein, daß diese Ausbreitung der Seele im Inneren der deutschen Sprache, auf *Seelenleben* und *seelisch* etwa, was im Französischen diskret mit *vie psychique* und *psychique* übersetzt wird, der Kern eines spezifisch deutschen Problems ist: Der Deutsche *schleppt* an seiner Seele, er schleppt an allem, was er erlebt. Er verdaut seine Ereignisse schlecht, er wird nie damit »fertig«. Die deutsche Tiefe ist oft nur eine schwere, zögernde »Verdauung«. Von der *Seele* gelangt man leicht zu *beseelt, beseelen,* mit Seele erfüllen, zur *beseelten Natur;* das Französische sagt hier *nature animée* und entfernt sich damit ganz offensichtlich von der Seele:

»Objets inanimés, avez-vous donc une âme?«

In einer merkwürdigen Umkehrung übersetzt das Deutsche *inanimé* mit *leblos,* und der Vers wird unübersetzbar. In diesem Spiel läßt die Sprache, als wollte sie mit der einen Hand wieder auffangen, was der anderen entgleitet, den Sinn zwischen den Begriffen strömen wie Wasser, das, wenn man es fassen will, durch die Finger rinnt: Man weiß nicht mehr, was Wasser ist und was Spiegelung. Greift man wieder hinein, ist alles Wasser, die Finger versinken, flüchtig weicht es zurück; es zu fassen, braucht man ein Gefäß, man muß es von sich selbst trennen, von seinem Fluß abschneiden; wie eintauchende Gegenstände vom Wasser benetzt werden, kann dieses Wort: *beseelt,* wie ein dünner Film alles überziehen, denn die Seele, die mit dem Wasser verwandt ist, bedeckt, verdeckt alles: Der Animismus lauert allenthalben.

In seinem natürlichen Fluß beseelt das Deutsche alles: *die beseelte Natur* – die Natur hat eine Seele, dieses Wort schleicht sich an, schleicht sich ein, überall, und wenn Freud sagt, »die Psychoanalyse ... *kann die Identität von Bewußtem und Seelischem nicht annehmen«,*[1] dann taucht er wie selbstverständlich in die Fluten der Sprache, in die Wasser des Sees, dem die Seele entstieg. Nicht umsonst spricht er von den *dunklen Gebieten*

---

1 Sigmund Freud, *Vorlesungen zur Einführung in die Psychoanalyse,* Frankfurt/M. 1977, 1, S. 18.

des Seelenlebens: Die Sprache geht hier ganz natürlich bis zum Grund des Sees.

Das versuchte Freud stets zu zeigen: daß das Seelenleben mehr ist als das Bewußtsein, aber auch – und das ist das eigentlich Wissenschaftliche an seinem Unternehmen –, daß es nicht mit dem verwechselt werden will, was das Französische in dieser merkwürdigen spiegelbildlichen Umkehrung als *animé* bezeichnet – mit dem Lebendigen schlechthin.

Daß Freud dem Biologismus entgangen ist, versteht sich fast von selbst (und ist auch leicht zu beweisen); der biologistisch-nazistische Animismus ist ein moderner Unfall des Denkens. Die eigentliche Kraft des Freudschen Denkens beruht auf der Sicherheit seiner Wortwahl und auf seiner Weigerung, sich diesem Biologismus, obwohl er ihn immer faszinierte, zu überlassen.

Diese Falle aber, und das ist die bewundernswerte Weisheit der Sprache, von der Freud spricht, diese Falle schnappt nie ganz zu; dazu gibt es im Deutschen zu viele Ausflüchte, zu viele Um- und Auswege wie *Wehmut, Sanftmut, Schwermut,* auch *Hochmut,* ja, vielleicht vor allem den Hochmut, die die Seele davor bewahren, in die Abgründe der Physis zu stürzen, wo sie mit diesen Eigenschaften nicht landen könnte.

So hat die Sprache der Seele etwas wie eine linguistische Nische eingerichtet, damit die Seele nicht auf Abwege komme und sich nicht im Biologischen oder im Animistischen verliere.

Und das Außergewöhnliche ist: Man muß dazu nicht die Literatur bemühen, diesen oder jenen berühmten Schriftsteller zitieren, sondern aus der allereinfachsten, gewöhnlichsten Umgangssprache fließen, kaum daß man sie ergreift, sofort alle wünschbaren Mahnungen in die Feder. Obwohl sich das Seelische mittels des Präfixes *be-*, das jedes beliebige Wort überziehen kann (*beatmen, befahren, betrügen* usw.), über die Seele hinaus auf Dinge ausdehnt, die nicht dazugehören, *die beseelten Bäume* etwa, *les arbres animés*, und ihnen so gleichsam einen Heiligenschein verleiht; obwohl es ein Adjektiv *seelisch* zur Seele gibt (das, wie gesagt, mit *selig* nichts gemein hat), trotz all dieser Versuchungen kann die Seele sich nicht verirren, denn es gibt noch eine andere Seele oder besser einen unabhängigen Zustand, Seelenteil, eine Art Oberfläche der Seele, die den Gefühlen und den Erschütterungen der Außenwelt ausgesetzt ist: das *Gemüt,* mit dem das Französische nichts Besseres anzufangen weiß, als es mit *humeur* (Laune, Stimmung) zu übersetzen; alles Wissen von der Seele kommt daher.

Das Gemüt ist, wie Wehmut, Sanftmut, Schwermut, Hochmut, aus *Mut* gemacht; das Präfix *ge-*, vom lateinischen *com* stammend, sammelt alle möglichen Wörter zu einer Einheit: *das Geäst, das Gebälk, das Gebäck, das Gefühl* usw. *Mut* meint hier Tiefe des Empfindens, Kraft des Denkens, Stärke des Willens; er war früher ein Synonym der Seele, wie *the mood* im Englischen, was heute eher mit *Stimmung* übersetzt wird, ein seelischer Zustand wie *l'humeur*. Erst in der Moderne scheint der Mut seine jetzige Bedeutung, Tapferkeit, erlangt zu haben. Möglicherweise, sagt der »Kluge«, stammt der Mut aus einer Wurzel, die sich im Griechischen wiederfindet: *-mo*, den starken inneren Willen haben, etwas zu erreichen, und stünde dann auch dem Wort *treiben* nahe, das wir im Zusammenhang mit dem *Trieb* erörtert haben.

Das Gemüt ist etwas wie eine Zweitseele oder eine empfindliche Seelenoberfläche, die die Tiefe durchschimmern läßt. Als Oberfläche übersetzt *das Gemüt* die Erschütterungen, die die Seele bewegen. So kann ich *sanftmütig, schwermütig* oder auch *wehmütig* sein. Wir werden darauf noch zurückkommen.

Gemüt – *humeur.* Auch hier ergänzen und kreuzen sich die Sprachen. *Mut* und *Gemüt* lassen sich unter keinen Umständen mit etwas anderem in Verbindung bringen als mit Seele und Empfindung; *l'humeur* dagegen, die einzig mögliche Übersetzung für das Gemüt, hat – selbst in der Bedeutung Laune oder Stimmung *(être de mauvaise humeur*, schlecht gelaunt sein) – hauptsächlich mit Feuchtigkeit zu tun, *humus*, lat. *humo:* Erde und Flüssigkeiten aller Sorten. Es ist interessant, daß dieser Sinn in jüngster Zeit etwas verblaßt ist, er findet sich aber noch in *humidité* (Feuchtigkeit) oder *humus* (Humus). *Das Gemüt* umschließt alle *humeurs,* hat aber mit Flüssigkeiten nichts zu tun.[1]

Das Französische könnte also durchaus *âme* und *humeur* mit Natürlichem oder Kreatürlichem verwechseln, tut das jedoch kaum; allem Anschein nach war die französische Wissenschaft gegen die Versuchung des Biologismus weitgehend gefeit, während die deutsche ihr weitgehend erlegen ist (Lorenz, Groddeck, Alfred Rosenberg). Hier spricht das Deutsche allerdings Klartext.

Daß Freud das *Gemüt*, mit dem er, auch wegen dessen Anklängen an *Schwermut* oder *wehmütig,* sicher täglich umging – jedenfalls gehörte es zur Umgangssprache – in seinen Schriften kaum erwähnt haben soll, ist merkwürdig, aber kein Index verzeichnet es als Schlüsselwort.

Dabei steht außer Frage, daß sich Freud bei seinen Untersuchungen von diesem Wort leiten ließ, es gehörte zu den Wörtern, die um ihn waren, die er im Sinn hatte, wenn ihm etwas einfiel. Die Definition der *Seelenarbeit* wurde dadurch präziser, daß es hier in der Sprache zu Sinnüberlagerungen kommt. Das *Gemüt,* sagt nämlich der »Brockhaus«, sei *die Innerlichkeit der Seele*, wo sie sich ganz Seele weiß, das Bewußtsein der Seele, wo sie sich über ihre Tiefen erhebt.

Freuds Arbeit ist, wie wir sagten, offensichtlich eine Art klinischer Arbeit an der Sprache. Er beobachtete, was ihm die Sprache durch seine Patienten erzählte, und man könnte dar-

1 Im Deutschen erinnern die Wörter Humor und Melancholie an diese auf das Galensche Modell von den Körpersäften zurückgehende Vorstellung; A.d.Ü.

auf wetten, daß viele von ihrem *Gemüt* redeten – deshalb waren sie schließlich gekommen.

Vielleicht war ihr *Gemüt* ja voll Melancholie, der Freuds berühmter Aufsatz *»Trauer und Melancholie«* gewidmet ist. Im Französischen wird dieser Titel allgemein mit *»Deuil et Mélancolie«* übersetzt, während jedoch in der Trauer das *Traurigsein* mitklingt, hört man in *deuil* nicht *triste.* Aber auch ohne diesen Übergang im Klang führt *deuil* zu *triste,* traurig, und *tristesse;* darin übersteigt der *Sinn* der Sprachen bei weitem die Wortbedeutungen.

Erinnern wir uns an das Beispiel La Bruyères: In ihren Tiefen haben alle Sprachen eine ähnliche Beziehung zum Unbewußten, wäre es anders, könnten sie einander nicht verstehen. Das Deutsche und das Französische verschmelzen tief unten, und selbst an der Oberfläche gibt es keine scharfe Trennung, die Farben stechen nicht voneinander ab, sie fließen fast unmerklich ineinander: Die Sprachen sprechen von denselben Dingen, sie sind nur an verschiedenen Orten, kreuzen aber auf denselben Meeren.

So entspricht *le deuil* der *Trauer, mélancolie* hingegen ist nicht gleich Melancholie, in deutschen Ohren klingt anderes mit. Wer Freuds Text liest, denkt natürlich an Dürers berühmten Kupferstich »Melancolia«, aber in diesem Wort hallt immer die *Schwermut* nach, *l'humeur lourde,* diese Bürde, die so schwer auf der Brust des Melancholikers lastet und an Dürers Gestalt inwendig zu zehren scheint. Freud muß ständig an die *Schwermut* gedacht haben, obwohl sie in seinem Text nicht vorkommt, es kann nicht anders gewesen sein. Und wenn er das Wort *Melancholie* gebrauchte, so haben auch *Wehmut* und *Schwermut* beträchtlich zu seiner Aufklärungsarbeit beigetragen. Hier kommt das Deutsche einem, der es, wie Freud, auf sich nimmt, über die Sprache nachzudenken, ganz sicher zuvor.

Wenn man genau hinsieht, muß man sich fragen, ob Freud sich nicht in der Tat auch darum bemüht hat, an die Oberfläche der Sprache zurückzubringen, was gewöhnlich im gleichsam automatischen alltäglichen Sprachgebrauch untergeht. Es ist, als hätte er die Arbeit der Dichter (Hölderlin, Eichendorff, Goethe u. a.) auf eine wissenschaftliche, medizinische Ebene übertragen; als hätte er, ohne im geringsten den Poeten die Poesie streitig machen zu wollen, auf die gleiche Art, aber auf seine Weise die Ablagerungen der Sprache zu ergründen versucht.

Den Trieb etwa, von dem oben die Rede war, kann man, wie übrigens auch Freud es tut,[1] recht einfach auf das Organische zurückführen, natürlich nur im weiteren Sinn; für das *Streben* gilt das nicht, obwohl es durchaus zu den Alltagswörtern gehört, die einem im Zusammenhang mit Trieb einfallen, und sowohl auf körperliche wie auch auf geistige Phänomene Anwendung findet. Auf französisch heißt *streben tendre*, sich zu etwas hin spannen, strecken, recken, ein gesetztes Ziel mit Nachdruck verfolgen: *Die Pflanze strebt zum Licht; es irrt der Mensch, solang er strebt* (aus Goethes Faust); oder, wie man früher im Gymnasium (wiederum Goethe bemühend) sagte: *Wer immer strebend sich bemüht …*

Streben ist gewissermaßen die Kehrseite von *treiben,* treibt man es jedoch auf die Spitze, treffen sich *das Streben* und *der Trieb* wieder und ergänzen sich. Erst durch *das Streben* erreicht *der Trieb* seinen vollen Sinn, als wäre *der Trieb* der *Unterbau, das Streben* dagegen der *Überbau. Das Streben* erweitert *den Trieb* und trägt ihn auf die Ebene *des Seelischen* empor, wo man, so man nicht genau hingesehen hat, ihn kaum erwarten würde. *Der Trieb* und *das Streben* sind vom

1 Vgl. »Jenseits des Lustprinzips« V, in Sigmund Freud, *Das Ich und das Es und andere metapsychologische Schriften*, Frankfurt/M. 1984, S. 144ff., und »Das Ich und das Es« IV, ebd., S. 192ff.

selben Wesen, aber das *Streben* erreicht das Ziel, zu dem der *Trieb* drängt, am Ende nur über Abweichungen und Umwege.

Mag sein, daß *das Streben* auch Freuds Analyse der Gesellschaft und Kultur vorangetrieben hat, nicht nur durch sein bloßes Vorhandensein sozusagen, sondern auch durch die Art seines Ausdrucks: *Er ist ein Streber,* sagt man, er ist ehrgeizig und will etwas erreichen; *das Streben* aber wird vom *Trieb* angetrieben, das *Ziel* allen Strebens ist der Trieb*zweck,* der Trieb zwingt das Streben, zu erzielen, was er bezweckt, und ich werde gedrängt und angezogen gleichermaßen und bin am Ende doch die treibende Kraft. Im *Streben* holt die Seele den *Trieb* ein: dort, wo Trieb und Streben sich kreuzen.

Zwischen *Trieb* und *Streben* strömen die Fluten der Sprache, und vielleicht ist das *Streben* nichts anderes als das, was Freud *Triebverzicht* nennt. Man versteht den *Trieb* nicht ohne das *Streben*, es ist, als würde sich eins aus dem anderen ergeben. Die *Spaltung* stammt aus dem Gegenüber von Trieb und Streben, sie ist deren Scheidung und Überschneidung.

Diese *Spaltung*, die immer zwischen Trieb und Streben steht, kommt von einem der volkstümlichsten Begriffe: *spalten. Spalten* heißt durchtrennen, *Holz spalten* etwa, aber auch aufmachen, *die Tür einen Spalt weit öffnen.* Die Spaltung klafft mitten in der Sprache, von der Oberfläche bis zum Grund.

Die *Spaltung*, die eine so große Rolle bei Freud spielt – die scharfsinnigen Bemerkungen Lacans dazu sind bekannt –, ist indes keine Freudsche *Erfindung.* Freud hat nur ihren Sinn vertieft, und gerade darum ist, was er über sie zu sagen hat, so bedeutend, denn es ist nicht nur in die *Ordnung* der Sprache eingeschrieben, sondern auch in das Sprechen, das daraus entspringt. Goethes berühmter Vers

»Zwei Seelen wohnen, ach!
in meiner Brust«

ist zweifellos allen Deutschen und Deutschsprachigen geläufig.

Und unter denen, die die Treppe zu Freud hinaufstiegen, gab es vermutlich keinen, der ihn nicht kannte und daher von vornherein das Vorhaben der Psychoanalyse billigte. Die meisten von ihnen hatten wohl auch, möchte man wetten, zum Zwecke der höheren Bildung auf dem Gymnasium Schillers Essays *»Über naive und sentimentalische Dichtung«* und *»Über den Zusammenhang der tierischen Natur des Menschen mit seiner geistigen«* gelesen, in denen den Freudschen Begriffen *Trieb* und *Seele* gleichsam der Weg bereitet wird[1]. Der Einfluß Schillers auf Freud wäre ein gutes Sujet für eine Dissertation, aber da er nicht Thema dieses Buches ist, wollen wir uns mit dieser Bemerkung begnügen und nur noch erwähnen, daß dieser erstaunliche Text Schillers durchdrungen ist von der Idee einer ursprünglichen Einheit, von der auch Freud ausgeht und deren Wiederherstellung er in gewisser Weise mit der Trockenlegung der Zuydersee vergleicht.[2]

In welchem Maß wohl die Vorstellung einer *ungeteilten sinnlichen Einheit* das Denken Freuds geprägt hat? Die Kluft zwischen angeborener Naivität und Suche nach der verlorenen Naivität zeichnet sich ab in der *Spaltung*, die – und davon redet Schiller – die Dichtung in ihrer Gesamtheit durchzieht. Auch von der urspünglichen Einheit redet Schiller: der Naivität, wie sie sich im Genie ausdrückt: »Nur dem Genie ist es gegeben«, schreibt er, »außerhalb des Bekannten noch immer zu Hause zu sein und die Natur zu *erweitern,* ohne über sie *hinauszugehen«,*[3] das Genie ist, wie man sieht, dem Unbewußten ganz nahe, aber es ist auch der Spaltung unterworfen, der *Zerknir-*

1 Siehe »Über den Zusammenhang der tierischen Natur des Menschen mit seiner geistigen«, in *Schillers sämtliche Werke,* Leipzig 1924, Bd. V, Philosophisch-ästhetische Schriften, S. 19ff.

2 In der bemerkenswerten 31. Vorlesung aus der *Neuen Folge der Vorlesungen zur Einführung in die Psychoanalyse,* 31, Frankfurt/M. 1991, S. 81; siehe dazu auch den Kommentar Lacans in *Écrits,* Paris 1966, S. 415–419.

3 »Über naive und sentimentalische Dichtung«, in *Schillers sämtliche Werke,* Bd. V, a.a.O., S. 543.

schung, dieser inneren Verzweiflung, von der Freud in »Trauer und Melancholie« spricht, die Zähne zusammengebissen bis zur *melancholischen Zerknirschung*. Hier, wo Seele und Leib sich treffen, schreibt sich die Mimik ins Innerste der Sprache ein, bei Schiller, bei Nietzsche, bei Freud liegt dem Schreiben diese Einheit von *Leib und Seele* zugrunde.

Und diese verlorene Einheit, die nur das *Genie* manchmal wiederfindet, ist nichts anderes als *Blödigkeit*: Sprachlosigkeit, stumpfsinniges Staunen, in dem die Sprache bis zu diesem stummen Grund versinkt, von dem sie vergeblich zu sprechen sucht und an den der *Denkzwang* sie fesselt. Auch Schreber kannte die *Blödigkeit,* und er wollte doch, wie wir uns erinnern, am Ende Gottes Weib werden (wie der kleine François Augiéras in »L'apprenti sorcier« [»Der Zauberlehrling«] zur »zärtlichen und bezaubernden Gattin seines Priesters« wurde), aber die Worte fehlten ihm, daß er fürchtete, er sei *blöde* geworden und Gott würde sich von ihm abwenden, wenn er auch nur einen Augenblick lang zu denken aufhörte. So zwingt er sich dazu, ununterbrochen zu denken, und kann auf diese Weise *nicht seine Gedanken schweifen lassen*; der *Denkzwang* ist nämlich, sagt Freud, »die uns auch anderswoher bekannte Reaktion gegen die Drohung oder Befürchtung, man werde durch sexuelle Betätigung, speziell durch Onanie, den Verstand verlieren«.[1]

Denn *der Zwang* hindert die Seele am *Schweifen,* hält sie fest, damit sie nicht durch Abschweifungen zu bedauerlichen *Ausschweifungen* verleitet werde. Dort, wo sich *Zwang* und *Schweifen* treffen, dort genau ist die Seele: zwischen Bedrängnis und Fließen. Sie ist da, wo man die Phantasie besser zügelt, damit sie nicht allzu weit *ausschweife* und man nicht dem *Blödsinn* verfalle, der wortlosen Stumpfheit, denn der *Blödsinn* ist nicht weit von der *Blödigkeit,* von der Hölderlin einst sprach: die-

1 »Psychoanalytische Bemerkungen über einen autobiographisch beschriebenen Fall von Paranoia (Dementia paranoides)«, in Sigmund Freud, *Zwei Falldarstellungen*, Frankfurt/M. 1982, S. 122.

sem Zagen, dem das Wort entflieht, weil es zu leuchtend, zu hell, zu klar ist, um die Umwege schicklicher Wendungen zu nehmen: *Blödsinn* und *Blödigkeit* sind nichts anderes als Naivität, ursprüngliche Ungeschiedenheit: Seele ohne Trennung, ohne Spaltung, zu sich selbst gekommen, zur *Seelenwollust,* der Schreber sich am liebsten auf einem Eimer hingab, da er »den Abtritt fast stets besetzt (sic!)«[1] fand. Am Ende ist die *Blödigkeit* ja vielleicht dem Wahren so nahe wie dem Obszönen, und das eine wäre in der Tat nur die Kehrseite des anderen. Hölderlin sagt über die *Blödigkeit:*

»Sind dir nicht bekannt viele Lebendigen?
Geht auf Wahrem dein Fuß nicht, wie auf Teppichen?
Drum, mein Genius! tritt nur
Baar in's Leben, und sorge nicht!«[2]

Sprache ist *Entblößung.* Obszöne Wörter zwingen dazu, sich das von ihnen Bezeichnete vorzustellen, schreibt Freud in seinem Aufsatz über den Witz. Und das ist der Sinn seines Unternehmens: daß die Vorstellungen wieder unschuldig werden und *die Seele See* – nichts anderes bedeutet die Trokkenlegung der Zuyder*see*: Die Seele kehrt ins Meer zurück; Leib und Seele vereinen sich im selben (naiven) Begehren, und die Obszönität ist nur noch dessen (sentimentale) Spur.

Ins Meer eintauchend, ist die Blöße kein obszönes Spektakel mehr. In seinem Aufsatz »Über obszöne Worte« zeigt Ferenczi sehr genau, daß sie für sich ganz harmlos sind und zunächst naiv gebraucht werden, erst mit zunehmendem Alter finden wir die Wörter (sentimentalerweise) obszön, und in dieser Verschiebung zeigt sich die elementare *Spaltung.*

Es ist, als wäre das Obszöne – von seinem schockierenden, das heißt obszönen Charakter befreit – die eigentliche Sprache der Seele. Im Grunde also wollte Freud mit seiner Arbeit die

1 Ebd., S. 166.

2 »Blödigkeit«, in Friedrich Hölderlin, *Sämtliche Werke,* hg. von Friedrich Beißner, Große Stuttgarter Ausgabe, Stuttgart 1951, Bd. 2, S. 66.

Sprache von der Schuld befreien, eine Aufgabe, die schon Schiller als unlösbar erkannt hatte. Die Spaltung zwischen ursprünglicher Naivität und erworbener Sentimentalität versuchte Freud auf dem Umweg über die klinische Entdekkung zu überwinden: Während der Sitzungen auf der Freudschen Couch standen schließlich die Worte und der Gebrauch des Deutschen auf dem Prüfstand. Und die gesamte Arbeit Freuds hatte letztlich nur den Sinn herauszufinden, wovon die Sprache wirklich spricht, was sie eigentlich versteht.

Verstehen könnte also bedeuten, die Sprache *zurückzuführen* auf das, wovon sie spricht. Das Wasser der Sprache ist durchsichtig, verborgen nur von der eigenen Tiefe, birgt es stets nur sich selbst; das ist die Sprache, nichts, was nicht Wasser wäre: *erkennbar* in dem, was sie sagt, entspricht sie sich selbst vollkommen und redet immer vom selben. Freud hat vielleicht nur gezeigt, wie die Sprache mit sich selbst eins ist, wie sie sich gleichbleibt, wie sie ist, was sie ist, ganz und gar.

Sie sollte am Ende ihre Bürde *ablegen, sie sollte geständig werden,* vor die Öffentlichkeit treten und *gestehen,* was sie zu sagen hat. Der Sprache ein Geständnis abringen, vielleicht war das Freuds Streben: dem Ungesagten eine Stimme zu geben *(advocare),* um es zur Sprache zu bringen.

Die Sprache der Poesie aber ist auch die des Geständnisses, durchdringend und undurchdringlich, sagt und verschweigt sie alles, *»chair chantante arquée vers la clé qui t'ouvre et n'est que langue madrigale«*[1].

Sie ist das Singen des Leibes, das vor der Analyse ist und nach ihr, in der sie beschlossen ist und untergeht.

1 »Singender Leib, zum Schlüssel gewölbt, der dich öffnet und nur die Zunge der Sänger ist.« Das stammt aus Claude Michel Clunys wunderbarem Gedicht »Dans les décombres mystérieux d'Éleusis«, in Claude Michel Cluny, *Inconnu passager; Antonio Brocarda à Giorgione: poèmes, 1965–1977,* Paris 1978.

IV.
Das Geständnis auf der Zungenspitze

Immer wieder, in vielen seiner Schriften, hat Freud, wie wir wissen, die wesentliche Bedeutung geschlechtlicher Erlebnisse im Kindesalter festgestellt: »Die Ursache der lebenslangen hysterischen Neurose«, schreibt Freud, »liege in den meist an sich geringfügigen sexuellen Erlebnissen der frühen Kinderzeit«;[1] er sei zu der Einsicht gekommen, »daß die infantile Sexualbetätigung (ob spontan oder provoziert) dem späteren Sexualleben nach der Reife *die Richtung vorschreibt*«;[2] daraus ergab sich »die wirklich überraschende Analogie zwischen diesen unbewußten (in der Kindheit wurzelnden) Phantasien der Hysteriker und den als *Wahn* bewußt gewordenen Dichtungen bei der Paranoia«.[3]

Es geht hier, wie gesagt, überhaupt nicht um das Analytische in Freuds Werk, sondern um das, was Freud tut, wenn er deutsch spricht (deshalb auch die vielen Zitate). Und wenn das, was Freud schreibt, wirklich immer dieselbe Orientierung, dasselbe Zentrum hat, wenn sein Werk daraus seinen Sinn, seine Richtung gewinnt, dann wohl deshalb, weil Freud, wie die Schriftsteller und Dichter, denen er immer die größte Bedeutung beimaß, der deutschen Sprache in ihrem Lauf folgte. Die Kohärenz des Freudschen Werks ist die der deutschen Sprache, Freud macht aus ihr, indem er sie bündelt – worin, wenn nicht im medizinischen Sinn, unterscheidet er sich da vom Dichter? –, gleichsam einen Trichter, auf deutsch

1 »Meine Ansichten über die Rolle der Sexualität in der Ätiologie der Neurosen«, in Sigmund Freud, *Beiträge zur Psychologie des Liebeslebens und andere Schriften*, Frankfurt/M. 1981, S. 69.

2 Ebd., S. 70.

3 Ebd., S. 71.

heißt das *Nürnberger Trichter,* Kindern wurde durch diesen Trichter Wissen eingetrichtert, die Sprache muß da natürlich durch die engste Stelle, da *zwängt sie sich durch,* und es ist nur allzu offensichtlich, daß dabei das Wesentliche hängenbleibt.

Hätte Freud französisch geschrieben, wäre er selbstverständlich anders verfahren, um zum gleichen Ziel zu gelangen, seine Passage durch das Meer der Sprache hätte einen ganz anderen Kurs genommen. Wer weiß, ob dem, was er sagen wollte, eine Übersetzung wirklich gerecht werden kann, am Ende wäre das Übergehen in die andere Sprache besser als das Übersetzen, aber das ist natürlich unmöglich.

Und doch wird durch den *Sinn,* das heißt die Bedeutung und die Orientierung der Übersetzung, ihre *Richtung,* wie Freud sagt, der Faden der Sprache entwirrt. Was aber das Freudsche Unternehmen von dem des Dichters unterscheidet, ist, daß die Sprache in Poesie und Literatur anders an die Oberfläche dringt, als Freud sie dahin drängt.

Gesteht die Sprache freiwillig, oder steht sie unter dem *Geständniszwang,* von dem Theodor Reik[1] gesprochen hat? Das ist das ganze Problem. Je unmittelbarer das Geständnis, desto weniger poetisch ist es auch. Wahrscheinlich hat Freud sich deshalb in den Ozean der Sprache gestürzt, statt sich von seinen Fluten tragen zu lassen.

Freud wollte die Sprache zwingen, ihr Geheimnis zu verraten, zu gestehen, worum sie ständig kreist, um zu erfahren, was die *Grundsprache* zu sagen hat.

Das Deutsche spricht unentwegt von der Kindheit, und mit dem Kind *(enfant)* beginnt auch die Trennung von französischer und deutscher Sprache, denn während *das Kind* (althochdeutsch: *Kind,* Art, Rasse, Geschlecht) von Zugehörigkeit, Herkunft und Abstammung spricht, ist *l'enfant (infans)* sprachlos; im Deutschen setzt sich das Kind gewissermaßen

1 Theodor Reik, *Psychoanalyse und Justiz: Geständniszwang und Strafbedürfnisse = Der Verbrecher und seine Richter: Ein psychoanalytischer Einblick in die Welt der Paragraphen (1929),* Frankfurt/M. 1971.

in der Sprache fort, im Französischen dagegen ist es von der Sprache getrennt und abgeschieden, in sein Schweigen eingeschlossen.

Aus dem Kinde wird ein Mann, sagt das Deutsche auch, die Kindheit geht hier ins Erwachsensein über: »Es gibt ein Werden vom Kind zum Manne«, bemerkte Bergson,[1] der Erwachsene entsteht aus dem Kind, und so bleiben im Deutschen, wie man sagen könnte, die Spuren der Kindheit sichtbarer.

Mag sein, daß diese Sprache, die Gedanken und Gedenken verwechselt, deshalb ein so kurzes Gedächtnis hat, daß sie sich nichts merken kann, vor allem nicht die Verbrechen, die in ihrem Namen begangen wurden, aber auch nicht die kleinen Dinge des Lebens, schon seit Ewigkeiten hängt man den Telefonhörer nicht mehr ein, sondern *man nimmt ab und legt wieder auf*, man dreht oder drückt nicht mehr den Schalter, sondern man *macht das Licht an*. Frisch und immer wieder neu klingt das Deutsche und wiegt sich so im Wahn ewiger Kindheit: Diese Illusion hat sich in der Geschichte bitter gerächt.

Tatsächlich nimmt das Kind in der deutschen Literatur einen bemerkenswert großen Raum ein, ein Unbezähmbares treibt da noch im Meer der Sprache, und Freud hat mit äußerster Aufmerksamkeit hingehört, was es ihm zu sagen hatte.

Wladimir Granoff[2] zeigte, wie hier alles auf der Kippe steht zwischen dem Männlichen und dem Weiblichen, als wäre der merkwürdige Übergang, den dieses Neutrum schafft, kein Zufall. *Das Weib! Du bist meine Frau* ist etwas ganz anderes als *Du bist mein Weib!* Kein Kind würde beides verwechseln. Um diesen Punkt, diesen Tausch zwischen den Geschlechtern, um dieses Neutrum kreist die Sprache.

Auch das ähnlich verwirrende Verhältnis zwischen Scham und Schande ist solch ein Gravitationszentrum des Deut-

---

1 Henri Bergson, »L'Évolution créatrice« (dt. »Die schöpferische Entwicklung«, in *Denken und schöpferisches Werden*. Aufsätze und Vorträge, Stuttgart 1993).

2 Wladimir Granoff, *La Pensée et le féminin*, Paris 1976.

schen. *Die Scham,* germanisch **skem,* verdeckt, verhüllt, verbirgt die Scham. *Scham* heißen nämlich einerseits *die äußeren Geschlechtsteile,* die vom *Schamhaar* bedeckt sind; aber vor allem ist Scham, wie das Wörterbuch sagt, *das Gefühl des Bloßgestelltwerdens,* und aus diesem Gefühl der Blöße erhält das Verb *sich schämen* seinen ganzen Sinn. Einer, der die Blöße nicht fürchtet, ist *ein schamloser Kerl.* Hier sind wir, wie mit dem Wort *das Weib,* im Zentrum der Sprache und der Differenz zwischen den Sprachen: *la honte* ist Scham und Schande gleichermaßen; avoir *honte* (Scham/Schande *haben)* sagt das Französische, *sich schämen* das Deutsche. Das Französische schafft durch das Verbum haben *(avoir)* etwas wie eine Distanz zwischen der (äußeren) Schande und der (inneren) Scham und dem, der beides hat, im Deutschen dagegen ist *sich schämen* rückbezüglich, ein Zustand, der die ganze Seele umfaßt.

Schämen solltest du dich, es ist eine richtige Schande – hier wird zuerst ein Gefühl befohlen, das Kinder nur zu oft haben, dann eine Tat beurteilt, die sichtbar, ruchbar geworden ist. Die *Scham,* die ich empfinde, ist nicht die *Schande,* die ich mache, die eine ist mir eigen, die andere ist mir äußerlich: Unabhängig von der *Schande,* ist die *Scham* mein Gefühl, das mich abgrenzt und einschränkt. Das Französische geht hier viel gewitzter und verschwiegener vor, es läßt der Phantasie einen größeren Spielraum und schützt in einer Art linguistischer Diskretion *la honte* vor sich selbst, die Scham vor der Schande: *La honte,* so Claude Drevet in »Revue de Métaphysique et de Morale« (1969), »ist das ursprüngliche Gefühl, auf unentrinnbare Weise zu sein, was ich gewesen bin: auf Bewährung zwischen Nochnicht und Nichtmehr. Das Ich, das mir die Gegenwart eines Zeugen entdeckt, ist mein äußeres Wesen, das Äußere meines innersten Innern.«

Mit dem Wort *sich schämen* betritt man jenen Bereich des Deutschen, in dem das Sein sich viel abrupter, vielleicht auch radikaler manifestiert als im Französischen. Schon das Wort *sein* selbst weist darauf hin, es wird in der Vergangenheit zu seinem eigenen Hilfszeitwort und macht auf diese Weise jede Distanz unmöglich: *Ich bin gewesen.*[1]

Die Scham, an der George Dandin in seinem Garten fast erstickt,[2] schneidet das Wort ab und knüpft doch unbewußt an anderer Stelle den Faden wieder an. So schürzt sie den Knoten, aus dem die Worte des »Rattenmanns«, der *seine Gedanken ausspricht,* statt sie *auszudrücken,* ihren ganzen Sinn gewinnen. Kurz und gut, die Scham tritt auf, wenn der Sprecher sich dessen bewußt wird, was er sagt, und daraus entsteht auch die Sprache. Dieses Wissen, vor dem sie immer wieder zurückschreckt, macht die Zweideutigkeit vor allem jener Texte aus, die Freud gekannt haben muß.

Kinder kommen darin oft vor, ungeschiedene Wesen auf dem Schnittpunkt von männlich und weiblich, in denen sich die *Spaltung* noch nicht vollzogen hat; sie verleihen der deutschen Literatur ihren besonderen Ton. Und Freud mußte in der Schule zweifellos den »Erlkönig« auswendig lernen, dieses verschwiegenste offenherzige Gedicht Goethes, sicher hat er Joseph von Eichendorffs »Marmorbild« gelesen, wahrscheinlich auch »Ahnung und Gegenwart« und auf jeden Fall »Aus dem Leben eines Taugenichts«.

Eichendorffs Geschichten, wie oft auch die Stücke Marivaux', spielen mit der Verwirrung, mit *confusion* oder gar *trouble,* für die das Deutsche nur eine Übersetzung kennt, nämlich die Verwirrung; es ist, als passierte das Entscheidende in diesen Stellungswechseln der Sprachen, als sollten sie einander nicht begegnen, als müßten sie ihr Inneres unbedingt voreinander verbergen. Der junge Erwin in »Ahnung und Gegenwart«, der Friedrich so tiefgreifend verwirrt hat, entpuppt sich am Ende als Erwine. Goethes Verwirrung hier zu erwähnen ist fast überflüssig, sie kommt nur deshalb so oft in den Freudschen Schriften vor, weil dieser wohl seinerseits vom

1 Im Französischen dagegen tritt wieder haben *(avoir)* als Hilfszeitwort auf: *J'ai été,* ich habe gewesen; A.d.Ü.

2 Vgl. dazu G.-A. Goldschmidt, *Molière ou la liberté mise à nu,* Paris 1973.

ersten Teil des »Wilhelm Meister« verwirrt war. Den roten Faden allerdings fand Freud schon in den »Wahlverwandtschaften«,[1] einem der Bücher, in denen die Stimme des Unbewußten am deutlichsten spricht.

Von seiner Goethe unterstellten *»Selbstverhüllung«* ist in der Einleitung zu Freuds »Selbstdarstellung« die Rede und von dem folgenden Vers aus dem Faust, der Freud leitmotivisch begleitete, als wäre die Sprache insgesamt nichts anderes als diese von ihren Wassern, die sie verbirgt und verdeckt, unscheidbare Oberfläche, aus demselben Stoff wie die von ihr verhüllten Tiefen:

»Das Beste, was du wissen kannst,
Darfst du den Buben doch nicht sagen.«[2]

Von vornherein weiß der Vater von der Schuld des Kindes: Das tust du nie wieder, lautet das väterliche Verbot. Wenn ich dich dabei erwische ... Die *große Freude,* von der Thomas Mann spricht, die höchste Selbsterkenntnis, in der, wie Rousseau gezeigt hat, das Selbstbewußtsein gründet, dieses Wissen versucht der Vater seinem Sohn vorzuenthalten.

Wüßte nämlich das Kind um die Macht, die es über sich hat, wüßte es um den Taumel, in den es sich versetzen kann, würde es buchstäblich den Vater töten; hier berühren wir das Problem des Vatermords, das, wie Marie Moscovici[3] gezeigt hat, im Zentrum des Freudschen Denkens steht.[4] Vater und

---

1 Siehe Sigmund Freud, *Der Witz und seine Beziehung zum Unbewußten,* Frankfurt/M. 1983, Anmerkung 2, S. 18.

2 Ilse Grubrich-Simitis, »Einleitung: Sigmund Freuds Lebensgeschichte und die Anfänge der Psychoanalyse«, in Sigmund Freud, *»Selbstdarstellung«. Schriften zur Geschichte der Psychoanalyse,* Frankfurt/M. 1989, S. 25.

3 Marie Moscovici, »Un meurtre construit par les produits de son oubli«, in *L'Écrit du temps,* 10, Paris 1985.

4 Die Schande, in der Vater und Sohn sich treffen, illustriert hervorragend ein Kupferstich Devérias (»Magasin Pittoresque«, 1857): »Ich verbiete, daß man einen solchen Schnurrbart habe«, sieht man hier den Vater zu seinem Sohn sagen. Freud schreibt darüber explizit in »Moses, sein Volk

Sohn treffen sich in ihrer Scham *(honte)* über diese Schande *(honte)*.

Das unbezähmbar Archaische, von dem Marie Moscovici spricht, das Unerziehbare, von dem hier die Rede war, geht einher mit dem Wissen um die ursprüngliche Schande, das Vater und Sohn in ihrer Scham teilen. Der Grund des Vatermords, und kaum jemand hat wohl die Analyse hier so präzise vorangetrieben wie Marie Moscovici, liegt in einem Rest urtümlicher Rivalität, vor allem aber in der Scham vor dem Blick *des Zeugen*. Das Kind, schreibt Marie Moscovici, »›wird‹ durch den obskuren Prozeß der Identifikation sein eigener Vater« – und hier finden wir in gewisser Weise Lacans »jubilierende Hochfahrt« ebenso wieder wie Rimbauds »erstes Mal«.

Von da an muß das Kind die Beseitigung dieses *Zeugen* anstreben, der es *erzeugt*, gezeugt hat: *seines Erzeugers*. Denn der Vater ist ja *Erzeuger* und *Zeuge* gleichermaßen, er weiß lange vor der »Entdeckung«, was sein Sohn tut. Und die Entdekkung des väterlichen Geschlechts (daraus erhellt sich auch der Sinn der »Genesis«[1]) ist wie ein verborgener Spiegel, in dem das Kind seine eigene künftige Entdeckung sieht.

Die Erinnerung geht daran vorbei. Die *Spaltung* existiert von Anfang an, Vater und Sohn, *Erzeuger* und *Zeuge*, bleiben diesseits und jenseits der *Spaltung*. *Zeugen* ist mit *ziehen*, hervorziehen, ans Tageslicht zerren, verwandt; außerdem ist das deutsche Ohr verführt, im *Zeugen zeigen* zu hören (tat Freud

---

und die monotheistische Religion«, in Sigmund Freud, *Der Mann Moses und die monotheistische Religion. Schriften über die Religion*, Frankfurt/M. 1992.

1 1. Mose 9, 21–23: »Und da er (Noah) von dem Wein trank, ward er trunken und lag in der Hütte aufgedeckt. Da nun Ham, Kanaans Vater, sah seines Vaters Blöße, sagte er's seinen beiden Brüdern draußen. Da nahmen Sem und Japheth ein Kleid und legten es auf ihrer beider Schultern und gingen rücklings hinzu und deckten ihres Vaters Blöße zu; und ihr Angesicht war abgewandt, daß sie ihres Vaters Blöße nicht sahen.«

es auch? Jedenfalls haben die Wörter keine etymologische Beziehung zueinander): Der Sohn hat seinen Vater bloßgestellt und muß nun fürchten, daß der Vater eines Tages *mit dem Finger auf ihn zeigt.*

»Gab es nicht edle Völker, die eine Heirath mit der Schwester billigten? Nennt eure Götter nicht, rief er aus, ihr braucht die Namen nie, als wenn ihr uns bethören, uns von dem Wege der Natur abführen, und die edelsten *Triebe* durch schändlichen *Zwang* zu Verbrechen *entstellen* wollt. Zur größten *Verwirrung des Geistes,* zum schändlichsten *Mißbrauche des Körpers* nöthigt ihr die *Schlachtopfer,* die ihr lebendig begrabt«[1], sagt der Vater Mignons, die einer inzestuösen Verbindung entstammt.

Man sieht hier, in welchem Ausmaß Goethe schon Freud vorweggenommen hat. An unzähligen Stellen seines Werks lassen sich große Teile des Freudschen Vokabulars finden, *Trieb, Zwang, Entstellung* und so weiter.

Freud bewegte sich im Inneren, im Strom der deutschen Sprache, wie er sie dauernd hörte, sprach und las. Was er aber in ihr fand, war in der Tat immer dasselbe, es war mit Händen zu greifen, er hat es nur in Klartext übersetzt: er hat sie, wenn man so will, *dekodiert.*

»Ich las und las«, heißt es in »Ahnung und Gegenwart«, »vieles Dunkle zog mich immer mehr an, vieles kam mir so wahrhaft vor wie meine verborgene innerste *Meynung* oder wie alte, lange *wieder verlohrne* und *untergegangene* Gedanken, und ich vertiefte mich immer mehr.«[2]

Das könnte von Freud sein. Es klingt, als habe die deutsche Literatur, und zwar vor allem in ihren populären Wer-

1 *Wilhelm Meisters Lehrjahre,* in Johann Wolfgang von Goethe, *Werke,* hg. im Auftrage der Großherzogin Sophie von Sachsen, Weimar 1901, Bd. 23, 8. Buch, 9. Kapitel, S. 267.

2 *Ahnung und Gegenwart,* in *Sämtliche Werke des Freiherrn Joseph von Eichendorff,* hist.-krit. Ausgabe, Bd. 3, hg. von C. Briegleb und C. Rauschenberg, Stuttgart-Berlin-Köln-Mainz 1984, S. 156.

ken, nichts Besseres zu tun gehabt, als Freud den Weg zu ebnen, und er hätte nur aus ihren Texten schöpfen müssen, aus der Sprache, die er immer vor Augen hatte.

Im Zentrum des deutschen Imaginären aber steht *das Kind,* weder männlich noch weiblich und doch beides zugleich, *das Kind* spricht aus den Texten Freuds, man trifft es immer wieder, und immer ist es *unerziehbar,* wie Freud selbst anmerkt.[1] Etwas Unbezähmbares spricht vom Grund der Sprache, auch wenn sie noch so viele Worte macht, die Sprache selbst ist unerziehbar, »wie ein Kind, dem man zwanzigmal dasselbe erklärt und das doch nichts von dem, was man ihm sagt, annimmt«,[2] ständig drängt sie den, der sie im Munde führt, von seinen Umwegen, seinen Ausflüchten zurück zu diesem Mal, das er trägt, das ihn prägt. Von diesem Grund der Sprache, aus der Verbindung von männlich und weiblich, spricht auch, was Rilke in seiner dritten Duineser Elegie beschwört:

»Eines ist, die Geliebte zu singen. Ein anderes, wehe,
jenen verborgenen schuldigen Fluß-Gott des Bluts.
Den sie von weitem erkennt, ihren Jüngling, was weiß er
selbst von dem Herren der Lust, der aus dem einsamen oft,
ehe das Mädchen noch linderte, oft auch als wäre sie nicht,
ach, von welchem Unkenntlichen triefend, das Gotthaupt
aufhob, aufrufend die Nacht zu unendlichem Aufruhr ...«
Dies, schließt Rilke, »kam dir, Mädchen, zuvor«.[3]

Zu dieser *Erkenntnis* führt die Sprache immer wieder zurück, zu dieser Entdeckung, die Rousseau im dritten Buch seiner »Bekenntnisse« schildert. In ihrem Ursprung bietet die Sprache hilfreich die Hand, sie birgt das Erstaunen über diese Entdeckung, die auch Jean-Jacques machte und die

1 »Psychoanalytische Bemerkungen zu einem autobiographisch beschriebenen Fall von Paranoia (Dementia paranoides)«, in Sigmund Freud, *Zwei Falldarstellungen*, S. 119.

2 Claude Bernard, *Télérama* vom 18. 1. 1979.

3 Rainer Maria Rilke, *Duineser Elegien*, Frankfurt/M. 1975, S. 21ff.

Rousseaus Wesen und Sprache prägte, als spräche die Sprache mit dieser Stimme.[1]

Ihre Zeichen zu deuten, ohne sie zu verraten, das war Freuds Arbeit an der Sprache: »Wir werden ihn nicht verraten, bezüglich des Mals, das er auf der Stirn hat und das niemand zu sehen vermag außer dem, der davon weiß«, schreibt Kierkegaard über den Cherubin in Mozarts »Hochzeit des Figaro«.[2] Später wird Lautréamont im 1. Gesang des Maldoror fragen: »Seine Stirn, von einigen Furchen gezeichnet, trägt ein unauslöschliches Stigma. Ist dieses Stigma, das ihn vorzeitig altern ließ, würdig oder infam?«[3]

Die Sprache von allem Verräterischen zu befreien, allem Sprechen eine Mitte zu geben und die Spaltung im Ursprung zu überwinden: Vielleicht ist es das, was Freud anstrebte. »Er fürchtete«, schreibt Jean Genet über den Matrosen Querelle, »daß ein Licht aus dem Innern seines Körpers oder aus seinem Bewußtsein ihn beleuchten und die Form seines schuppigen Panzerschildes reflektieren könnte. Dies würde ihn den Menschen sichtbar machen, die ihn dann zur Jagd zwängen.«[4]

Diese Jagd zu verhindern, die Sprache in ihrem tiefsten Grund zu erkennen, das war wohl die Absicht Freuds und der Dichter: der Verfolgung ein Ende zu setzen, die Seele endlich sich selbst zu öffnen, das Männliche mit dem Weiblichen zu versöhnen und das, was bei den Dichtern anklingt, zum Klingen zu bringen. »Er war noch nicht so entwickelt, daß sich an ihm schon das Wesen der Gestalt aussprechen

1 Siehe Jean-Jacques Rousseau, *Bekenntnisse*, aus dem Französischen von Ernst Hardt, 3. Buch, bes. S. 173ff.; siehe Georges-Arthur Goldschmidt, *Jean-Jacques Rousseau ou l'Esprit de solitude,* Paris 1978.

2 Sören Kierkegaard, *Entweder – Oder.* Aus dem Dänischen von Heinrich Fauteck, hg. von Hermann Diem und Walter Rest, München 1975, S. 95.

3 Comte de Lautréamont (Isidore Ducasse), *Die Gesänge des Maldoror.* Aus dem Französischen von Ré Soupault, München 1976, S. 35.

4 Jean Genet, *Querelle.* Aus dem Französischen von Ruth Uecker-Lutz, Reinbek 1974, S. 15.

konnte, die Züge waren noch zu rund und zu weich; aber es deuchte mir, daß er in wenigen Jahren so aussehen würde, wie die Jünglingsgesichter unter den Helmen auf den Steinen aussehen, und daß er dann Natalien noch mehr gleichen würde«, schreibt Stifter über den jungen Gustav in »Nachsommer«.[1]

Dort, wo männlich und weiblich sich kreuzen, steht Freud. »Als Kind glich ihr der Bruder so sehr, daß diese Beschreibung auch auf ihn zuträfe. Sie hatten denselben Teint, die Haut so zart und hell, daß sie in der Sonne leuchtete wie Seide, deren Nuancen zu einem weißen Schimmern verschmolzen«, schreibt A. C. Swinburne über den kleinen Herbert Seyton, der von seinem Erzieher Denham ausgepeitscht wird, weil er seiner Schwester so sehr gleicht.[2]

Das ungeschiedene Begehren wieder ins Recht zu setzen: Das ist der Traum des *Unbewußten,* das tief unten in *der See der Seele* treibt. Das Unbewußte. In dessen Geschlecht, dem Neutrum aller substantivierten Perfektpartizipien, treffen sich auch *das Weib* und *das Kind,* als wäre eins wie das andere, und nur die Sprache setzte die Grenze, die Sprache, über die Karl Philipp Moritz in seinem »Anton Reiser« schrieb: »Die Sprache schien ihm beim Denken im Wege zu stehen, und doch konnte er wieder *ohne Sprache nicht denken«,*[3] und Jacques Lacan, der sie in seinem »Vortrag über die psychische Kausalität« analysierte: »Die Sprache des Menschen, dieses Instrument seiner Lüge, ist ganz und gar durchdrungen vom Problem seiner Wahrheit.«[4]

---

1 Adalbert Stifter, *Der Nachsommer,* Frankfurt/M. 1982, S. 466.

2 Algernon Charles Swinburne, *Lesbia Brandon*; siehe auch das zweite Vorwort zu Swinburnes *Love's Cross-Currents.*

3 Karl Philipp Moritz, *Anton Reiser.* Ein psychologischer Roman, Leipzig 1959, S. 223.

4 »Vortrag über die psychische Kausalität«, aus dem Französischen von Ursula Rütt-Förster, in Jacques Lacan, *Schriften* III, hg. von Norbert Haas, Weinheim-Berlin 1986, S. 141.

Das eben ist die Weisheit der Sprache, die Bände sprechen könnte, wo entschieden wurde, daß sie nichts sagt: Wo Freuds Denken aufhört, könnte das Französische beginnen und den Zuydersee trockenlegen, denn im Französischen ist das Bewußtsein auch das Gewissen, wie jenes innere Gesetz, von dem auch Kant gesprochen hat (ein Problem übrigens, das man eines Tages wirklich in Angriff nehmen sollte). Das Französische jedenfalls scheint seit jeher um die Ungeschiedenheit des Sinnlichen und des Seelischen zu wissen, als wären Seele und leibliches Empfinden ursprünglich eins, als wäre die vertikale Apperzeption, die Erkenntnis des Selbst im Selbst, nichts anderes als der kategorische Imperativ.

Was im Deutschen getrennt ist: *Bewußtsein* und *Gewissen,* ist im Französischen eins: *le conscience.* Auf dieser Verschmelzung von Bewußtsein und Gewissen in einem einzigen Begriff beruhen Jean-Jacques Rousseaus Entdeckungen über die ursprüngliche Einheit. Es ist, als hätte das Französische den Baum des Lebens nicht vom Baum der Erkenntnis getrennt, als existierte die ursprüngliche *Spaltung* an diesem Ort der Sprache nicht.

Es ist vielleicht kein Zufall, daß Rousseau – und die konstitutive Einheit von Bewußtsein und Gewissen – sich französisch ausdrückt und Freud – und die ursprüngliche Spaltung zwischen Bewußtsein und Gewissen – deutsch. Jedes Wort zieht in jeder Sprache andere Wörter nach sich: Dem französischen Wort *conscience,* das Bewußtsein und Gewissen vereint, entspricht *le désir,* das Leib und Seele umfaßt, was *Begierde* und *Begehren* nicht tun. Auf Schritt und Tritt sprechen die Sprachen anders, aber alle folgen ihrem Weg.

Redet nicht der Dichter »anders« mitten in seiner Sprache, als versuchte er, eine andere wiederzufinden? Da treffen sich die Sprachen, seien sie auch jede in ihren Faden verstrickt: wo sie sich kreuzen.

Denn jede Sprache folgt ihrem Faden. Das Französische eint Bewußtsein und Gewissen vielleicht, weil hier nichts grundlegend getrennt ist: Alles wächst da zusammen, entsteht aus dem Miteinander des Erkennens. Die Erkenntnis erwächst aus dem Werden, wie der Begriff aus dem Begreifen. Bewußtsein/Gewissen *(conscience)* und Erkenntnis *(connaissance)* wurzeln hier in ein und demselben Grund.

Im Deutschen dagegen stammt Gewissen von wissen, Erkenntnis aber von können, **uid, videre* (sehen); sie treffen sich zwar (*kunnan,* geistiges Vermögen), aber nicht in ihrem Ursprung, sondern in ihrem Gebrauch: Das Deutsche ist sozusagen beim unmittelbaren, konkreten Gebrauch stehengeblieben, heidnisch möchte man das fast nennen; der Paganismus ist das grundlegende Problem des Deutschen, während das Französische schon die konstitutive Einheit erreicht hat, die Freud anstrebte: die Stufen der Treppen einander anzugleichen.

Das hat seinen Preis, das Französische hat einen hohen Tribut an »Dematerialisierung« entrichtet; aber sieht es dafür nicht schon ein Stück vom anderen Ufer der Zuydersee, wo das *Es* im *Ich* aufgehoben ist?

Freuds Unternehmen im Bereich der Medizin ist im Bereich der Poesie dem Hölderlins vergleichbar, der, wenn auch auf andere Art und in anderem Umfang, dasselbe anstrebte: zum ursprünglichen Sinn der Wörter zurückzufinden.

Die Aufgabe des Dichters, schreibt Pierre Bertaux in seinem Buch über Hölderlin,[1] sei »die Wiederherstellung und Wiedereinsetzung der Wörter in ihre ursprüngliche Bedeutung«. Als einer der ersten habe Herder bemerkt, »wie knechtisch die Sprache geworden«.[2] So servil, so heruntergekommen, wurde sie das kriminelle Idiom par excellence: die Sprache der Nazischergen, das Deutsch, das die NSDAP geschaffen hat, die infamste Sprache, die jemals in die Welt kam, eine Sprache, in der alles Verbrechen und Erniedrigung ist, die auch jener Küstersohn aus *Meßkirch* sprach, der zum

1 Pierre Bertaux, *Friedrich Hölderlin,* Frankfurt/M. 1978, S. 348.

2 Ebd.

Idol neunmalkluger Pariser geworden ist, die in ihrer glücklichen Einfalt nicht wissen, wovon sie reden.

»Donner un sens plus pur aux mots de la tribu«, das wollte Mallarmé,[1] den Worten des Stammes einen reineren Sinn geben – ganz anders und auf klinischem Wege wollte das auch Freud, das macht sein Unternehmen so bemerkenswert und bedeutsam, vielleicht ist das auch der Grund für seinen Widerstand gegen mögliche oder wirkliche Übersetzungen – als müßte man seine Erkenntnisse in einer anderen Sprache eher neu in Worte setzen als übersetzen.

Mag sein, daß seither die Analyse in verschiedenen Sprachen anders spricht, man sieht es an der Unübersetzbarkeit der Wortspiele, daß seither jede Sprache ihre Wahrheit, die letztlich die Wahrheit aller Sprachen ist, auf ihre eigene Weise wiederfinden muß.

Diese Wahrheit, in der der Baum des Lebens und der Baum der Erkenntnis ihre gemeinsamen Wurzeln haben, hat Freud gesucht, damit der Mensch am Ende sei wie das Kind: wenn nicht unbezähmt, so doch ungreifbar. Und hier ist Freud weniger weit von Spinoza und der Erlangung der Glückseligkeit auf dem Wege der Erkenntnis entfernt, als es vielleicht scheinen mag.

1 Zit. nach Pierre Bertaux, *Hölderlin ou le temps d'un poète*, Paris 1983, S. 12.

Wie soll man es loswerden?[1]

»Das eben ist der Fluch der bösen Tat,
daß sie fortzeugend immer Böses muß gebären.«
Schiller, Die Piccolomini 5, 1

Der Diskurs über die Juden

Der Diskurs über die Juden ist moderner denn je und gleicht sich doch aufs Haar – mit dem einzigen Unterschied, daß er bei den Juden von innen kommt, aus diesem jüdischen Sein heraus, das nur sie von innen leben können. Nur der Jude ist jüdisch, er ist auch der einzige, der so *bestimmt* wird.

Deshalb verändert sich dieser »Diskurs« über die Juden, je nachdem, ob er von innen kommt oder von außen.

Denn am Ausgangspunkt steht, wie Jean-Pierre Faye gezeigt hat, daß nur der Jude zum Objekt eines bestimmten Diskurstyps wird, daß nur ihm von Anfang an bis in alle Ewigkeit die Auslöschung droht. Im Abendland existiert der Jude sozusagen nur *durch* seine Auslöschung. Alles, was ein Jude über sein Judesein oder sein Judentum sagen kann, ist deshalb von Anfang an davon geprägt. Als Jude – was auch immer das Wesen dieser Bestimmung sein möge – weiß er, daß er von Anfang an *bedroht* ist. Es gibt keinen Juden, der sich darüber täuschte; jeder Jude weiß von Kindheit an, daß sein Status nur auf Widerruf besteht, daß man ihn früher oder später jagen, verhöhnen, schlagen oder sogar töten kann. Und er weiß, daß das schon immer so war.

1 Dieser Essay, der von Freud ausgehende Überlegungen enthält, wurde zuerst 1984 in der Zeitschrift *Le Coq Héron*, Nr. 92, veröffentlicht, dann in den Band *Quand Freud voit la mer* aufgenommen. Den jüngsten Entwicklungen und umwälzenden Veränderungen durch Claude Lanzmanns später entstandenen Film *Shoah* oder Raul Hilbergs Buch *Die Vernichtung der europäischen Juden* konnte daher in diesem Text nicht Rechnung getragen werden.

Was er sagt oder schreibt, wird notwendig von dieser Bedrohung, die in Erinnerung und Vorstellung stets gegenwärtig ist, geprägt sein, ob er es will oder nicht – und zwar in einem so hohen Ausmaß, daß man sich zum Beispiel fragen könnte, ob nicht das gesamte Werk Freuds von dem Wunsch gezeichnet ist, die Angst loszuwerden, die sich in ihn *verkrallt* hat.

Nun ist es so, daß der Rhythmus der Geschichte das Material dieses Diskurses exponentiell häuft. Die Juden werden die quälende Angst nicht los, und die anderen, die den Diskurs von außen weiterführen, werden die Taten nicht los. Von innen reden heißt darum hier nicht, aus einer sozialen oder religiösen Erziehung heraus sprechen, sondern aus dem Grund dieses Seins, das so befremdend und unfaßbar ist, weil es ein für allemal und unter allen Umständen so ist.

Niemand hat das besser verstanden als die Urheber der Gesetze vom 11. April 1933 und der später erlassenen sogenannten Nürnberger Gesetze, wonach jüdisch war, wer *einen* jüdischen Großelternteil hatte.[1] Wer ein Jude ist, bestimmt – um ein berühmtes Wort zu zitieren – immer der andere.

Als 1941 die ersten großen Massenexekutionen stattfanden, wachte Himmler noch persönlich darüber, daß das Konzept des »Juden« nicht zu eng gefaßt wurde und vage genug blieb, um es möglichst weit ausdehnen zu können.[2]

»Das ist ein Jude«, sagt immer jemand über einen anderen. Jeder »Jude« spricht also aus dem Inneren dieser Bestimmung, die er annimmt, flieht oder zurückweist. Sie bringt ihn in elementare Gefahr.

Der »jüdische Diskurs« wird von dieser Gefahr geleitet – auch der andere kennt diese Gefahr. Zwei Lebenserfahrungen stehen einander gegenüber, die wohlbekannte von Jakob

---

1 Martin Broszat, *Anatomie des SS-Staates*, München 1994.

2 Ebd., S. 307f.

Wassermann: *»Was ein Jude tut, es ist doch immer falsch«*, und die von einem sehr lieben Freund: »Was man auch zu einem Juden sagt oder über einen Juden, immer wird er dir entgegnen: Das ist es nicht!« Was hat das zu bedeuten?

Wie hätten die Juden, die seit jeher einem Diskurs des Hasses ausgesetzt sind, der sich mit den Umständen ändert und immer neue Vorwürfe erfindet, sich darin wiedererkennen und sich dagegen schützen sollen? Mußten die Juden, die seit jeher gezeichnet sind, nicht Spuren davontragen? Aber am Ende, nach zweitausend Jahren, sind die Schmähreden, an die man sich schon gewöhnt hatte, durch Auschwitz, das jedes Maß übersteigt, ins Gegenteil gekippt: Es gibt nichts mehr zu sagen. Es gibt nichts mehr, was man den Juden noch vorwerfen könnte (wenn es denn je so etwas gegeben haben sollte), womit man auch nur dem Anschein nach die Schändlichkeit der Verfolgung verschleiern oder bemänteln könnte: War es im Mittelalter noch möglich, die Juden als Brunnenvergifter oder Wucherer zu verleumden, so gibt es nichts, womit man versuchen könnte, Auschwitz zu rechtfertigen. Jede Anklage, die man gegen die Juden erheben wollte, ist obsolet geworden. Man wird keine Anklage finden, die im Verhältnis zu Auschwitz stünde.

Die ganze Sprache ist von da an verdächtig. Unzählige Diskurse sind angesichts solcher *Fragen* abgebrochen. Es war nicht besonders schwer, der Reihe nach die Vorwürfe der Kirche gegen die Juden zu widerlegen, deren Haltlosigkeit übrigens Léon Poliakov[1] besser als jeder andere gezeigt hat. Und doch wurden sie als Vorwände benutzt, um die Juden in ihrer ganzen Geschichte ständig zu isolieren und zu massakrieren.

Auschwitz aber überschreitet jede Rechtfertigung, jeden Vorwand, jede Entschuldigung, wenn es so etwas überhaupt jemals gegeben haben sollte, und schließt sie mit einem Schlag

1 Léon Poliakov, *Geschichte des Antisemitismus*, 8 Bde., Worms 1977 ff.

aus. Die Auslöschung ist *stumm*. Von keiner Rede davor angekündigt, von keiner danach mehr erwähnt.

Eine schweigende Auslöschung

Wenn auch der Name dieses Komplexes der Auslöschung immer wieder beschworen und das Wort: Auschwitz, immer wieder gesagt wurde, so hat sich doch gezeigt, daß es der menschlichen Rede noch nicht gelungen ist, solch wahnwitzigen Schrecken zu erfassen. Es ist, als wäre die menschliche Sprache von dieser Tat *verschluckt* worden.

Um das Wort »Auschwitz« wurden viele Sätze gemacht, schmerzhafte und schreckliche Sätze, aber alle sprechen sie über Auschwitz in Begriffen, Grammatik und Vokabular aus der Zeit vor Auschwitz; die Mechanik und das Wesen dieser beispiellosen Auslöschung ist jedoch, von wenigen Ausnahmen abgesehen, noch nie ernsthaft untersucht worden.

Diese Auslöschung wurde oft beschrieben,[1] es gibt zahllose Zeugnisse darüber,[2] dennoch ist es bisher nicht gelungen, sie zu erklären und in die zeitgenössische Geschichte zu integrieren.[3] Je mehr sich die Geschichtsforschung bemüht, vom deskriptiven zum interpretativen Stadium überzugehen, desto mehr versucht sie, dieses Problem möglichst weit zu umgehen.

Noch merkwürdiger indes ist das Schweigen der »Gesellschaftswissenschaften«, die doch schon bei ihrer Entstehung

1 Siehe Hans Günther Adler, *Der verwaltete Mensch*. Studien zur Deportation der Juden aus Deutschland, Tübingen 1974; Leo Löwenthal, *Individuum und Terror*, Schriften Bd. 3, Frankfurt/M. 1982; Moishe Postone, »Die Logik des Antisemitismus«, in *Merkur*, 36. Jg., Nr. 403, 1983.

2 Zum Beispiel *De l'Université aux Camps de Concentration*, Straßburg 1947.

3 Léon Poliakov, *Über den Rassismus*, Stuttgart 1979.

meist das Niveau erreichten, das wir seit 1945 gewohnt sind. Es gibt keine theoretische Studie über Auschwitz, diese *Tat* ist – im Gegensatz etwa zur Atombombe – kein zentrales Thema zeitgenössischen Denkens.

Die Auslöschung ist von einer merkwürdigen Diskretion umgeben; jeder weiß ungefähr, was los war – oder besser, alle wissen es nur zu genau. So monströs aber ist diese Tat, daß sie sich nicht in die menschliche Rede einbeziehen läßt; die Auslöschung von Auschwitz ist außerhalb der Sprache. Als wären sie sich dieser Monstrosität vollkommen bewußt gewesen, waren selbst die Anstifter des Unternehmens stets darauf bedacht, es nach Möglichkeit zu verschleiern; sie nannten es *»die Endlösung«* – eine ungeheure Perversion der Sprache, über die man sich bis heute offenbar wenig Gedanken gemacht hat.

Über Auschwitz redet man nur mit der äußersten Beklemmung, es ist so ungeheuerlich und maßlos, daß es sich den Worten verweigert. Bis dahin ging man gewöhnlich davon aus, daß nur das individuelle Schicksal unsagbar ist, daß es keine Worte findet – der Unschuldige, der angeklagt wird und seine Unschuld nicht beweisen kann, ist eine Hauptfigur der menschlichen Phantasie: Das Theater inszeniert solche Situationen, als bezöge es daraus seine Existenzberechtigung, und auch die Literatur ist voll vom Unrecht geschlagener Gestalten, deren Unschuld außer ihnen nur der Leser kennt.

Bisher hat es kein historisches Ereignis gegeben, das so weitreichend gewesen wäre und so wenig nachweisbar: Die Opfer sind verschwunden und die Worte mit ihnen. Jean Cayrol sagte in *Lazare parmi nous:* »Es gibt nichts zu erklären. Die Konzentrationslager wurden von ihren Opfern auf unterschiedliche Weise durchlitten. Manche sind daran gestorben, andere sterben langsam, von der Rückkehr abgeschnitten, und altern verpuppt in einem halb verloschenen Schrecken.«

Nichts Schrecklicheres und Ergreifenderes als die unbeteiligte Stimme Jean Cayrols. Das ist das Schicksal der Juden: getilgt. Von diesem Zeitpunkt an leben sie, ob sie wollen oder nicht, jenseits der Auslöschung; durch diese Operation, die sie in Rauch aufgehen ließ, zerfiel alles zu Asche, Verflüchtigung der Worte, Auslöschung der Auslöschung.

Die Auslöschung auslöschen

Noch einmal: In ihrem Nichtvorhandensein sind die Juden Opfer einer in der Geschichte beispiellosen Tat. Man pflegt weiter den Diskurs über die Juden, der sie unverändert, unwandelbar bestimmt, während man die monströseste Tat der Weltgeschichte ausradiert.

Der Antisemitismus kann durch diese Maßlosigkeit, diese exponentielle Häufung seine Negation erreichen: den abscheulichsten Auswuchs dessen, was sie leugnet; denn das ist deren letzte Konsequenz: Auschwitz hat es nie gegeben – also kann es auch beliebig viele, immer effizientere geben, die dann niemals existiert haben werden.

Die Negation, diese unglaubliche und zweifellos letzte Etappe des Genozids, gleicht dem Genozid aufs Haar: Sie tilgt das Objekt ihrer Rede, nichts bleibt davon übrig: Unerträglich geworden, wird es aus dem Weg geräumt; auf der anderen Seite die Sprache der Infamie: der Holocaust! Die Opfer in der Negation so sehr verleugnet, so sehr absorbiert, daß sie die Sprache der Henker sprechen. Welche Schmach, von Holocaust zu reden, wo nur *Industrie* war, Todesfabrik, bürokratischer Terror! Holocaust heißt: einem Gott opfern. Wer von Holocaust redet, verneigt sich vor einem Priester! Wer wäre so vermessen, nach Auschwitz noch an einen Gott zu glauben? Die Welt ist tot, und man spricht noch von Holocaust!

Manche mögen dieses Gejammer über die Heraufkunft des Nichts zum Lachen finden; wann endlich wird man verstehen, daß Auschwitz die endgültige, unwiderrufliche, letzte

Auslöschung war, von der an jeder Wortgebrauch ein Mißbrauch ist? Haben die Opfer es noch nicht begriffen, daß die Henker in ihrem Haß sogar Gott töten konnten? Das war es, was Heine und Nietzsche damals meinten, als sie den Tod Gottes verkündeten.

Ein schwarzes Loch, die Leere ist nun an die Stelle des verschwundenen Gottes getreten: Auschwitz spielt in unserer Zeit die Rolle, die man umgekehrt in früheren Gesellschaften Gott zuschrieb. Das Verschwinden ist das Zeichen unserer Zeit.

Die Endlösung

Es ist doch aufschlußreich, daß Auschwitz zeitlich genau mit dem Verlöschen des Christentums zusammenfiel, das, um sich in seiner ganzen Pracht zu zeigen, die Juden kleinhalten mußte, jedoch – soweit bisher bekannt – keine Endlösung vorsah. In der Tat ist es merkwürdig, daß Konzept und Realisierung der quasi wissenschaftlichen Ausmerzung der Juden unter Hitler in dem Moment in Angriff genommen wurden – und zwar zum Preis von Anstrengungen und materiellen Aufwendungen, die womöglich zur schnelleren Niederlage des Nationalsozialismus beigetragen haben –, als der Niedergang des Christentums vollkommen, sein Schiffbruch endgültig war.

Ebenso merkwürdig ist es, daß Auschwitz, das die abendländische Zivilisation in ihren Grundfesten erschüttert hat, so wenige Spuren hinterließ. Es gibt kein »Ereignis« unserer Zeit, das so ungeheuerlich ist und gleichzeitig so »geheim«, so unsichtbar, dem Blick entzogen.

Es ist, als sollte die Flut historischer Beschreibungen (die den außergewöhnlichen Anstrengungen der Bundesrepublik und der deutschen Verleger zu danken ist), darüber hinwegtäuschen, daß man grundsätzliche Überlegungen nicht anstellen konnte, weil sonst vielleicht ALLES in Frage gestellt worden wäre. Historisches und philosophisches Denken haben jede Erforschung dieses Sujets geradezu panisch gemieden, als würde durch Auschwitz buchstäblich jeder Gedanke untergraben, ausgehöhlt, zunichte.

Es ist, als hätte die Maschinerie von Auschwitz all diese Fragen verschluckt, als wäre diese Manifestation an sich der abendländischen Technik *an sich* unansprechbar. Dieses Phänomen ist in einem Maße unerhört, daß es sich selbst absorbiert und keine Spuren hinterläßt: In Auschwitz sollten die Juden spurlos verschwinden, und in logischer Konsequenz ist Auschwitz selbst spurlos verschwunden.

Es ist buchstäblich nicht zu fassen, daß man unter allen historischen Ereignissen gerade die Existenz von Auschwitz zu leugnen versucht – als trage Auschwitz tatsächlich seine eigene Negation in sich. Und über diese Negation müßte man wirklich grundlegend nachdenken.[1]

Könnte Auschwitz die logische Konsequenz eines ganzen Teils der abendländischen Zivilisation sein? Diese Frage ist so unerträglich, daß man sie lieber verneint, als auch nur im entferntesten daran zu rühren; versuchte man, darauf eine Antwort zu finden, müßte man womöglich zu vieles in Frage stellen. Besser, man verschließt die Augen, wenn man nicht seinen Seelenfrieden aufs Spiel setzen will.

Das Nachdenken über Auschwitz könnte dazu zwingen, alles Verdrängte, alles, was im Lauf der Geschichte ausgeklammert wurde, ans Licht zu holen. Es könnte dazu zwingen, das Jammern und Wehklagen der Millionen und Abermillionen durch alle Zeiten Verfolgten und Gefolterten mitanzuhören, denn noch immer hallen die Angst und die Qualen jener, die auf die Scheiterhaufen Europas geschleppt wurden, verborgen in uns nach. Sind diese Morde wirklich alle folgenlos geblieben? Kann es sein, daß einfach nichts geschehen ist? Ist es möglich, daß die Millionen un-

1 Und zwar über die Fragen hinaus, die Pierre Vidal-Nacquet und Iov Tiar in »La Mémoire d'Auschwitz«, *Esprit* 9, 1980, gestellt haben.

schuldig Verurteilter, unter denen die Juden immer Vorrang hatten, tot sind, ohne irgendeine Spur hinterlassen zu haben?

Befremdendes Schweigen zu diesem Thema im Abendland: Die jahrhundertelange Verfolgung von Juden in ganz Europa hat keine sichtbaren Spuren hinterlassen, die »großen Schriftsteller« – mit Ausnahme von Montaigne, Rousseau und einigen bedeutenden Juristen – haben offenbar ihre Zeit nicht damit vergeudet, viele Worte um solche Belanglosigkeiten zu machen.

Die Frage muß wohl anders gestellt werden: Wo soll man die Spuren dessen suchen, was spurlos verschwunden ist? Eine Spur ist geblieben, unauslöschlich und untilgbar: der Judenhaß oder Antisemitismus. Da an ihm über zweitausend Jahre unbeirrbar festgehalten wurde, muß er sich gravierend auf die Struktur des Denkens überhaupt ausgewirkt haben.

»L'impensé radical« / Das radikal Ungedachte

Das gesamte abendländische Denken, könnte man meinen, wurzelt in diesem eingefleischten Wahn, in dieser Besessenheit – wenn nicht des Christentums, so doch der Kirche, ob katholisch oder evangelisch[1] –, die nur einen Inhalt hat: die Juden. Unvorstellbar, daß dieser Wahn das Denken nicht zutiefst geprägt hat, wo es sich so ausführlich und beharrlich immer demselben Gegenstand zuwandte. Vielleicht ist der »Antijudaismus« gewissermaßen der Brennpunkt des abendländischen Denkens, vielleicht ist er dessen unbewußtes, noch unerkanntes Wesen.

1 *Die Juden als Minderheit in der Geschichte*, hg. von Bernd Martin und Ernst Schulin, München 1981; Léon Poliakov, *Geschichte des Antisemitismus*, a.a.O.; Rudolf Pfisterer, *Juden und Christen*, Gladbeck o.J.

Und was hat das zu bedeuten? Wie konnte ein so starker, so beständiger, so wirksamer Antrieb so ohne jede Erläuterung und Erklärung bleiben? Ist es nicht merkwürdig, daß das schreckliche »Adversus Judaeos« eines gewissen Johannes Chrysostomus sich seit 386 n. Chr. wie ein ewiges Leitmotiv durch alle Schriften des Abendlandes zieht? Warum ist das so? Léon Poliakov hat in seiner »Geschichte des Antisemitismus« das grauenhafte Inventar eines so unermeßlichen wie unveränderlichen Diskurses aufgestellt, und diese ununterbrochene Wiederholung wirft zwangsweise einige Fragen auf.

Unvorstellbar, daß diese ständige Wiederholung keinen Widerhall fände in der Welt, in der Zeit, in der sie sich immer wieder Gehör verschafft. Man könnte meinen, das gesamte abendländische Denken kreise immer schneller und immer konzentrierter um einen einzigen Pol, den diese ständige Wiederholung markiert. Michel Foucault beschreibt hervorragend, wie im 17. Jahrhundert eingesetzt wurde, was zur modernen »Technik« werden sollte; und der industrielle Komplex von Auschwitz veranschaulicht ihren Mechanismus so perfekt, daß sich zumindest die Frage aufdrängt: Ist Auschwitz der tiefste Grund der abendländischen Technik? Besteht etwa eine Verwandtschaft zwischen dem, was in Auschwitz geschehen ist, und einem Aspekt der Technik, nämlich ihrer Entwicklung ohne Rücksicht auf die Bedingungen dieser Entwicklung?

Jede technische Entscheidung von einiger Bedeutung hat anscheinend Rücksichtslosigkeit gegenüber den Faktoren und dem Stand der Dinge zur Voraussetzung, die vor ihr waren. Die technologische Implantierung des industriellen Zeitalters war wesentlich durch ihre Verbindung mit Erzeugnissen gekennzeichnet, die in keiner Weise berücksichtigten, was man heute gemeinhin Umwelt nennt. So führte etwa die Industrialisierung der europäischen Landwirtschaft, auf Frankreich bezogen, praktisch zur systematischen und planvollen Vernichtung sehr alter Landschaften. Das wirft eine Frage auf, die natürlich nicht beantwortet werden kann: Ist die *Vernichtung* dieser jahrhundertealten Landschaften zufällig, oder ist die *Vernichtung* als solche gewissen Formen der zeitgenössischen Technik inhärent?

Gibt es eine Beziehung zwischen den Mechanismen der Vernichtung, die die Technik und Auschwitz hervorgebracht haben? War Auschwitz demnach in gewisser Hinsicht der Endpunkt einer inneren Entwicklung? Und diese ihrem Wesen nach mit dem Judenhaß verbunden?

Ein großes Schweigen

Dieses Problem muß schon sehr grundlegend sein, sonst würde es wohl nicht so sorgsam umgangen. Und doch ist es erstaunlich, wie selbst in dem Raum des Denkens, in dem wirklich alle Epochen ihren Platz haben, wie sogar in der Philosophie seit 1945 jede Annäherung an dieses Thema, und sei sie auch noch so indirekt, panisch gemieden wird!

Warnende Stimmen aber hat es gegeben, etwa Edmund Husserls »Krisis der europäischen Wissenschaften und die transzendentale Phänomenologie«,[1] wovon sogar in französischen Buchhandlungen eine erste, gekürzte Fassung[2] vorliegt. Darin ist schon alles gesagt, man müßte es nur lesen.

1945 erschien in einer amerikanischen Zeitschrift ein kurzer, aber wichtiger Essay von Leo Löwenthal, »Individuum und Terror«, der dann in der ersten Nummer der Zeitschrift Merkur und als Buch bei Suhrkamp (beides 1982) veröffentlicht wurde;[3] dieser Text ist offenbar bis heute nicht ins Französische übersetzt.

---

1 Edmund Husserl, »Die Krisis der europäischen Wissenschaften und die transzendentale Phänomenologie«, Hamburg 1977.

2 Edmund Husserl, *La crise de l'humanité européenne et la philosophie*, Republications Paulet, April 1968.

3 Vgl. Fn. 6, S. 172.

Das ist auch schon fast alles, denn der, den man in Frankreich, wo man (glücklicherweise) keine Ahnung von den deutschen Angelegenheiten hat, für den größten Philosophen moderner Zeiten hält, hat sich ebenfalls gehütet, dieses Thema anzusprechen. Denn dieser Martin Heidegger, der seinerzeit der größte Denker war, hat natürlich viel über die Technik nach 1950 geredet, aber niemals über deren extreme deutsche Konsequenz: Auschwitz.

Sein ganzes Œuvre hüllt sich zu diesem Problem in geradezu panisches Schweigen. Unter den Philosophen, die sich, besonders in Frankreich, auf ihn berufen, gibt es keinen einzigen, der sich getraut hätte, das Thema anzusprechen. Im Rahmen der zeitgenössischen Philosophie wird nicht einmal versucht, über dieses Thema profund nachzudenken.

Es gibt nur zwei Möglichkeiten: Entweder ist dieses Problem wesensmäßig der Philosophie verschlossen, an sich *unzugänglich* – dann allerdings hätte sich die Philosophie sofort auf dieses Faktum, das nur sie erkennen kann, stürzen und es heftig hinterfragen müssen –, oder diese Philosophen haben es vorgezogen, über das Problem, das ja auch wirklich ein bißchen peinlich ist, gar nicht erst zu reden.

Warum sollte sich die Philosophie mit einem so läppischen Thema abgeben, wo es doch ohnehin bloß um Juden oder Zigeuner geht? »Das beste ist, sich nicht darum zu kümmern«, soll dieser Heidegger wohl zu einem französischen Philosophen aus der Creuse gesagt haben.[1] Der Philosoph aus Meßkirch aber hat praktisch alle seine Ideen »gepumpt«, seine Gedanken aus der jüdischen Kabbala, die er durch Duns Scotus und Origenes besser kannte als jeder andere; daher war er natürlich nicht daran interessiert (wir wollen schließlich alle leben), seine Quellen offenzulegen[2] wie man

1 Rubercy-le-Buhan, *12 questions à J. Beaufret*, Paris 1983.

2 Inzwischen ist über dieses Thema das grundlegende Buch von Marlène Zarader – *La dette impenseé* (Heidegger und das hebräische Erbe) erschienen – 1990 Paris.

an der Universität sagt. Darüber hinaus jedoch, und das ist ein viel weiteres Feld, ist vielleicht die ganze »deutsche« Philosophie nichts anderes als ein Versuch, stillschweigend ihre jüdische Natur loszuwerden.

Der Ort des Verbrechens

Vielleicht ist es in der Tat nur ein Betriebsunfall der Geschichte, der Deutschland mit dem absoluten Verbrechen verschwistert hat. Das germanische Wesen war, seit es die Schwelle der Geschichte überschritten hatte, besonders aber seit der Zeit Luthers, stets mit der geistigen Präsenz der Juden im Reich konfrontiert.

Die Deutschen (das ist ein so abgedroschenes Sujet, daß es fast überflüssig ist, darauf zurückzukommen) haben sich verspätet und nur zum Teil in die christliche Welt eingefügt, vielleicht auch, weil sie sich ständig mit irgendeiner Ketzerei herumschlagen mußten. Jedenfalls neigt das deutsche Denken ganz besonders dazu, Schuldgefühle in Vorwürfe gegen andere umzumünzen.

Das Frappierendste an der Entwicklung dieses Denkens seit Kant ist seine *Radikalität*, zum Beispiel bei Hegel. An den Überlegungen zum Deutschtum ist schon bei Fichte und Schelling stilistisch wie thematisch eine ungeheure Verdrängung zu beobachten, die immer offener und klarer zu Tage tritt und zur Zeit Hitlers ihren Höhepunkt erreicht. Auf diese Zeit wird der vorliegende Essay sich beschränken, er kann auch, wie wir hier festhalten wollen, nicht mehr leisten als einen in jeder Hinsicht kurzen Überblick. Jeder Anspruch auf eine erschöpfende Behandlung hieße bei einem Thema dieser Größenordnung, sich selbst vollkommen zu überschätzen.

Daher soll hier auch nicht auf die theologische Auseinandersetzung mit dem Judentum in Europa eingegangen werden, die sich mit Pascal zu einsamer Höhe erhob (seine

»Pensées« enthalten zweifellos die tiefsten und schönsten Gedanken, die je ein Katholik über die Juden zu Papier gebracht hat[1]). In den deutschen Ländern ist diese Auseinandersetzung alltäglich. Die Juden, die von Anfang an im Reich lebten, haben hier seit jeher als Ventil und Sündenbock gedient. Diese Feststellung wäre ziemlich banal, wenn es sich nicht um Deutschland handelte, dieses Land, wo religiöse Probleme schon immer aufs engste mit einer fest umrissenen Gruppe von Problemen der »kollektiven Psychologie« zusammenhingen. Das ist zwar für sich genommen auch nicht besonders bemerkenswert, in Deutschland aber – und das ist das Entscheidende – wird es übertrieben und übersteigert bis zur Karikatur. Auf diese Weise *offenbaren* die deutschen Probleme vielleicht die Krise des modernen Abendlandes, die in Auschwitz kulminierte.

Die Gegenwart des Verbotenen

Ein kleiner Umweg über die Literatur ist hier nötig, um zu dem zu kommen, worum es geht – denn nirgends werden doch die Mentalitäten deutlicher als in der Literatur. Die französische jedenfalls beschäftigt sich selten mit Gewissensproblemen und Seelenqualen – in dieser Hinsicht ist sie mindestens bis 1960 von erstaunlich guter Gesundheit.

Das kann man von der deutschen nicht unbedingt behaupten. In keiner anderen Literatur spielen Schuldgefühle und Verbote wohl eine so wesentliche Rolle wie in der deutschen. Bei fast allen Schriftstellern von einiger Bedeutung nehmen Selbstanklagen und Gewissensbisse einen ungeheuren Raum ein. Nur Goethe bildet hier eine – wenn auch überragende – Ausnahme, und eben deshalb können ihn die Deutschen im Grunde nicht ausstehen. Kaum einer schaffte es, sich dem zu entziehen, und seit Luthers Hämor-

1 Etwa 610, 619, 620, 628, 631 (nach der Einteilung von Brunschvicg).

rhoiden liegt den Deutschen ihre Seele besonders schwer im Magen.

Von Adam Bernd über große Schriftsteller wie Jung-Stilling oder Karl Philipp Moritz bis zu Reinhold Lenz sind Selbstanklage und Selbsthaß immer wiederkehrende Leitmotive. Kleist, Klinger, Hebbel – lauter zerrissene Seelen, bis heute, bis zu Hermann Hesse oder Arno Schmidt.

Je schwerer aber die Schuld zu ertragen ist, desto heftiger entlädt sich die Anklage – gegen den Juden. Das war von Anfang an so, dazu ist der Jude ja da. Die antisemitischen Ausfälle sind ohne Zahl, bei Luthers »Die Juden und ihre Lügen« angefangen, lassen sie sich bis ins Innerste der deutschen Philosophie, bis zu Fichte oder Schopenhauer verfolgen.[1] Sie aufzuzählen lohnt nicht, wichtiger ist es, sich über ihren Ursprung Gedanken zu machen, und das könnte uns mitten in die Psychoanalyse führen oder auch zu deren Wurzeln.

In dieser deutschen Literatur, besonders in den romantischen Erzählungen Eichendorffs, Tiecks, Arnims und vieler anderer, treten auffallend viele bleiche, blasse Knaben von gleichsam weiblicher Schönheit auf. Sie sind in der Gewalt von Dämonen, die sie vergeblich zu beherrschen suchen, mutieren allerdings bald zu Turnern und deutschtümelnden Fanatikern.

Die Bedeutung der homosexuellen Anteile ist so fundamental und so offensichtlich, daß man annehmen könnte, sie seien jener besonders heftigen Verdrängung zum Opfer gefallen, um die sich der nationalsozialistische Wahn konstituiert hat.

Turner- und *Männerbünde* sowie die zu Beginn des Jahrhunderts ausschwärmenden *Wandervögel*, diese famose Jugendbewegung, der immerhin die berühmten Jugendherbergen zu verdanken sind, spielten in der Entstehungsgeschichte

1 Siehe Léon Poliakov, *Geschichte des Antisemitismus*, a.a.O.

des Nationalsozialismus eine ungeheuer wichtige, aber (zumindest in Frankreich) vollkommen verkannte Rolle. Die Nazis versuchten die Emanzipationsstrebungen homosexueller Jugendlicher, die in diesen Verbindungen vorwiegend zum Ausdruck kamen, gleichermaßen zu vereinnahmen und zu unterdrücken. Das führte schließlich dazu, daß nach der Liquidierung Röhms durch Hitler die Homosexualität zur großen Obsession des Regimes wurde. Mit rosa Dreiecken versehen, kamen die deutschen Homosexuellen in dieselben Konzentrations- oder Vernichtungslager wie die Juden.

Das unsagbare Begehren

Wer den zweiten Teil von Goethes »Faust« erneut liest, wird am Ende des fünften Akts (*Grablegung*) mit einer unverhüllten Eloge auf die Knabenliebe konfrontiert, die Goethe allerdings Mephistopheles in den Mund gelegt hat. Dieses Begehren durchzieht die Tiefen der deutschen Literatur und äußert sich, wie wir gesehen haben, allenthalben, von E.T.A. Hoffmann[1] bis zu Hermann Hesses *Peter Camenzind*. Es macht sich um so stärker bemerkbar, als die Pubertät bei deutschen Jugendlichen verzögert eintritt, manchmal erst mit sechzehn oder siebzehn Jahren, und viel länger dauert als etwa bei den Franzosen. Um so bedrohlicher wird auch die Verwirrung der Gefühle.

Dann schlägt diese Angst des verweichlichten Knaben um, etwa in militärische Besessenheit; die Affäre Kießling, die vor kurzem publik wurde, war nicht der erste derartige Skandal in Deutschland: Ohne auf den Fall Katte[2] einzuge-

1 Siehe *L'Écrit du temps*, Nr. 3, das dem *Unheimlichen* gewidmet ist.

2 Hermann von Katte (1704–1730) war der Geliebte des jungen Friedrich II. und plante eine Flucht mit ihm. Der Vater Friedrichs II. ließ ihn vor dessen Augen enthaupten. (Bekanntlich hat Friedrich II. auch als erster

hen, erinnern wir uns an die Affäre Eulenburg, die übrigens beinahe zur Abdankung Wilhelms II. geführt und damit vielleicht den Frieden gerettet hätte,[1] oder die Affäre von Fritsch (1934), die zwar auf einer Verwechslung beruhte, aber immerhin dazu diente, den deutschen Generälen ihre letzten Widerstandsneigungen auszutreiben, sofern sie überhaupt noch welche hatten.

Dieses heftige Begehren, das man damals keinesfalls eingestehen durfte und das im § 175 des Deutschen Strafgesetzbuchs noch 1970 unter Strafe gestellt war (mit Ausnahme von Bayern und Berlin), muß nun einer um so stärkeren Verdrängung und Übertragung anheimfallen. Die Sprache gibt uns hier einen Wink durch ganz simple, alltägliche Wörter, die sich jedoch geradezu analytisch verbinden.

Man sagt einerseits: »*den inneren Schweinehund in sich abtöten*«, und meint damit die Auslöschung aller Neigungen, »Triebe«, Wünsche, die den Imperativen der »*Pflicht*« zuwiderlaufen, dieser furchtbaren, schuldbeladenen Pflicht, einem Fundament der modernen deutschen Gesellschaft, der man um so pflichtschuldiger gehorchen muß, je schwerer es fällt und je mehr Opfer es fordert. Andererseits nennt man den Juden *Judensau*. Und zu einem Saukerl oder Schweinehund, der obszön redet, sagt man schließlich: »*Du bist eine Sau.*« Damit sind unter dem Begriff des Schweins das Animalische, das Weibliche und die Juden erfaßt, die all das verkörpern, was man verdrängen wollte!

Daran wird deutlich, in welchem Ausmaß das Verdrängte und der Judenhaß in der Sprache zusammenfallen, was durch das zunehmende Wechselspiel zwischen Unterdrükkung und Zunahme des Begehrens, das die Errichtung der

europäischer Herrscher am Tag seiner Machtübernahme 1740 die Folter abgeschafft.)

1 Die merkwürdige Affäre Eulenburg wurde von dem Journalisten Maximilian Harden ausgelöst; siehe dazu Hans Mayer, *Außenseiter*, Frankfurt/M. 1975.

deutschen Nation begleitete, noch verstärkt wird. Auch das sagt schon die Sprache: »*Was verboten ist, das macht uns gerade scharf.*«

Die Tragik der Juden besteht darin, daß sie, wie man weiß, mehr als andere zur Errichtung dieser Nation beigetragen haben; die Figur des Jadassohn in Heinrich Manns »Untertan« ist vollkommen glaubwürdig. Sie fügten sich so sehr in diese Gesellschaft ein, die sie später vernichten sollte, daß sie sogar einen der hervorstechenden Züge ihrer Umwelt übernahmen: Sie entwickelten den vielzitierten, von den Deutschen so oft verspotteten *jüdischen Selbsthaß,* wofür der bedauernswerte Weininger (eine göttliche Überraschung für die Pariser Intelligenz) nur ein Beispiel bietet. Die Juden in Deutschland trugen zweifellos zur Grundlegung eines Regimes bei, das sie zum Genozid verdammen sollte. Es bleibt unvergeßlich, wie rührend die deutschen Juden sich und ihr Bestes den Deutschen antrugen, ohne daß ihnen das vergolten wurde.[1] Das ist eines der tragischsten Mißverständnisse der Geschichte.

Die Bedingungen einer Analyse

Die enorme Expansion der deutschen Länder, die starr und unbeweglich blieben, obwohl es zur selben Zeit in ihnen heftig gärte, die Reibereien zwischen dem Deutschland der *Gründerzeit* und dem alten österreichisch-ungarischen Reich, die außerordentlich starken, deutlich spürbaren sozialen und psychischen Entladungen lassen vermuten, daß die Psychoanalyse nicht zufällig in dieser Epoche und in dieser Sprache auf die Welt gekommen ist. Es ist, als beruhte das Unternehmen Freuds – wie das Nietzsches – dar-

1 Siehe Gershom Scholem in *Judaica,* Bd. 2, *Juden und Deutsche,* Frankfurt/M. 1987.

auf, daß er die drohende Gefahr ahnte und sie zu entschärfen versuchte.

Vielleicht lag dem Freudschen Unternehmen das vage Bewußtsein zugrunde, daß sich die Auslöschung anbahnte. Vielleicht versuchte die Psychoanalyse, dem Unabwendbaren zuvorzukommen. Dabei drängt sich noch eine andere zeitgenössische Warnung auf: »Es ist das untere Ich, das zur Oberfläche steigt. Es ist die äußere Kruste, die dem unwiderstehlichen Druck nachgibt und birst. In den Tiefen des Ichs also und unter den ganz vernünftig gesetzten Argumenten brodelte es, und so stieg die Spannung von Gefühlen und Ideen, die sicher keineswegs unbewußt waren, wir aber wollten nicht darauf achten«, schrieb Bergson 1889, einige Jahre vor der Geburt der Psychoanalyse.[1]

Die Psychoanalyse war der Versuch, davor zu warnen; deshalb ist der übrigens sehr pariserische Diskurs, der die Psychoanalyse zur »jüdischen Disziplin« macht, in seiner Niedertracht so dumm und stumpf. Vielleicht ist die extreme Sensibilität für eine drohende Gefahr wirklich zum Charakteristikum einiger jüdischer Intellektueller geworden, aber die Rede von einer »jüdischen Wissenschaft« beweist ein vollkommenes Mißverstehen der Situation dessen, der von seiner jüdischen Bestimmung aus denkt: Immer wird in ihm das Verdrängte der anderen siegen; das bedeutet wohl, es wird durch ihn offenbar, vielleicht kann man es erkennen, vielleicht sogar entschärfen.

Die Psychoanalytikerin Alice Miller erläutert das hervorragend in einem Buch, das in Deutschland eine bemerkenswerte Resonanz fand. »Woher bezieht der Antisemitismus seine ewige Erneuerungsfähigkeit? Das ist nicht schwer zu verstehen«, heißt es in ihrem Buch *Am Anfang war Erziehung*. »Man haßt den Juden nicht deshalb, weil er das oder jenes

1 Henri Bergson, *Les données immédiates de la Conscience* (dt. *Zeit und Freiheit*, Hamburg 1994).

tut ... Man haßt den Juden, weil man einen *unerlaubten Haß* in sich trägt und begierig ist, *ihn zu legitimieren.* Das jüdische Volk eignet sich für diese Legitimierung in ganz besonderem Maße. Weil seine Verfolgung seit zwei Jahrtausenden von höchsten kirchlichen und staatlichen Autoritäten ausgeübt wurde, brauchte man sich des Judenhasses nie zu schämen, nicht einmal dann, wenn man mit strengsten moralischen Prinzipien aufgewachsen war ...«[1]

Alice Miller macht sehr deutlich, daß das Ziel der Erziehung besonders in Deutschland darin bestand, die vielen Enttäuschungen der Kindheit zu verdrängen, und der deutsche Brauch der körperlichen Züchtigung hat sein Teil dazu beigetragen, jeden Wunsch nach einer *gerechtfertigten* Entladung von Begehren oder Revolten aller Art zu erstikken. Auf interessante Weise wird demonstriert, wie die Gesamtheit der Nazischergen diese Art von Erziehung erfuhr, wie nicht ausgelebte Gefühle verdrängt wurden und sich nur noch entstellt äußerten. Bis heute gibt es nur wenige psychoanalytische Studien zum Vorleben der Naziführer, stellt Alice Miller in ihrem Buch *Am Anfang war Erziehung* fest, und man kann kaum umhin, hier an Freud zu erinnern und seinen Text »Ein Kind wird geschlagen« und an Sándor Ferenczi und »Das unerwünschte Kind und sein Todestrieb«. Auch hier kommt die Sprache dem, der sie spricht, zuvor: »Ein deutscher Junge weint nicht«, sagte man damals.

Vor dem Hintergrund all dieser Zwänge (man könnte damit, wenn man auch nur ein wenig vertraut ist mit den deutschen Angelegenheiten, ganze Bibliotheken füllen), die nach dem Schaukelprinzip funktionieren – ständig kommt wieder etwas hoch, was doch gerade verdrängt werden sollte (zum Beispiel in der Freikörperkultur) –, erschien die Eliminierung der Juden immer *vorteilhafter.* Nicht zufällig sollte Deutschland *judenrein* werden – es wollte sich selbst loswer-

1 Alice Miller, *Am Anfang war Erziehung,* Frankfurt/M. 1983.

den. Es ist, als hätte es aufgrund seiner besonders komplizierten Geschichte etwas offenbart, woran die Psychoanalyse vielleicht eine erste Annäherung darstellt.

Das sind die Fragen, die man zumindest stellen müßte, aber wenn man das Deutschland vor 1960 kennt, nicht stellen kann.

Wahnwitz und Diskurs

Am befremdlichsten ist, daß nichts passierte, der Antisemitismus blüht und gedeiht als Antizionismus, er hat sich nur ein wenig verlagert und ist in Europa zur Zeit ein wenig saft- und kraftlos; in der ungeheuren Bösartigkeit seines Mechanismus hat sich der Haß jedoch gleichsam seiner Wirkung beraubt: Auschwitz war einfach zuviel. Und so kam dem Abendland sein liebster Zeitvertreib abhanden: die Rechtfertigung des Hasses. Das ist vielleicht nie wieder gutzumachen: Man kann die Juden nicht einmal mehr ohne Hemmungen und Schuldgefühle hassen, ohne gleich mit Auschwitz zu tun zu haben.

Und das ist genau die Stoßrichtung jenes in der Geschichte unerhörten Versuchs, den Beweis zu führen, daß Auschwitz nicht existiert habe. Diese Leute, die tatsächlich behaupten wollen, daß die Gaskammern und das ganze System des Genozids erfunden seien, bedürfen unbedingt einer Rechtfertigung ihres Hasses: Wenn sie die Wahrheit sagen – daß nämlich Auschwitz existiert hat –, ist eine Entladung ihres Todestriebs gegen andere, ihres Mordwunsches gegen die Juden nicht mehr zu rechtfertigen; die Auslöschung hat sich selbst jeder Rechtfertigung beraubt, ihre industrielle Mechanik hat sogar den Haß getötet. Ein ganzer Strang des Denkens ist damit weggebrochen, am Ende stürzt sogar das Gebäude dieses »Denkens« selbst ein. Um die Rechtfertigung des Denkens zu retten, muß Auschwitz eine Lüge sein. Es ist durchaus denkbar, daß wir es hier mit einem viel umfassenderen und weit schwerwiegenderen

Phänomen zu tun haben: Es ist, als hinge das Überleben des Abendlandes von der Rechtfertigung des Antisemitismus ab. Und wenn man die Juden nicht mehr grenzen- und gewissenlos hassen kann, sind es eben wieder die Juden, die daran schuld sind!

Ist es nicht erstaunlich, daß dieser Verlust Hand in Hand geht mit dem Verschwinden eines offenen Antisemitismus und dem gleichzeitigen Untergang der katholischen wie der evangelischen Kirche als Institutionen? Als wären alle drei irgendwo im Grunde miteinander verbunden. Deshalb sollte hier noch einmal die Frage gestellt werden, die sicher nicht beantwortet werden kann, aber zumindest bedenkenswert ist: Wie groß ist die Verbindung jener ins 20. Jahrhundert und zur Entwicklung einer wahrhaft weltumspannenden Technik führenden Struktur des Abendlandes und des Antijudaismus? Entspringt daraus das abendländische Denken zu einem Teil oder gar insgesamt? Hat die allmähliche Ausgestaltung des Abendlandes und besonders der deutschen Kultur den antijüdischen Diskurs zur Grundlage? Ist der Antijudaismus die heimliche Triebkraft im Unbewußten des europäischen Denkens, wie es sich im 18. Jahrhundert zu etablieren scheint?[1]

Welche Rolle schließlich spielt der Wahnwitz in der Geschichte? Sieht man, wie in unseren Tagen ein ganz neuer Diskurs über jüdischen Wahn, jüdische Paranoia oder neuerdings auch die jüdische »Psychose« entfacht wird, kann man sich fragen, ob nicht geistige Krankheit, Irrsinn und Wahnwitz diesen Diskurs ständig wiederherstellen und verfeinern, bis er endlich wieder Rechtfertigung und Instrument des Todes ist.

---

1 Siehe z.B. Michel Foucault, *Les mots et les choses* (dt. *Die Ordnung der Dinge: eine Archäologie der Humanwissenschaften.* Aus dem Französischen von Ulrich Köppen, Frankfurt/M. 1986), oder Hans Blumenberg, *Die Genesis der kopernikanischen Welt*, Frankfurt/M. 1975.

Es ist, als sollte mittels einer Rochade, wo man im ersten Zug tunlichst das Objekt wechselt, um im zweiten das ursprüngliche Objekt wiedereinzusetzen, an einen sehr alten Diskurs angeknüpft werden. Man nimmt zuerst den Wahnsinn ins Visier, um danach auf die Juden zielen zu können.

In den französischen Universitäten etwa breitet sich dieser Diskurs konzentrisch aus, da wird auf einen schlecht verdauten Diskurs der deutschen Philosophie rekurriert, der wiederum immer stärker auf das Judentum als Psychose »fokussiert«, das sich so schließlich von den üblichen Neurosen abheben läßt – ein Wahn im Wahn. Juden irren sogar als Irre. »Das ist ganz und gar jüdisch!« Wieder einmal wird der Jude von diesem neuerstandenen Diskurs bestimmt und ausgeschlossen, dazu ist er da; in Zukunft »muß man dem Kliniker das genaue Inventar der hebräischen Religion überlassen«, ist zu lesen, »man sollte diese aber nicht als Neurose klassifizieren, sondern als Psychose.«[1]

In Zukunft gilt die Jagd nicht mehr dem Juden, sondern dem, der von der Norm abweicht. In gewissen vorbildlichen »Demokratien« werden Oppositionelle bekanntlich zur Psychiatrie verurteilt, wie sie von den Nazis zur Auslöschung verdammt wurden. Die »Euthanasie«, das heißt die Auslöschung von mehr als 70000 Geisteskranken durch die Dienste des Doktor Conti,[2] darf hier keinesfalls vergessen werden. Man müßte nur nach Nazimuster eine von anderen abweichende Krankheit bestimmen, zum Beispiel die Psychose, und behaupten, daß alle Juden psychotisch sind! Die Anklage lautet dann nicht mehr auf Judentum, sondern auf Psychose – und das Spiel ist gewonnen.

---

1 »Questions de judaisme«, in *L'Écrit du temps*, 5, S. 91.

2 Siehe Martin Broszat, *Der Staat Hitlers: Grundlegung und Entwicklung seiner inneren Verfassung*, München 1969, oder Alexander Mitscherlich, *Medizin ohne Menschlichkeit.* Dokumente des Nürnberger Ärzteprozesses, hrsg. von Alexander Mitscherlich, Fred Mielke, unauffindbar.

Dem Wahnwitz stehen noch schöne Zeiten bevor, denn dieser Diskurs wendet sich zunehmend vom Religiösen ab und dem Objektiven und dem Diskurs einer mit deutschen Worten untermauerten intellektuellen Autorität zu. Oder ist der Wahnwitz vielleicht ein Trick, eine Finte? Diese Finte jedenfalls ist der Ort, den anscheinend noch nie jemand analysiert hat, wo Diskurs und Mord zusammentreffen. Irgendwo in der Vielzahl der Diskurse, die heute durch das Universum sogenannter Intellektueller geistern, läßt sich schon diese Rede vernehmen, etwas unklar noch, zu wenig durchdacht vielleicht, nicht allzu laut immerhin, die das Massaker an Unschuldigen oder weniger Unschuldigen (was spielt das noch für eine Rolle?) herbeiführen wird. Diese Rede ist auf der Suche nach ihrem Juden, sie wird sich drehen und wenden und immer stärker werden, bis sie ihn endlich gefunden hat.

Paranoia! wird man jetzt sagen, und es stimmt wohl, daß es da etwas geben muß, eine nie nachlassende Angst, die sich von Jude zu Jude fortpflanzt. Das ist vielleicht die Rolle dieser Psychotiker, die immer Opfer waren: die künftigen Massaker anzukündigen. Vielleicht hört ihr geschärftes Ohr schon das Rumoren inmitten der Diskurse, vielleicht entschlüsselt es schon deren Grammatik, die Wiederholungen, um die sich die Morde der Zukunft sammeln. Worin sonst wäre die abendländische Kultur so durchtränkt von all dem, was nach Auschwitz geführt hat?

Man sollte sich fragen, ob das zur Technisierung und deren Vollendung durch Auschwitz in Beziehung steht oder nicht. Auch wenn solche Überlegungen zur Ordnung der Psychose gehören, der jüdischen Psychose, von der zur Zeit ziemlich oft die Rede ist.

Es ist zu fürchten, daß dieser Diskurs unerschöpflich ist und sich Zug um Zug ein neues Objekt schafft. Nachdem die Möglichkeit, sich durch den Wucherjuden zu rechtfertigen, in Auschwitz endgültig untergegangen ist, gibt es nun den Juden zwischen den Nationen, den soldatischen Juden und den Juden als Aggressor. Wie das Abendland sich einst jenen konstruierte, konstruiert es sich heute die anderen. Über eines braucht man sich jedenfalls keine Sorgen zu machen: »Brennen, werden sie doch, fürchte ich.«[1]

1 So kommentiert Wladimir Granoff in *L'Ecrit du temps*, 5, S. 113, einen Artikel über die jüdische »Psychose«.

Anhang

Vielleicht kann dieses Gedicht von Max Moritz Kalau (1873–1947)[1] die vorhergehenden Seiten illustrieren:

Und es schenket wieder die See
Was sie genommen,
Wie von weither
Im Strömen der Tage steigen
Die Wolken noch auf.
Als kämen sie von dorther
Wo man einst
In den Farben des Morgens
Schon stand,
Als wäre die See
Schon erlebte Tage,
Wie ein Wink von früher aber
Den man nicht vernahm.
Da wo schon schwinden die Schiffe
Sieht man sie noch,
Ferne Inseln,
Im Schimmer des Abends,
Als kämen hinter ihnen
Noch unbekannte
Tage
Wieder auf.

1 Max Moritz Kalau war Lehrer in Niebüll zwischen 1897 und 1920. Dieses Gedicht ist im *Dithmarscher Anzeiger* vom 14. Februar 1908 erschienen.

Literatur

Adler, Hans Günther, *Der verwaltete Mensch.* Studien zur Deportation der Juden aus Deutschland, Tübingen 1974.

Artaud, Antonin, Héliogabale, Paris 1982.

Augiéras, François, l'Apprenti sorcier, Fata Morgana o.J.

Barthélémy-Madaule, Madeleine, *Bergson*, Paris 1977.

Baruk, Henri, *La psychiatrie sociale, P.U.F.*, o. A.

Bergson, Henri, »L'Évolution créatrice« (dt. »Die schöpferische Entwicklung«, in *Denken und schöpferisches Werden.* Aufsätze und Vorträge, Stuttgart 1993.

Bergson, Henri, *Le rire* (dt. *Das Lachen.* Ein Essay über die Bedeutung des Komischen. Aus dem Französischen von Roswitha Plancherel-Walter, Frankfurt/M. 1988).

Bergson, Henri, Les donneés immédiates de la Conscience (dt. *Zeit und Freiheit*, Hamburg 1994).

Bertaux, Pierre, *Friedrich Hölderlin*, Frankfurt/M. 1978.

Blumenberg, Hans, *Die Genesis der kopernikanischen Welt*, Frankfurt/M. 1975.

Brockhaus, *Deutsches Bildwörterbuch für Jedermann*, Mannheim 1951.

Broszat, Martin, *Anatomie des SS-Staates*, München 1994.

Broszat, Martin, *Der Staat Hitlers: Grundlegung und Entwicklung seiner inneren Verfassung*, München 1969.

Celan, Paul, *Gesammelte Werke*, 5 Bde., Frankfurt/M. 1983.

Clément, Pierre-Paul, *Jean-Jacques Rousseau, de l'éros coupable à l'éros glorieux*, Neuchâtel 1976.

Cluny, Claude Michel, *Inconnu passager. Antonio Brocarda à Giorgione: poèmes, 1965–1977*, Paris 1978.

De l'Université aux Camps de Concentration, Strasbourg 1947.

Deligny, Fernand, *Les Détours de l'agir ou le Moindre geste*, Paris 1979.

Die Juden als Minderheit in der Geschichte, hg. von Bernd Martin und Ernst Schulin, München 1981.

Eichendorff, Joseph von, *Ahnung und Gegenwart,* in *Sämtliche Werke des Freiherrn Joseph von Eichendorff*, Bd. 3, hg. von C. Briegleb u. C. Rauschenberg, Stuttgart-Berlin-Köln-Mainz 1984.

Ferenczi, Sándor, *Bausteine zur Psychoanalyse*, Leipzig–Wien–Zürich 1927 und 1938.

Foucault, Michel, *Die Ordnung der Dinge. Eine Archäologie der Humanwissenschaften*, aus dem Französischen übersetzt von Ulrich Köppen, Frankfurt/M. 1971.

Freud, Sigmund, *Der Moses des Michelangelo*. Schriften über Kunst und Künstler, Frankfurt/M. 1993.

Freud, Sigmund *Drei Abhandlungen zur Sexualtheorie*, Frankfurt/M. 1993.

Freud, Sigmund *Beiträge zur Psychologie des Liebeslebens und andere Schriften*, Frankfurt/M. 1981.

Freud, Sigmund, *Der Mann Moses und die monotheistische Religion*. Schriften über die Religion, Frankfurt/M. 1992.

Freud, Sigmund, *Das Ich und das Es und andere metapsychologische Schriften*, Frankfurt/M. 1984.

Freud, Sigmund, *Der Witz und seine Beziehung zum Unbewußten*, Frankfurt/M. 1983.

Freud, Sigmund, *Eine Kindheitserinnerung des Leonardo da Vinci*, Frankfurt/M. 1990.

Freud, Sigmund, *Neue Folge der Vorlesungen zur Einführung in die Psychoanalyse*, 31f., Frankfurt/M. 1991.

Freud, Sigmund, *»Selbstdarstellung«. Schriften zur Geschichte der Psychoanalyse*, Frankfurt/M. 1989.

Freud, Sigmund, *Vorlesungen zur Einführung in die Psychoanalyse*, Frankfurt/M. 1977.

Freud, Sigmund, *Zur Psychopathologie des Alltagslebens. Über Vergessen, Versprechen, Vergreifen, Aberglauben und Irrtum*, Frankfurt/M. 1992.

Freud, Sigmund, *Zwei Falldarstellungen*, Frankfurt/M. 1982.

Genet, Jean, *Querelle*, aus dem Französischen von Ruth Uecker-Lutz, Reinbek 1974.

Girard, René, *Le bouc émissaire*, Paris 1982.

Goethe, Johann Wolfgang von, *Werke*, hg. im Auftrage der Großherzogin Sophie von Sachsen, Weimar 1901.

Goldschmidt, Georges-Arthur, »Chamonix et Courmayer«, in: *L'Écrit du temps 7*

Goldschmidt, Georges-Arthur, »La langue de Freud«, in: *Le Coq Héron 78, 88, 90*

Goldschmidt, Georges-Arthur, »Les détours de la mer«, in: *L'Écrit du temps 14*

Goldschmidt, Georges-Arthur, »Médecins meurtriers«, in *Allemagnes d'aujourd'hui*, Dezember 1986.

Goldschmidt, Georges-Arthur, »Quand Freud entend l'allemand«, *Nouvelle Revue de Psychanalyse*, 34ff., o. A.

Goldschmidt, Georges-Arthur, »Une forêt et ses lisières«, *L'Écrit du temps*, 2, Paris 1982.

Goldschmidt, Georges-Arthur,

Jean-Jacques Rousseau ou l'Esprit de solitude, Paris 1978.
Goldschmidt, Georges-Arthur, *Molière ou la Liberté mise à nu*, Paris 1997, Belfort 1997.
Granoff, Wladimir, *La Pensée et le féminin*, Paris 1976.
Hart Nibbrig, Christiaan L., *Die Auferstehung des Körpers im Text*, Frankfurt/M. 1985.
Hegel, Georg Wilhelm Friedrich, *Phänomenologie des Geistes*, mit einer Einleitung von Wolfgang Bonsiepen, hg. von Hans F. Wessels, 1988.
Hölderlin, Friedrich, *Sämtliche Werke*, hg. von Friedrich Beißner, Stuttgart 1951.
Humboldt, Wilhelm von, »Über die Verschiedenheiten des menschlichen Sprachbaues«, in: *Werke in fünf Bänden*, Bd. 3, hg. von Andreas Flitner und Klaus Giel, Darmstadt 1963.
Husserl, Edmund, *Die Krisis der europäischen Wissenschaften und die transzendentale Phänomenologie*, Hamburg 1977 (frz. *La crise de l'humanité européenne et la philosophie*, Republications Paulet, April 1968).
Isaac, Jules, *Jésus et Israel*, Paris o.J.
Janvier, Ludovic, *La mer à boire*, Paris 1987.
Kafka, Franz, »Eine alltägliche Verwirrung«, aus dem dritten Oktavheft, in *Hochzeitsvorbereitungen auf dem Lande und andere Prosa aus dem Nachlaß*, hg. von Max Brod, Frankfurt/M. 1986.
Kierkegaard, Sören, *Entweder – Oder*, aus dem Dänischen übersetzt von Heinrich Fauteck, hg. von Hermann Diem und Walter Rest, München 1975.
Kluge, Friedrich, Etymologisches Wörterbuch der deutschen Sprache, Berlin-New York 1883.
Kogon, Eugen, *Terror und Hoffnung in Deutschland 1933–1945: Leben im Faschismus*, hg. von Johannes Beck, Reinbek 1980.
Kogon, Eugen, *Der SS*-Staat. Das System der deutschen Konzentrationslager, München 1974.
La Bruyère, Jean de, *Les Caractères ou les Mœurs de ce siècle*, hg. von Robert Garapon, Paris 1962.
Lacan, Jacques, *Écrits* (dt. *Schriften*, 3 Bde., ausgew. und hg. von Norbert Haas, aus dem Französischen übersetzt von Rodolphe Gasche, Norbert Haas, Klaus Laermann und Peter Stehlin u. a., Weinheim-Berlin 1986).
Lacan, Jacques, Interview in France-Culture, Juli 1973, in *Le Coq-Héron*, Nr. 46/47.
Lämmert, Eberhard, *Germanistik – eine deutsche Wissenschaft*, Frankfurt/M. 1967.
Lautréamont, Comte de (Isidore Ducasse), *Die Gesänge des Maldoror*, aus dem Französischen übersetzt von Ré Soupault, München 1976.
Leibniz, Gottfried Wilhelm, »Unvorgreifliche Gedanken, betreffend die Ausübung und Verbesserung der teutschen Sprache«, in *Philosophische*

Werke, Erg.-Bd. Deutsche Schriften, hg. von Walter Schmied-Kowarzik, Leipzig 1916.

Löwenthal, Leo, *Individuum und Terror*, Schriften 3, Frankfurt/M. 1982.

Mayer, Hans, *Außenseiter*, Frankfurt/M. 1975.

Miller, Alice, *Am Anfang war Erziehung*, Frankfurt/M. 1980.

Minder, Robert, *Kultur und Literatur in Deutschland und Frankreich*, Frankfurt/M. 1977.

Mitscherlich, Alexander, *Medizin ohne Menschlichkeit*. Dokumente des Nürnberger Ärzteprozesses, hg. von Alexander Mitscherlich, Fred Mielke, Frankfurt/M. 1993 (12. Auflage).

Moor, Paul, *Jürgen Bartsch: Opfer und Täter. Das Selbstbildnis eines Kindermörders in Briefen*, Reinbek 1991.

Moritz, Karl Philipp, *Anton Reiser*. Ein psychologischer Roman, Leipzig 1959.

Moscovici, Marie, »Un meurtre construit par les produits de son oubli«, *L'Écrit du temps*, 10, Paris 1985.

Müller-Hill, Benno, *Tödliche Wissenschaft: die Aussonderung von Juden, Zigeunern und Geisteskranken 1933–1945*, Reinbek 1985.

Neubaur, Caroline, »Schweigen – Fortsetzung des Verbrechens.« Zum Psychoanalysekongreß in Hamburg, *Merkur*, Nr. 442, 39. Jg. 1985, S. 1120ff.

Pfisterer, Rudolf, *Juden – Christen / getrennt – versöhnt*, 4. erw. Auflage, Darmstadt 1985.

Poliakov, Léon, *Über den Rassismus*, Stuttgart 1979.

Poliakov, Léon, *Geschichte des Antisemitismus*, 8 Bde., Worms 1977ff.

Postone, Moishe, »Die Logik des Antisemitismus«, *Merkur*, Nr. 403, 36. Jg. 1982, S. 13ff.

Reik, Theodor, *Psychoanalyse und Justiz: Geständniszwang und Strafbedürfnisse – Der Verbrecher und seine Richter: Ein psychoanalytischer Einblick in die Welt der Paragraphen (1929)*, Frankfurt/M. 1971.

Reik, Theodor, *Aus Leiden Freuden: Masochismus und Gesellschaft*, Hamburg 1977.

Rey, Jean-Michel, *Des mots à l'œuvre*, Paris 1979.

Rilke, Rainer Maria, *Duineser Elegien*, Frankfurt/M. 1975.

Rousseau, Jean-Jacques, *Bekenntnisse*, aus dem Französischen von Ernst Hardt, 3. Buch, Berlin 1907.

Rousseau, Jean-Jacques, *Émile ou de l'Éducation*, Den Haag 1762.

Rubercy-le-Buhan, *12 questions à J. Beaufret*, Paris 1983.

Schaffner, Bertram, *Fatherland*, New York 1947.

Schiller, Friedrich, »Über den Zusammenhang der tierischen Natur des Menschen mit seiner Geistigen« und »Über naive und sentimentalische Dichtung«, in *Schillers Sämtliche Werke*, Bd. 5, Leipzig 1924.

Shafton, Anthony, *The apostate Heriger,* New York 1962.

Spinoza, Baruch de, *Sämtliche Werke*, hg. von O. Baensch, A. Buchenau, C. Gebhardt, C. Schaarschmidt, Leipzig 1914.

Stifter, Adalbert, *Der Nachsommer,* Frankfurt/M. 1982.

Swinburne, Algernon Charles, *Lesbia Brandon*

Swinburne, Algernon Charles, Love's Cross-currents. A Year's Letters, New York 1964.

Vidal-Nacquet, Pierre/Tiar, Iov in: »La Mémoire d'Auschwitz«, *Esprit* 9, 1980.

Walser, Robert, *Aus dem Bleistiftgebiet*, hg. von Bernhard Echte und Werner Morlang, Frankfurt/M. 1986.

Inhalt